KB124798

그래요
문재인

* 이 도서의 국립중앙도서관 출판예정도서목록(CIP)은 서지정보유통지원시스템 홈페이지(http://seoji.nl.go.kr)와
국가자료공동목록시스템(http://www.nl.go.kr/kolisnet)에서 이용하실 수 있습니다.
(CIP제어번호: CIP2017008508)

그래요
문재인

:) 위기와 희망의 길목에서
:) 문재인을 말하다

은행나무

차례

3부   돌아보고 내다보다

대한민국이여,
빛나고 빛나도다

이 조촐한 책자는 대한민국 19대 대통령 선거에서 문재인 후보를 지지하는 사람들의 글을 한데 모아 담고 있다. 아니 더 정확하게 말하면, 한국의 민주 시민들이 위기와 희망을 함께 딛고 있는 길목에서 문재인을 지지하는 길이 역사적으로 옳은 길임을 통찰한 사람들의 글을 한데 모았다.

우리는 이 땅에서 영원히 무너지지 않을 것 같았던 박정희의 신화가 그 딸의 손으로 허물어지는 역사의 현장을 지금 목도하고 있다. 역사가 이 땅에 사는 우리 민중들의 노력과 함께 가고 있음을 증명하기 위해 손수 그 지혜를 우리에게 보여주고 있는 것이라고 믿어야 한다. 대통령 선거가 또한 그 믿음에서 벗어날 수는 없다.

저자들이 문재인을 지지하는 이유는 각기 다르지만 그가 유능한 정치인이고 훌륭한 인격자라고 말하고 있다는 점에서는 통일되어 있다. 그래서 문 후보에게서, 박남준 시인은 '마음이 사랑으로 가득한, 그래서 어렵고 힘든 길을 헤쳐 나갈 사람'을 보고, 안경환 교수는 분별과 열정이 섬세하게 어울려 있는 한 정치인의 품위를 본다. 한창훈 작가가 '문재인은 착하다'고 말할 때, 정해구 교수는 그가 군자일 뿐만 아니라 '강골'이라고 덧붙인다. 그는 박주민 의원이 말하는 것처럼 애정이 있는 사람만이 지니게 마련인 결단력이 있기 때문이다. 김기정 교수는 민족 화합의 의지가 그의 인품과 연결되어 있음을 알아차리고, 김동현 문학평론가는 서울의 정치보다 더 큰 지역의 정치가 그를 통해 실현될 길을 전망하며, 이정렬 전 부장판사는 정당 문화의 개혁자를, 표창원 의원은 적폐 해소의 시대정신을 실천할 최적의 인물을 그에게서 찾아낸다. 문재인 후보는 고민정 아나운서에게 어린아이일수록 더 반갑게 인사하는 사람이며, 조기영 시인이 보기에 약자를 대하는 특별한 태도를 가진 사람이다. 이병초 시인은 그 태도와 능력을 평화로운 포용력이라고 부른다. 장석남 시인에게 문 후보는 '대동 세계'의 전망을 바라볼 창구이며, 황현진 작가에게는 여자들의 연대를 결코 적대시하지 않을 남자 정치인이다. 황교익 맛칼럼니스트의 말처럼 그는 원칙의 인간이기 때문이다. 그렇다고 문 후보가 메마른 사람은 아니다. 도종환 의원은 그가 문화와 예술에도 조예가 깊은 사람임을 증명한다. 문재인은 유능하면서 순결하다. 그의 능력에 관해서라면, 김병용 소설가가 말하는 것처럼 눈앞에 일이 있으면 그 일을 맡아 하는 상일꾼이며, 그의 인품에 관해서라면, 유정아 더불어포럼 상임운영위원장이 글의 제목으로 요약하는 것처럼 '기꺼이 서투르게 말하는' 사람이다. 백가흠 작가가 정직한 문재인에게서 역사의 혹한이 끝났음을 알리는 봄의 전령사를 보는 것이 이런 모든 이유 때문이다.

역사는 자주 어떤 목적을 향해 우회로를 선택하지만, 직선거리로 곧장 나아가 세상 깊은 곳에 숨어 있는 의지를 생생하게 드러내는 빛 밝은 순간이 있다. 우리는 지금이 그 순간이라고 생각한다. 그래서 우리는 이 책을 엮으며 말한다.

대한민국이여, 행복하도다. 문재인과 함께 가는구나. 산이 높고 물이 깊어도, 가시덩굴이 발목에 걸려도 우리는 곧장 앞으로 가는구나. 평화는 빈말이 아니고 민족 화합은 전설이 아니구나. 작아도 행복하고 강한 나라가 거기 있구나. 대한민국이여, 빛나고 빛나도다.

황현산

1부

이마를 돌처럼 차갑게

올여름에는 지리산 계곡에 앉아
이런 걱정을 해봤으면

박남준

간절함이 깊어지면 펼쳐진다. 이윽고 때가 시작되는 것이다. 겨우내 기다렸던 그리움의 햇살이 불러 모았는가. 볕이 내리는 양지쪽 황금빛 노란 눈새기꽃이 눈을 반짝거리며 나지막한 감탄사를 터뜨리게 한다. 매화 향기 바람에 나풀 날린다.

환하고 부드러운 것들이 눈앞에 어른거린다. 남쪽은 봄날의 꽃들이 피어나며 벌 나비를 부른다. 이런 봄날엔 설렘으로 두근거리는 봄 편지를 받고 싶었다. 아직 넘어야 할 일들이 첩첩산중이지만 광장에 모인 작은 촛불의 힘이 대통령 탄핵이라는 아름다운 봄 편지를 쓰게 하지 않았는가.

지리산 자락 골짜기에 살며 궁핍하더라도 한가하고자 했다. 5년 전 18대 대통령으로 독재자의 딸이 당선이 되었다. 나라의 앞날이 그야말로 웃음거리, 세상의 조롱거리는 물론이거니와 풍전등화에 깜깜 위태롭고 기가 막힌 사건인지라 컴퓨터 모니터 앞에 내 눈으로 확인하고서도 거짓말 같게만 느껴졌다. 그날 새벽의 일이다.

세상의 일과를 좀처럼 입에 담는 일 없이 담을 쌓고 사는 사람들처럼 보였던 지리산 자락에 사는 이들이 새벽녘에 전화를 해대고 한 사람, 두 사람 택시를 타고 들이닥치기 시작한 것이다. 이구동성, 혼자서는 치미는 울화를 그냥 견뎌내기가 힘들었다는 것이다.

그랬을 것이다. 정신이 살아 있는 사람이라면 응당 그랬을 것이다. 어찌 가만히 아무 일도 일어나지 않은 것처럼 분노를 다스릴 수가 있었을까. 나 또한 그간 스무 해 가까이 혼자 집에서는 술 한 모금도 하지 않았는데 개표가 거의 끝나는 무렵 스스로에 다짐한 오랜 묵언의 말을 깨트리고 소주를 마시고 있었다.

2박 3일 패닉 상태에 빠져 울분의 술을 마시던 사람들도 떠났다. 일상으로 돌아가기 위한 어떤 출구를 찾아야 했다. 마당에 나가 쌓여 있던 통나무 더미를 마주하며 중얼거렸다. 내가 어떤 대상에게 폭력을 휘두를 수 있다면 이렇게 했을 것이다. 도끼를 들고 장작을 패기 시작했다. 몸 안에 가득 찬 것은 깨이지 않는 숙취가 아니라 분노와 절망이었으므로 그 분노와 절망을 픽— 픽— 픽— 도끼질과 망치질로 장작을 패며 삭여갔다.

다음 날 아침 눈을 뜨기가 무섭게 시작하여 하루 종일, 그리고 또 다음 날에도, 그러고 보니까 패닉의 술에 젖어 있던 날도 2박 3일이었는데 장작을 패던 기간도 공교롭게 같았다. 공허한 일상이 시작되었다.

달력을 살펴보며 새해에 약속된 강연들을 떠올렸다. 도저히 하고 싶지 않은 강연이 잡혀 있었다. 경상도 어느 고등학교 1, 2학년을 대상으로 한 강연이었다.

교장 선생님께 전화를 걸었다. 다짜고짜 강연을 취소해야겠다고 했다. 이유를 캐물었다. 사실대로 이야기했다. 이래서, 그러니까 독재자의 딸을 대통령으로 뽑는데 아주 큰 공헌을 한 경상도의 무지몽매한 정치적 편향성에 치가 떨리고 무력해져서 경상도에 있는 고등학교에서는 솔직히 강연을 하고 싶지 않다고 했다.

전화기 너머 잠시 침묵이 흘렀다. 그리고 들려왔다. 아이들에게 그대로 이야기해달라고 했다. 왜 강연을 하고 싶지 않았는지, 그 이유를 학생들에게 들려달라고 했다. 되물었다. 혹시 강연 내용이 부모님들의 귀에 들어가서 문제가 되면 교장 선생님께 피해가 갈 수 있다는 말을 했다.

자신이 다 감당하고 책임을 지겠다는 말이 돌아왔다. 그런데 강연 장소를 학교가 아닌 우리 집에서 해도 되겠냐는 물음과 집이 비좁아서 어렵다고 했는데도 전교생이 몇 명 되지 않으며 집으로 찾아갈 학생들이 스무여 명쯤 밖에 되지 않는다는 사정사정의 대답이 넘어왔다. 나는 그만 고개를 끄덕이고 말았다.

아이들이 왔다. 손님을 맞이하거나 밥을 먹고 차를 마시는 다용도의 비좁은 방 안, 마루와 마당으로 통하는 유리창과 안방까지 문을 열고 꾸역꾸역 들어와서 꼬깃꼬깃 끼여 앉았다. 문밖은 다행히 이른 봄날의 날씨가 따뜻했다.

시를 쓰며 살아가는 이야기를 했다. 세상은 공부 일등만 사는 것이 아니라 나처럼 이렇게 다양한 가치들을 소중하게 여기는 많은 사람들이 사회의 한 구성원으로서 살아가고 있단다. 이기적이고 탐욕스러운 경쟁을 하는 천박한 자본주의적 구조 속에 들어가지 않고 남을 의식하지 않으며 자신만의 길을 꿋꿋하게 걸어가는 건강하고 씩씩한 사람들도 많단다. 그 사람들이 흘리는 향기로운 땀방울 같은 이야기들을 들려주었고 그런 삶의 현장에서 쓰여진 시를 낭송해주었다.

잠시 침묵이 있었다. 아이들의 눈을 보았다. 알 수 없는 긴장감이 도는 아이들의 동그란 눈을 바라보다가 말을 이었다. 사실은 오늘 내가 여러분들에게 강의를 하고 싶지 않아서 취소를 하겠다는 연락을 했었다. 그런데 교장 선생님이 그 이유를 여러분께 직접 이야기해달라고 해서……. 여기까지 이야기를 하다가 목이 메어왔다.

어른들의 잘못된 지역주의와 케케묵은 안보 이데올로기와 퇴보하는 민주주의와 혼탁한 역사를 이야기하다가 울음이 터져버렸다. 학생들 앞에서 엉엉 울어버렸다. 울음소리 너머 아이들은 어떤 표정을 짓고 있을까. 그 얼굴을 어찌 보나. 너무 조용했다. 아무 소리도 들리지 않았다. 봄날의 방 안에 내 울음만이 떠다녔다. 손수건을 꺼내 얼굴을 가리며 고개를 들었다.

한 아이가 손을 들고 있었다. 눈물을 닦으며 고개를 끄덕였다. 잔뜩 가라앉은 목소리로 아이가 천천히 입을 열었다.

"선생님 저희들 앞으로 이 년만 더 있으면 투표권 생겨요. 강연 안 하겠다고 하지 마시고 우리 같은 학생들을 위해서 계속 다녀주세요."

그 말을 들으며 또 울음보가 터졌다. 조금 전의 울음이 분하고 절망에 찬 것이었다면 지금의 울음은 고맙고 즐거운, 기쁨의 노래였던 것이다. 아이들을 위해 강연한 게 아니라 오히려 위안을 받다니. 고맙다고, 고맙다고 나는 자꾸 나오는 눈물을 닦아내고 있었다.

그 후로 한가하지 못했다. 아니 한가함을 스스로 버렸다. 그간 잘하지 않았던 강연을 요청이 들어오는 곳마다 다녔다. 숙식이며 교통비 등을 지불하다 보면 강연료가 오히려 부족해지는 멀리 떨어진 지역의 강연도 고등학교라면 다른 일정에 우선하여 고맙고 반갑게 응했다.

강연을 가는 곳마다 꼭 덧붙이는 장면이 있었다. 경상도의 한 작은 학교 아이들이 내게 위안을 주었던 감동스러운 장면을 재상영하는 것이었다. 자기들도 다음 선거에는 투표권을 행사할 수 있다는 환호와 함께 아이들은 박수를 쳐주었다. 작년 20대 국회의원 총선 때 그 아이들이 자라서 첫 투표권을 행사했을 것이다.

한때 잠시 말도 안 되는 터무니없는, 그러니까 허무맹랑한 착각을 하기도 했다. 하늘이 어쩌면 기회를 주는 것인지도 모른다고 생각하기도 했다. 뭐냐면 독재자의 딸을 대통령으로 만든 일이 그 딸을 통하여 독재자의 참혹한 죄를 씻을 기회를 주는 것이 아닐까. 용서와 치유와 화해와 평화, 그런 망상이 들기도 했던 것이다.

그런데 2014년 4월 16일 너무나도 어처구니없는 일이 일어나고 말았다. 세월호를 통해서 그간 나처럼 잠시 착각에 빠진 사람들이 잠에서 깨어나듯 기지개를 켜며 깨어나서 광장으로 모이기 시작했다. 그 무렵 해마다 그렇듯 이곳 지리산 자락에서 '황차黃茶'라고도 부르는 발효차를 만들고 있었는데 항아리 안 향기로운 차향이 온 방 안에 번지는 순간 불현듯 가슴을 치는 생각 하나.

나는 지금 무엇을 하고 있는가. 세상이 이처럼 가득한 고통과 신음으로 몸부림치고 있는데 너 무엇하고 있느냐. 혼자 향기로운 차를 마시며 살아서 어쩌겠다는 것이냐. 너 시는 무엇하러 쓰느냐. 네가 사람이라면 그래서는 안 된다. 자괴감으로 인해 식은땀이 흘렀다. 세상에 따뜻하고 향기로운 일들이 일어나서 산중에 사는 내 귀에도 그 맑고 밝은 이야기들이 전해지는 그런 세상이라면 얼마나 신날까. 껑충껑충 뛰며 춤출 텐데.

그런 생각 끝에 발효차에 '이순耳順'이라는 이름을 붙였다. 사람들의 귀가, 몸과 마음이 환해지는 그런 일들이 일어나고 그런 이야기들이 입에서 입으로 귀에서 귀로 전해지는 세상을 바라며 차를 만들었던 것이다. 강의를 할 때면 빼놓지 않고 세월호와 '이순'이라는 차에 대한 이야기를 했다.

이 글을 부탁받고 내 사정을 말했다. 2012년 말부터 산문을 쓰지 않는다고 했다. 사실 굳이 사람들에게 말은 하지 않았지만 그 무렵 산문집을 내기 위한 원고를 출판사에 넘기며 조금 경제적으로 부족한 삶을 살더라도 앞으로는 산문을 쓰지 않겠다고 했던 것이다.

끊임없이 바람 부는 광야로 자신을 내모는 광야의 청년 정신을 되살리며 시인으로 등단하던 시간으로, 순정한 처음의 정신으로 조금은 가까이 가보고 싶었기 때문이었다. 전화를 끊고 이틀 후 다시 전화를 했다. 원고 쓰겠다고.

하동으로 이사 오기 전 전주에 살고 있을 때 한문 공부를 하는 모임에 몇 년 나갔다. 거기 강론을 하셨던 김기현 선생님이 펴내셨다고 보내 온《주역, 우리 삶을 말하다》를 책상 위에 놓았다. 그러고는 아이들이 책 놀이를 하듯 어린 시절로 돌아가서 상, 하권으로 엮인 주역을 마주하고 문재인 씨를 떠올렸다. 그의 얼굴과 그 얼굴에 스치는 표정들을 가만히 정지시키고 느린 화면처럼 붙잡아보며 마치 괘를 뽑듯 주역의 상하권을 펼쳤다.

상권이 먼저 뽑혔다. '대유大有 괘卦, 상구上九의 효爻'가 나왔다. "하늘의 축복을 받는다. 최상의 행복을 누리리라."《계사전繫辭傳》에서 공자는 이 효를 두고 "하늘은 순수한 사람을 돕고, 사람들은 진실한 사람을 돕는다. 그가 진실함과 순수함을 추구하고, 또 지혜를 숭상하므로 하늘이 그를 돕는 것이다. 그리하여 그는 최상의 행복을 누릴 것이다"라고 했다.

하권을 펼쳤다. '췌萃 괘卦, 육이六二의 효사爻辭'가 나왔다. "부름에 응하면 자족하면서 허물없는 삶을 살리라. 정성스러운 마음을 갖는다면 제사를 간소하게 차려도 괜찮다." 이에 대해 다시 공자는 말한다. "부름에 응하여 자족하면서 온전하게 사는 삶은 중심을 변치 않는 데에서만 가능하다."

내 나이 올해 환갑이다. 순수하고 진실하기가 쉽지 않다. 또한 중심을 잃지 않고 처음 시작하던 그 순정하고 간절한 첫 마음이 변치 않게 한다는 것도 어려운 일이다. 그러나 또한 그런 일들도 사람이 하는 일이다. 사랑하는 마음으로 가득 찬 사람이라면 어찌 어렵고 힘든 일이겠는가. 그 길이 쉬운 일이라면 세상에는 순수하고 진실되며 처음의 마음을 잃지 않는 사람들로 넘쳐날 것이다.

이 글을 쓰는 동안 봄비가 주룩거렸다. 이 봄엔 빗소리가 더 의미 심장하다. 물소리가 커진 걸 보니 개울물도 많이 불었나 보다. 그래 씻 겨주려무나. 그리하여 봄날처럼 곱고 여린 생명들이 본디의 귀한 존재 로서 대접을 받으며 오롯이 살 수 있도록 적시며 씻겨주려무나.

> 세상의 묵은 때들 적시며 씻겨주려고
> 초롱초롱 환하다 봄비
> 너 지상의 맑고 깨끗한 빗자루 하나
>
> _졸시 〈깨끗한 빗자루〉

봄비 그쳤다.

안과 밖의 '문'에 햇살이 환하다.

한가한 일상으로 돌아가고 싶다. 정치를 안주로 얼굴 붉히며 목소 리 높일 일 없는, 스트레스를 주지 않는 대통령이 있었으면 좋겠다. 진 정한 화합과 통합은 용서하자는 미봉책으로는 결코 오지 않는다는 것 을 안다. 잘못된 모든 것들을 엄격하게 심판하고 죄과罪科를 마땅히 치 른 이후에 오는 것이다.

올여름에는 내가 사는 지리산 계곡에 앉아 탁족을 하며 이 더위에 세상의 온갖 더러운 쓰레기들을, 친일과 반공 이데올로기와 4대강 등 부정부패의 온상들을 깨끗한 빗자루로 대청소하시느라 땀깨나 흘리

시겠다며 대통령 걱정을 해봤으면 좋겠다. 그런 마음 쓰이는 대통령이 여기, 한국에도 있다고 소리치는 날이 왔으면 좋겠다.

박남준
시인.
1957년 전남 법성포 출생. 1984년 시 전문지 〈시인〉으로 등단했다. 시집 《중독자》《그 아저씨네 간이 휴게실 아래》《적막》《다만 흘러가는 것들을 듣는다》《그 숲에 새를 묻지 못한 사람이 있다》를, 산문집 《스님, 메리 크리스마스》《박남준 산방 일기》《꽃이 진다 꽃이 핀다》《작고 가벼워질 때까지》를 출간했다. 거창평화인권문학상, 천상병시문학상, 아름다운작가상을 수상했다.

우리를 기쁘게 하는 블랙리스트,
더욱 블랙하라

도종환

예술은 우리를 기쁘게 합니다. 라디오를 켜는 순간, 좋아하는 음악이 흘러나오거나 지하철역에서 맘에 드는 시 한 편을 만났을 때, 우리는 괜스레 즐겁습니다. 어쩐지 좋은 일이 생길 것 같기도 합니다. 예술이 없다면 우리의 삶은 매우 단순하게 흘러갈 것입니다. 쉴 시간도 없이 힘에 부칠 정도로 많은 양의 일을 해치우며 부족한 시간을 한탄하다 삶을 소진해버릴 테지요. 자신의 모든 것을 다 써버리는 삶입니다. 때문에 자신을 채우는, 새로운 힘이 고이도록 기다리는 시간이 필요합니다. 예술은 우리에게 그러한 시간을 줍니다.

예술가는 생각하는 사람입니다. 우리의 현재에 대해, 우리라는 사람에 대해 오래 골몰하는 사람입니다. 자신의 사유를 혼자 끌어안고 있는 게 아니라 이 사회에 돌려주는 사람입니다. 읽을거리와 생각할

거리를 계속해서 만들어주는 사람이지요. 박근혜 정권이 블랙리스트를 만들어 문화 예술계를 통치하고자 했던 것은 예술의 그러한 역할 때문입니다. 국민에게서 생각하고 사유할 기회를 뺏고 싶었던 것이죠.

처음 블랙리스트의 존재에 대해 알게 된 것은 2015년 여름이었습니다. 시작은 한국문화예술위원회(문예위)에서 주는 '아르코 문학창작기금' 심사위원들의 제보 덕분이었습니다. 시·소설·수필·희곡 등 총 다섯 개 분야에서 100명, 예비 후보 2명을 지원 대상자로 선정한 뒤 최종 결정을 앞두고 있던 차였습니다. 문예위가 그중 14명을 배제해달라는 터무니없는 요구를 해왔습니다. 당시 심사위원이었던 하응백, 유홍준을 포함한 다섯 명이 거세게 항의했지만 전혀 받아들여지지 않았습니다. 도리어 문예위는 지원 대상에서 언급한 14명을 "안 빼면 사업이 제대로 진행되지 않을 것이다"라는 협박성 발언으로 대응했습니다. 당연히 심사위원들은 자신들의 뜻을 굽히지 않았습니다. 문예위는 개중 7명은 꼭 빼달라고 재차 요구했습니다. 그해가 을미년이었습니다. 심사위원들은 '을미오적'이 될 수 없다고 강경 대응에 나섰습니다. 문예위는 심사위원들의 강력한 거부에도 불구하고, 최종 심사에 오른 작가들 중 30명을 임의로 배제해버렸습니다. 무려 30명입니다. 블랙리스트의 존재가 의심되는 정황이었습니다.

여러 증거가 속출했습니다. 문학, 연극, 다원예술 등 여러 분야에서 특정 작가들을 지원 배제하거나 임의로 탈락시키는 일이 빈번했음이 밝혀졌습니다. 특히 다원 예술 분야에서 활동하는 윤한솔 작가는 세월호와 관련된 작품을 공연할 예정이었는데, 그 역시 별다른 사유 없이 지원에서 배제되었습니다. 실제로 블랙리스트에 올라 있는 작가들은 폭력혁명을 선동했거나 북한의 지령을 받아 공안 기관이 나서서 감시해야 할 부류의 사람들이 아닙니다. 세월호 참사를 보고 눈물이 나서 시를 쓰거나, 분노하면서 글을 쓰거나, 그 글을 모아서 잡지에 게재했거나 혹은 단행본을 낸 적이 있는 작가들이 대부분입니다. 한 예로 문학동네에서 발간한 《눈먼 자들의 국가》, 창비에서 발간한 《금요일엔 돌아오렴》처럼 세월호를 추모하는 책 관련자들은 모두 블랙리스트에 포함되었습니다. 즉, 문화 예술인 블랙리스트는 비판과 풍자를 싫어하는 지난 정권이 만들어낸 자의적인 명단에 불과했던 겁니다. 세월호 참사에 슬퍼하고 분노하는 모든 국민들 역시 블랙리스트로 만들 작정이었던 걸까요.

한국예술종합학교에서 교수로 재직하고 있는 박근형 교수는 지원금 대상에 선정되었으나 스스로 포기하기를 종용받았습니다. 그는 〈개구리〉라는 연극을 연출한 적이 있는데, "내가 살아 있다면 탱크로 쓸어버릴 텐데, 우리 딸이 부정행위를 했다고?"라는 대사가 문제였습니다. 박정희를 풍자하는 발언이 지원 금지의 사유였던 셈입니다. 박 교수가 지원 포기를 거절하자 문예위 직원들은 당신이 포기하지 않으면 다른 연극예술인도 지원금을 받을 수 없게 될 것이라고 밀어붙였습니다. 결국 박 교수는 지원금을 포기했습니다. 동료들을 위한 불가피한 선택이었던 거죠. 반면 문예위 직원들은 박근형 교수의 포기서를 알아서 작성하여 서류를 조작하기까지 했습니다.

정부에 대한 비판이나 풍자, 해학이 지원 배제의 사유라는 걸 납득할 수 있는 사람이 과연 있을까요? 정부를 찬양하지 않는 예술가들을 다 좌파로 본다면 노벨 문학상 수상자인 밥 딜런을 국내에 소개할 수 있을까요? 밥 딜런은 반체제의 반전 가요를 주로 불렀습니다. 밥 딜런뿐만이 아닙니다. 헬렌 켈러, 스콧 니어링, 장폴 사르트르, 파블로 네루다 등 세계적으로 저명한 작가들은 대부분 사회주의자였습니다. 문화 예술은 좌우를 구분할 수 없습니다. 전체주의 국가의 월급을 받는 시인이 아닌 이상 어찌 정부를 찬양하는 글만 쓸 수 있을까요. 정부의 논리대로라면 체제에 저항하는 작가들의 작품은 읽지도 말고, 출판도 말아야 합니다. 모르긴 몰라도 박근혜 정부가 정권을 더 유지했더라면, 우리나라 문화 예술은 죽은 나무와 같았을 겁니다. 민주주의 또한 죽어버렸겠지요.

2016년 국정감사를 위해 여러 자료들을 받았습니다. 그중 문예위의 회의록을 살펴보니 회의 시간이 정확하게 기재되어 있지 않고, 회의 문맥 또한 앞뒤가 맞지 않았습니다. 아무래도 원본이 아닌 것 같아 원본을 갖고 있을 만한 사람을 찾아서 대조해보았습니다. 역시나 많은 부분들이 삭제되어 있었습니다. 대략 14페이지 분량이었는데, 주로 블랙리스트와 관련된 내용들이었습니다. 증거를 고의적으로 조작했으니 이미 처벌감이었습니다. 또 다른 자료인 2015년 5월 21일 작성된 「문화예술분야 지원사업 관련 현안」에는 '주요 조치 실적'으로 '공로사업 중 329건 배제 조치'란 항목이 있습니다. 블랙리스트 명단 속 인물들을 지원사업에서 배제해야 하는 목적과 주요 조치 실적, 문제점과 향후 대응 방안까지 일목요연하게 적혀 있었습니다. 처리 과정에서 진행 여부를 승인 혹은 불승인하는 몇몇 주체들의 의견이 'K'(국정원), 'B'(청와대) 등으로 표기되어 있습니다. 또한 재정 지원을 얼마나 해줬는지 혹은 하지 않았는지 여부와 특정인에게 가한 명백한 차별과 지원 배제의 구체적 정황들도 고스란히 남아 있습니다. 이 같은 배제는 예술인 복지 분야, 공연 예술 분야, 미술 분야 등등 사회의 모든 영역에 걸쳐 이루어졌습니다. 정부의 각종 산하 위원회, 심사위원, 해외 전시, 해외 출품, 공연, 상 등등 모든 기회를 박탈했습니다. 심지어 자식이 블랙리스트 예술가면 부모에게까지 연좌제를 적용했습니다. 김기춘 전 실장과 조윤선 전 장관, 김종덕 전 장관 등이 구속될 수 있었던 건 그들의 개입을 명백히 보여주는 이런 물증 때문이었습니다. 물증이 입증하는 바 헌법이 보장한 표현의 자유, 창작의 자유, 출판의 자유를 위반한 김기춘 전 실장은 마땅히 처벌받아야 합니다.

2012년 대선 당시 CJ E&M에서 운영하는 채널 중 하나인 tvN 프로그램에는 풍자 코너가 많았습니다. 인기도 높았습니다. 〈SNL 코리아〉의 한 코너였던 〈여의도 텔레토비〉가 대표적입니다. 영화도 예외는 아니었습니다. 〈웰컴 투 동막골〉, 〈공동경비구역 JSA〉, 〈쉬리〉와 같은 영화들을 두고 김기춘 전 실장은 종북 세력이 만든 거라고 폄훼했습니다. 북한 사람들의 인간적인 면모를 그려 국민들에게 편향적인 인식을 심었다는 게 그 이유였습니다. 김기춘 전 실장은 문화 예술계의 90퍼센트 이상이 좌편향되었다고 보았는데, 그의 눈으로 보면 정말로 그럴

지도 모르겠습니다. 오른쪽 맨 끝에 서 있는 사람에게 자신을 제외한 나머지 전부는 왼쪽이니까 모두가 좌파로 보일 수밖에요. 김기춘은 좌편향된 국민들의 인식을 바로잡겠다는 취지하에 〈리턴 투 베이스〉, 〈연평해전〉, 〈인천상륙작전〉과 같은 영화에 수백억대의 돈을 지원했습니다. 그의 계획은 좌파가 장악한 문화 권력을 우파에게로 옮기는 것이었습니다.

취임 당시 박 전 대통령은 '문화 융성'을 국정 지표로 내걸었습니다. 문화가 국력인 나라를 만들겠다고 공언하기까지 했습니다. 하지만 박근혜 전 대통령과 김기춘 전 실장이 만든 나라는 문화가 국력인 나라가 아니라 문화가 폭력인 나라였습니다. 문화의 가치가 곳곳에 스며드는 사회가 아니라 공안의 가치가 곳곳에 스며든 야만의 사회였습니다. 심지어 블랙리스트에 오른 9473명의 명단을 보면 문재인과 박원순 서울시장을 지지한 문화 예술인도 포함되어 있습니다. 선거 승리 이후, 상대 후보를 지지한 사람들의 명단을 작성해서 불이익을 주는 것은 매우 옹졸하고 치사한 짓이 아닐 수 없습니다. 정권이란 대통령을 지지한 사람들을 위해서만 존재하는 것이 아니기 때문입니다.

여전히 박근혜 전 대통령은 블랙리스트가 왜 문제냐고 묻습니다. 김기춘 전 실장 역시 자신이 뭘 잘못했는지 잘 모르고 있습니다. 그는 검찰에서 "나는 이게 잘못이라고 생각하지 않는다. 할 일을 했을 뿐이다"라며, "나는 지시를 이행하는 데 충실했을 뿐이며, 지시를 이행하지 않았더라면 양심에 괴로웠을 것"이라고 말했습니다. 결국 이 사건의 시작은 박근혜 전 대통령 때문임이 명백히 드러나는 말이 아닐 수 없습니다.

이명박 정권 역시 크게 다르지 않았습니다. 이명박 정권은 문화 권력 균형화 전략이라는 정책을 펼쳤는데, 그 정책의 목적 역시 블랙리스트와 비슷합니다. 좌파로 치우친 문화 권력을 우파로 이동해야 한다는 것입니다. 그래야만 문화 균형을 이룰 수 있다는 주장이었는데, 그 정책 중 하나로 문화 예술 단체의 회원들이 촛불집회나 불법 시위 참가 시 지원금을 환수하겠다는 서약서에 동의하라는 요구가 있었습니다. 서약서에 동의하지 않으면 지원은커녕 그동안 지급했던 지원금마저 다 반환하라고 으름장을 놓았습니다. 당시 작가회의 사무총장이었던 저는 총회를 열어 대책 회의를 한 적이 있습니다. 모두가 하나같이 같은 말을 했습니다. 비굴하게 서약서까지 쓰면서 지원금을 받을 필요가 없다고 말입니다. 낭독회 안 하면 된다, 책 안 내면 된다, 학술 토론 안 하면 된다, 다 안 하면 된다고요. 실제로 그 이후 지원금을 한 푼도 받지 않았습니다. 대신 각자의 작품을 거리에서 발표했습니다. 문화예술위원회 건물 앞에 가서 소리 내어 읽었습니다. 그들의 귀에 들리게끔 말이죠.

전 세계적으로 통용되는 문화 예술 지원 원칙이 있습니다. 지원은 하되 간섭하지 말라는 것입니다. 이명박 정권은 지원은 했지만 간섭도 했습니다. 박근혜 정권은 지원도 하지 않고 간섭만 했습니다. 앞으로의 정권은 지원은 하되 간섭도 하지 말아야 할 것입니다. 헌법에 따르면 누구도 감시·검열·차별·배제 못하도록 명시되어 있습니다. 근데 박근혜 정권은 조직적으로 헌법이 금지한 짓을 스스럼없이 자행했습니다. 특검의 공소장에 따르면 김기춘 전 실장의 지시에 따라 2014년 4~5월 사이 국민소통·행정자치·사회안전·경제금융·교육·문화체육·보건복지·고용노동 등 비서관들이 참여하는 '민간단체 보조금 TF'를 운영해 블랙리스트를 작성·관리하도록 한 내용이 있습니다. 야당 후보자 지지 선언을 하거나 정권 반대 운동에 참여하거나 주관적으로 좌파 성향으로 선별한 개인과 단체를 포함해, 사회 전 영역에 걸쳐 '좌편향 인사 및 단체'를 전수조사하고 관련 데이터베이스를 만들었을 것으로 짐작됩니다. 다만 문화 예술계만 드러난 것입니다. 빙산의 일각인 셈이죠. 아직 다른 분야에는 손을 대지 못하고 있습니다. 정권 교체를 해야 이 문제를 제대로 밝혀낼 수 있습니다. 다시는 이런 식의 공안 통치가 없으려면 정권 교체만이 답입니다.

어떤 국민이든 헌법에 의해 감시받지 않을, 검열받지 않을, 차별받지 않을 권리를 갖고 있습니다. 문화로 아름다운 사회를 만들기 위해서는 제대로 된 지원 정책이 필요합니다. 지난 2015년 때의 일입니다. 연극배우 김운하(본명 김창규) 씨가 고시원에서 죽은 지 며칠 후에야 발견된 사건이 있었습니다. 무연고자로 병원에 안치되어 있던 그의 장례를 치러준 이는 동료들이었습니다. 사망 전 그의 수입은 월 40여만 원 정도였습니다. 대부분의 연극인들이 공연이 없을 때는 실업자로 지냅니다. 프랑스는 연극인들의 공연 일수를 따져서 보험 혜택을 줍니다. 우리나라에도 프랑스의 제도를 도입해볼 수 있지 않을까요? 생계를 지원하는 정책만이 아니라, 긴급하고 위급한 상황일 때 대출을 도와줄 수 있는 금고가 있다면 미래와 생계에 대한 예술가들의 걱정과 불안을 조금이나마 덜어줄 수 있지 않을까요? 예술인뿐만이 아닙니다. 갑자기 몸이 아플 때, 아무에게도 의지할 수 없을 때 국가에 의지하도록 만들어주어야 하지 않을까요? 4대 보험 혜택을 제대로 받지 못하는 예술인들에게 복지 및 지원 정책은 반드시 필요한 정책입니다. 경제적으로 어렵게 사는 문화 예술인들이 참 많습니다. 그들이 기본적인 생활을 누릴 수 있는 환경을 제공해줘야 합니다. 이것은 저의 주장이 아니라 예술인 복지법에 엄연히 명시되어 있는 내용입니다.

제가 아는 문재인은 문화 예술에 조예가 깊은 사람입니다. 수많은 예술인들이 지난 대선 때, 그를 지지했습니다. 그들 역시 빠짐없이 블랙리스트에 모두 올랐습니다. 그러니 문재인에게도 책임이 없다 할 수 없습니다. 문재인을 지지했던 작가들이 아무 잘못 없이 오랫동안 불이익을 받았으니까요. 문재인에게 부탁하고 싶습니다. 민주주의의 가치가 잘 지켜지고 예술의 자유를 보장해주길, 그가 이 책임을 떠맡아주길 바랍니다. 문화 예술 쪽 사람들이 사회적으로 배제되지 않는 정책을 펼쳐주기를 당부합니다.

최근, 박근혜-최순실 게이트를 조사하느라 저 역시 시를 못 썼습니다. 시인으로서 저의 바람은 예술가를 찾는 사람들이 많아지는 것입니다. 지금보다 책도 많이 읽고, 연극도 많이 보고, 문화 예술에 대한 프로그램도 많아졌으면 좋겠습니다. 그러면 저 또한 다시 시를 쓸 수 있지 않을까요. 대한민국의 한 국민으로서 저는 바랍니다. 이름 없는 존재로 물러나 있던 사람들의 목소리가 더 커져서, 조금씩 평등을 향해 나아가기를 바랍니다. 그리하여 나만 소중한 게 아니라 내 옆에 있는 사람, 내가 만나는 사람이 다 나처럼 소중한 사람이라는 걸 알게 되는 세상이 왔으면 좋겠습니다. 사람을 수단으로 여기지 말고, 내 욕심을 채우기 위한 도구로 생각하지 않고, 사람이 가장 크고 값진 재산이라는 걸 잊지 않았으면 좋겠습니다. 이 세상의 모든 일들이 다 사람과 사람이 모여서 하는 일이고, 사람을 잃으면 가장 큰 것을 잃는 것이란 걸 늘 기억하며 살았으면 좋겠습니다.

도종환
청주 흥덕 국회의원, 시인.
1954년 충북 청주 출생. 교사로 재직하다 전교조 활동으로 해직, 투옥되었다가 복직되었다. 출간한 시집으로 《고두미 마을에서》 《접시꽃 당신》 《지금 비록 너희 곁을 떠나지만》 《당신은 누구십니까》 《흔들리며 피는 꽃》 《부드러운 직선》 《슬픔의 뿌리》 《해인으로 가는 길》 《세시에서 다섯시 사이》 《사월 바다》, 산문집으로 《꽃은 젖어도 향기는 젖지 않는다》 《너 없이 어찌 내게 향기 있으랴》 《그대 언제 이 숲에 오시렵니까》 등이 있다. 백석문학상, 신동엽문학상, 정지용문학상, 윤동주상, 공초문학상, 신석정문학상 등을 수상했다.

미래는 이미
우리 앞에 당도했다

2016년과 2017년 사이,
나는 내가 살고 있는 시대를 이해하게 되었다

지금 자신이 살고 있는 당대를 그 즉시 이해하고 더구나 정의까지 한다는 것은 쉬운 일이 아니다.

훗날 '내 부모는 이런 분이셨다' 회고할 수 있지만 그건 그만큼의 시간을 필요로 하는 일……. 지금 당장 함께 살고 있는 부모에 대해 객관적인 평가를 하는 것이 쉽지 않은 것처럼 당대와 개인의 관계도 그렇다. 아무리 벗어나려고 해도 결국 내가 내 살과 뼈를 준 부모에 대한 결속으로부터 자유롭지 못하듯 개인은 자신이 살고 있는 시대의 영향에서 벗어나기 힘들고, 이와 같은 연유로 자신을 자신이 속한 환경의 흐름으로부터 분리한다는 것은 지난한 일이다.

난 이런 점에서 2016년과 2017년을 살고 있는 우리가 역사적으로 매우 귀한 경험을 하는 세대라고 생각한다.

난 자신 있게 지금 이 순간, 내가 어디에 서 있는지 분명하게 정의할 수 있다.

우리를 둘러싸고 있는 환경은 매우 소란스럽고 매일매일 그 향방이 어떨지 예측하기 힘들어 보이지만, 분명한 것은 지금 우리가 서 있는 이 자리는 '앙시앵레짐'을 종식시킬 수 있는가, 없는가…… 그걸 선택하는 갈림길, 그 코앞이다. 어쩌면, 이번 선거를 통해 우리는 지난 시절의 적폐를 해소하는 새로운 길에 들어설 수 있을 것이다.

우리는 지난겨울 내내, 서로 정반대 방향을 향해 움직이는 시대의 힘을 보았다. 이런 장면은 우리에게 기시감과 위기감을 동시에 안겨준다.

세계 인류사의 중요한 분기점으로 칭송되는 프랑스 시민혁명은 후대의 평가와 달리 당대에는 오히려 기득권 세력의 강한 저항에 맞부딪혀 퇴행적으로 뒷걸음질을 쳤다. 4·19는 5·16에 의해 좌절당하고, 1980년 봄은 5·18에 의해 피로 얼룩졌다. 1987년 민중대항쟁은 또 어떠했던가, 국민들의 열망은 신군부 재집권 시나리오에 의해 모욕당하는 참담한 결과를 맞이했었다.

나는 이명박-박근혜 정권이 탄생하게 된 배경과 집권 이후 행태가 이와 흡사한 것이라고 생각한다. 이런 게 역사의 반동이다.

사실, 김대중-노무현 정권의 등장을 통해 현재 우리나라가 지닌 역사적 추동력은 어느 정도 그 역량을 드러냈다고 할 수 있다. 전면적이지는 않았지만 개량적 민주주의, 개량적 자본주의, 개량적 세계화 등 우리 시대가 안고 있는 한계를 분명히 노출한 채 가능성을 모색하는 단계에 접어들었던 것이다.

하지만, '잃어버린 십 년'을 운운하며 등장한 이명박-박근혜라는 퇴행적 체제의 등장으로 말미암아, 마치 앞으로 달려가던 차량이 갑자기 급정거를 하더니 후진을 하는 것 같은 변속 충격이 우리 사회를 강타했다.

당시 이명박 정권의 등장에 대해 진보 정권의 미숙한 국정 운영과 개혁 피로감, 내부 분열, 혹은 자본주의적 욕망의 극대화 등이 다양한 원인으로 거론되었지만, 지금 돌이켜보면 이는 정확한 진단이라고 보기 어렵다. 그보다는 오히려 구체제적인 사회 관습과 집단의식이 잔존하던 상황을 너무 가볍게 바라보았다는 것, 즉 계몽주의적인 낙관론이 팽배했던 것이 오히려 결정적인 패착이 되어 오히려 반동과 뼈아픈 역습을 허용한 것이라고 나는 생각한다.

따라서 박근혜 파면 이후 기세가 꺾이긴 했지만 이른바 '태극기 부대'의 난동의 원인에는 얼만큼의 자발성도 작동하고 있었다는 점을 절대 간과해서는 안 된다. 물론, 시대의 대세와 정의는 촛불광장에 모여 더욱 세차게 타올랐고, 이 불빛이 우리가 앞으로 가야할 길을 밝히고 있다는 점은 의심할 필요도 없지만, 빛이 환할수록 그림자도 선명하다는 것 또한 사실이다.

'밀실'과 '광장'의 변증법적 조화

최근 최인훈의 소설 《광장》을 다시 꺼내 읽었다. 1960년에 발표되었으니 사람으로 치면 곧 환갑이 되는 작품인데도, 여전히 '현실적'이라는 것에 감탄을 해야 되는 것인지 절망을 해야 하는 것인지 책장을 넘기는 심사가 착잡했다.

최인훈은 해방 이후 국면에서 타락해가는 남한의 사회상을 '밀실'이란 상징적 단어로 압축했다.

그게 물경 70여 년 전 이야기이다. 하지만, 우리는 그 시절에 대한 소설보다 훨씬 더 상상을 초월하고 더 추잡한 '권력의 밀실'을 지난겨울 내내 목도했다. 이쯤 되면 세상은 시간이 지날수록 좋아지는 것이 아니라 더욱 나빠지는 것은 아닌가, 의심이 들 정도이다. 우리가 사는 시대가 21세기가 맞긴 한 건가!

소설과 현실이 달랐던 점이 있다면 '광장'의 모습이라고 할 수 있다.

소설 속에서 북쪽 체제를 표상하는 단어로 쓰였던 '광장'은 춥고 형식적인 수치의 크기를 측정하는 곳으로 집단적 광기와 폭력이 잠재한 곳이었으나, '광화문'으로 표상되는 지난겨울 우리들의 '광장'은 뜨겁고 자발적인 치유의 빛이 흘러넘치는 곳이었다.

촛불을 통해 온기를 나누며 우리는 우리 공동체에 대한 새로운 소속감과 가능성을 생각할 수 있었다. 우리가 스스로 촛불이 되어 우리 시대와 우리 자신을 불 밝혀 비췄다는 것, 이를 통해 자기 구원의 길을 스스로 개척했다는 것은 한국 민주주의사의 새로운 이정표로 기록될 것이다. 개인과 집단의 평화로운 조화가 우리가 원하는 이상적 공동체의 모습이라면, 우리는 그 가능성을 지난겨울 차가운 아스팔트 위에서 직접 체험했다.

그런 점에서 이번 촛불광장이 지닌 '길거리 학교'의 면모에도 주목할 필요가 있다.

많은 언론에서 이미 보도하고 있는 것처럼, 2016년부터 2017년까지 우리 국민들은 전 세계 사람들을 깜짝 놀라게 했다. 시위가 끝나면 자진해서 길거리를 청소하고, 경찰 차벽에 붙인 청산과 평화의 스티커를 떼는 일조차 경찰들에게 폐가 될까, 스스로 떼어낸 게 우리 국민들이었다. 누군가 화를 참지 못해 격렬해지면 주변에서 그 사람을 달래고 보듬어서 다시 평화 시위 대열에 복귀시켰다. 이 장면을 보면서 외국인들은 감탄했고, 우리들 마음속에는 자긍심과 그에 동반하는 책임감이 동시에 싹텄다. 딸 셋과 함께 거리에 나선 나는 부모가 채 못한 교육을 여기 이 많은 이들이 대신 해주고 있다는 생각이 들어 무한한 감사의 마음까지 갖게 되었다.

최소한 내가 지난겨울 내내 목격한 촛불광장은 세대와 세대가 함께하며 전해야 할 것과 이어받아야 할 것에 대해 서로 고민하고 공부하는 학습의 장이었다. 1894년 동학혁명 당시의 '전주 집강소', 1960년 4월의 '서대문 거리', 1980년 5월의 '광주 금남로', 1987년 6월항쟁이 열렸던 전국의 모든 도로 위에서 문을 열었던 민주주의 학교…… 우리는 서로가 서로에게 교사이고 학생이었다.

'자본주의'와 '민주주의', '인치'와 '법치'

한국의 자본주의는 지금 어디 있는 것일까? 세계적 기업이라고 일컬어지는 삼성의 총수가 뇌물죄로 구속될 때, 많은 국민들은 삼성이나 국가의 경제에 대해 우려하기보다 오히려 만시지탄으로 받아들인 것은 또 무엇일까?

한동안, 우리는 '세계적으로 유례를 찾기 힘든, 산업화와 민주화를 동시에 성취한 나라'라는 자화자찬에 빠져 있었다. 지금 돌이켜보니 그건 현실에 입각한 엄밀한 자기평가라기보다 자기발전적 기대감의 표출이었던 것 같다. 즉, '압축 성장'을 통해 기형적으로 '뻥튀기'되어 화려하게만 보이던 경제 수치에 비춰 보면, 왜 이리 내 삶의 주변은 남루한 것인지…… 자괴감이 오히려 과도한 자부심을 부른 것은 아닌지…… 우리는 우리의 현실에 대해 더 엄격하게 진단했어야 했다.

우리를 이와 같은 착각으로 유도한 것은 프로파간다에 익숙한 정치권력과 언론 권력이었다.

그렇지만 우리들의 책임도 작은 것은 아니다. 김대중 정부 시절에 갖춰진 IT 기반 위에서 네티즌의 지지와 성원을 얻은 노무현 대통령이 탄생한 것은 분명히 자랑할 만한 일이었지만, 그 정도면 됐다고 자족한 것이 이명박-박근혜라는 기형적 권력을 부른 것은 아닌지 뼈저리게 반성할 일이다.

지난 10년간 상황은 극도로 악화하기 시작했다.

첨단 정보화, 글로벌 산업화되어 있다고 생각했던 굴지의 대기업 오너라는 사람들이 보여준 행태는 일반적인 국민들의 상식 수준에 미치지 못하는 것이었다. 삼성가家, 롯데가, 한진 그룹 등 이른바 한국의 경영 족벌들이 보여주는 모습과 박근혜-최순실 일당이 보여준 저급한 행태는 별반 다르지 않다. 권력과 돈 앞에서는 가족도 없고 의리도 없는 저들이 이 나라의 정치·경제적 리더 자리를 꿰차고 앉아 있었다는 기막힌 현실. 사회적 책임감이란 찾아볼 수 없고, 무슨 일이든 은폐하고, 발각이 되면 궤변만 일삼는다. 그런 이들이 끼리끼리 뭉치는 것은 오히려 자연스러운 일인가, 이들 사이에 행해진 정경 유착의 적나라한 모습은 지금 한국 사회가 어디에 있는지, 우리를 당혹스럽게 만든다.

이런 점에서 다시 한 번, 지난겨울은 우리들에게 오히려 축복이었다. 우리는 비로소 우리 공동체의 명확한 현실을 깨닫게 되었다.

왕조시대 혹은 음습한 뒷골목에 존재하는 '왕초' 문화가 우리 사회 상층부에 뿌리 깊게 자리 잡은 채, 부당하게 획득한 권력과 금력을 십분 활용해 자신들의 행위를 합법적인 양 치장하고 있었을 따름…… 우매한 혼군昏君의 인치人治가 지속되고 있었던 것이다. 국민들이 위임한 권력을 자신들만의 독점 권력으로 만들어, 자신들의 성을 쌓고 지키는 일에만 사용한 이들이었다.

물론, 이와 같은 현실 인식이 현실을 개선하는 것으로 직결되는 것은 아니다. 오히려, 정확한 진단이 현실의 모순을 고통스럽게 드러내는 경우도 많다. 그리고, 드러난 고통은 우리를 더욱 절망스럽게 만들기도 한다. 공정하고 평등한 원리가 작동하는 법치주의 국가가 우리들이 도달하고자 하는 지점이라고 한다면, 우리는 얼마나 더 많은 고개를 넘어야 하는 것이며 얼마나 많은 저항들과 맞서야 한단 말인가? 생각만 해도 숨이 벅차다.

　짧은 두레박줄로는 깊은 우물물을 길어 올릴 수 없다고 했다. 합리적 이성과 공동체적 전망에 의거한 법치주의 공간을 우리 사회가 안정적으로 확보하기 위해서는 더 길고 튼튼한 동아줄이 있어야 한다.

'이제 진짜' 새로운 리더십에 대한 기대

'이게 나라냐?'에서 시작된 국민적 분노는 '완전히 새로운 대한민국!'에 대한 열망을 낳았다.

　1945년 해방 이후 지금까지 누적된 적폐 청산을 이제 더 이상 미룰 수 없는 시점에 이르렀다는 게 국민들의 일치된 판단이다. 합리적 결정보다는 밀실 야합에 의존해온 지금까지의 국가 운영 시스템은 '광장'으로부터, 헌법재판소로부터 준엄한 심판을 받았다. 하지만, 이것은 국가 대大개조, 국가 대청소의 시작을 알리는 신호탄에 불과하다. 이제 진짜 새로 시작이다.

　지금 우리가 원하는 리더십, 지금 우리에게 필요한 리더십은 무엇일까? 저마다 고민은 깊지만, 2017년 대선을 통해 우리가 선출하고자 하는 리더십에 대한 기대는 어느 정도 요약이 된 것 같다. 청산 의지와 새로운 대한민국 건설 역량을 갖춘 리더십.

　대통령을 '메시아'나 '슈퍼맨'으로 착각하고 강림을 기다리던 시절도 분명 우리 역사에는 존재한다. 그 결과는 참혹하게도 사람의 장벽에 둘러싸인 밀실 리더십을 낳았다는 것도 우리는 잘 알고 있다. 또한,

임기 5년의 짧은 기간 동안 이룰 수 있는 일에 한계가 있다는 것도 우리는 이미 깨달았다.

내가 바라는 새로운 리더십은 '인치'에서 '법치'로의 전환을 이끌고 사회적 갈등을 해결할 수 있는 합의 시스템을 구축할 수 있는 리더십이다. 그리고, 자신이 할 수 있는 일만큼 약속하고 약속을 충실히 이행하는 모습을 보이는 지도자면 충분하다고 생각한다.

이것이 내가 '문재인'에 주목하는 이유다. 난 문재인이 우리 시대에 주어진 귀한 선물이라고 생각한다.

아직도 우리나라의 많은 정치인들은 '과유불급형'이다. 사람들로 하여금 과하게 분노하게 하고 과하게 기대하게 만들어 큰 실망을 안긴다. 문재인에게는 그런 과장이 없다.

그로 인해 조금 밋밋해 보이지만, 담백하고 우직하게 자신의 자리에서 늘 최선을 다하는 모습을 보였다. 자신이 처한 시대와 환경 속에 그는 거기에 속한 구성원으로서 자신이 할 수 있는 최고의 노력을 기울이는 사람…… 독재 정권하의 대학생일 때는 민주화 운동에, 그러다 강제징집되었지만 원망하지 않고 군인으로서 최선을 다했으며, 변호사 시절에는 자신의 역량이 미치는 범위 내에서 최대한 없는 자들의 편에서 호민관護民官 역할을 묵묵히 수행했다. 도반道伴이었던 노무현이 대통령이던 시절에는 수많은 개혁 과제들을 잡음 없이 수행하는 데 전념하였으며, 국민들이 그를 지도자로 호출하자 그는 주저하지 않고 국민의 부름에 응했다. 문재인의 삶의 역정을 지켜보고 있노라면, 그는 마치 이 세상에 일을 하기 위해 온 사람처럼 어떤 자리에서든 상일꾼 역할을 도맡았다. 지금 이 나라에는 이와 같은 일꾼이 필요하다. 살아온 길이 곧 그 사람을 증명하는 법 아니던가.

우리가 가야 할 길은 아직도 멀다. 이번 대선은 그동안 전진과 퇴보를 거듭하며 흩어져버린 국가적 역량을 다시 결집하는 계기, 우리 공동체가 가야할 길에 방향 재설정에 관한 공론화의 계기가 될 것이다. 대통령 선거 한 번으로 우리 삶이 송두리째 바뀌는 것은 아니다. 문재인 대통령 시대가 된다고 해서 이 나라가 단번에 좋아지리라고 기대하지 않는다.

다만, 이번 촛불광장에서 지펴 올린 민심의 촛불이 앞으로 더욱 환하게 빛나리라는 기대는 할 수 있다. 더러운 역사적 적폐가 모두 드러났다면, 이를 치우고 새로운 보금자리를 만들어줄 일꾼이 필요하다. 청소하라고 지시하거나 청소하자고 소리만 높이는 사람은 지금 우리가 원하는 지도자의 상이 아니다.

다만, 우리의 선택이 우리가 가야 할 길을 규정한다. 바다를 향하면 바다에 닿는 것이고, 산을 보고 걸어가면 결국 산에 도달한다. 지난 70여 년간 쌓인 적폐를 청산하려면 복잡다단하게 꼬여 있는 매듭을 하나씩 하나씩 짜증내지 않고 풀어내는 국민적 인내 또한 필요하다. 오래 가야할 길, 멀리 가야할 길…… 이번 선거는 '앙시앵레짐'을 끝내고 완전히 새로운 대한민국을 향해 첫 발걸음을 내딛는 선거일 수밖에 없다.

결국, 역사는 역사가 심판한다. 오늘 우리들의 선택에 대해 미래 대한민국은 어떻게 판결할 것인가?

5월은 어떤 모습으로 우리 앞에 나타날 것인가, 생각하면 가슴이 뛴다. 봄은 새로 본다고 해서 봄이라고 한다지 않던가. 지금 우리는 어디를, 무엇을 보고 있는가?

미래는 언제나 바로 우리 앞에 와 있다. 이미 당도한 미래와 지금 만날 것인가, 그 만남을 미룰 것인가! 그 결정의 순간이 오고 있다.

김병용

소설가.

1966년 전북 진안 출생. 〈문예중앙〉 중편 부문 신인상을 수상하며 등단했다. 백제예술대학 교수, '혼불 기념 사업회' 사무국장과 '최명희 문학관' 초대 연구실장, IWP 파견 작가, 아시아아프리카문학페스티벌 사무처장, 전북대 한국어학당 선임연구원, 미 국무부 CLS · NSLI–Y 한국 디렉터 등을 역임했다. 출간한 책으로 소설집 《그들의 총》 《개는 어떻게 웃는가》, 기행산문집 《길은 길을 묻는다》 《길 위의 풍경》, 연구서 《최명희 소설의 근원과 유역》 등이 있다.

비로소 21세기의
새로운 질서를 향한 첫 걸음

함성호

이탈리아의 마르크스주의자인 안토니오 그람시는 감옥에서 생각했다. 1917년 러시아혁명은 성공했는데 왜 1918년에서 1921년 사이에 벌어진 이탈리아 노동자 운동은 실패했을까? 당시 그람시는 혁명적이고 독창적인 공장 평의회 운동[1]을 펼치고 있었다. 그람시는 먼저 공장 평

---

1 공장 평의회는 계급투쟁 조직일 뿐만 아니라 프롤레타리아 국가의 모델이다. 그 구성은 이미 각 공장에 존재하는 내부 위원회를 기반으로 구성원을 대표하는 대표 위원을 선출한 뒤 다시 대표 위원회를 구성하는데, 이때 선거를 통해 대략 노동자 15명당 1명의 대표 위원을 선출한다. 그리고 다시 공장의 각 계층과 분야의 대표자를 선출한 뒤 공장 대표 위원회를 조직한다. 공장 대표 위원회가 각 지구나 구역별로 지구 위원회를 구성하는 단위가 되며, 구역에 속한 모든 노동자, 즉 운전기사, 상점 종업원, 식당 웨이터, 청소부, 개인 고용 노동자 등의 대표가 포함될 수 있도록 하는 것이 골자다. 그람시는 이를 공장이나 도시에 국한하지 않고 농촌에도 농민 평의회를 조직해서 전국 조직으로 확대하려는 의도를 갖고 있었다. 노동자 대표성과 일반투표의 원리, 그리고 직장 대표의 원리가 고스란히 반영된 공장 평의회는 1919년과 1920년 '붉은 2년' 총파업 투쟁과 공장점거 투쟁에서 주역이었고, 이탈리아 노동운동사에 커다란 족적을 남겼다. 그러나

의회 운동이 실패한 원인을 살폈다. 첫째는 기존 노동운동 조직과의 마찰이 있었다. 그리고 조직 효율성과 지도력이 뒷받침되지 않은 상태에서 하부조직원들에게 의존한 점도 문제였다. 그 기저에는 당시의 정치 경제 상황에 대한 충분한 이해와 인식의 부족이 있었다. 정리하자면, 정치 지도력의 부재와 기존 노동조합의 비협조적 태도 때문에 평의회 운동은 실패했다. 정치 지도부였던 사회당은 공허한 논쟁과 웅변만을 되풀이하고 있었고, 직업별 노조, 노동회의소, 산업별 노조, 노동총동맹을 비롯한 기존 노동조직들은 기득권과 영향력, 그리고 세력의 축소를 우려한 나머지 마치 방관자처럼 남아 있었다.[2] 그런데 그 이전에 이미 전조가 있었다. 1915년 5월에 참전하여 제1차 세계대전의 승전국이 된 이탈리아는 군수산업을 중심으로 성장했고, 이것은 곧 '강력한 이탈리아'라는 신화적 허상으로 이어진다. 전쟁 상황에서 민족주의자들이 중심이 되어 고취한 '애국심'과 '국가'라는 단어는 당시의 자유주의나 사회주의와 같은 이념들을 내몰기에 충분했다. 이탈리아 파시즘은 '붉은 2년'의 혁명 기간 중에도, 오히려 그것을 선택적으로 품고 버리며 자라고 있었다.

우리는 왜 자본주의 말고는 다른 사회 운영 방식이 없을 것이라고 생각할까? 가족을 부양하기 위해 매일 노동해야 하는 삶을 아무 비판 없이 받아들일까? 대학에 가는 것은 나를 위한 일이기도 하지만 국가

1921년 1월 이탈리아 사회당(PSI)의 보르디가, 그람시, 타스카, 톨리아티, 테라치니가 이탈리아 공산당(PCI)을 창당하면서 공장 평의회 운동은 막을 내렸다.

2 김종범, 「이탈리아 노동운동과 그람시」, 세계 노동운동사 연구회 제6차 특강 발표문.

에게도 좋은 일인데 왜 나 혼자 빚까지 져가며 등록금을 내야 하는가? 복지는 복지 이전에 인간으로서의 권리다. 자본주의는 그것을 혜택을 주는 것처럼 말함으로써 받는 것 이상의 감사를 느끼게 한다. 그람시는 '붉은 2년'의 혁명이 실패한 이유를 좀 더 근원적으로 숙고했다. 그래서 건진 질문이 "왜 노동자들은 자신에게 적대적인 체제를 받아들이는가?"였다. 가장 가난한 사람들이 부자들의 부를 지켜주는 제도를 옹호하는 이상한 괴리에 대해 그람시는 고민했고, '헤게모니론'이 탄생한다. 그람시는 '헤게모니론'에서 어떻게 지배계급이 시민사회의 구조, 즉 교회, 학교, 언론, 정당뿐 아니라 심지어 노동조합 같은 제도들을 통해 "지적·도덕적 지도력"을 유지하는지를 보여주었다. 가령, 부를 창출하는 것은 노동자가 아니라 기업주나 강력한 지도자라든가, 먹고 놀려고 하는 자들이 복지를 주장한다든가 하는 것이 지배계급이 강조하는 것들이다. 가난한 사람들은 자본주의 외의 사회 운영 방식을 잘 모르기 때문에 일견 당연한 듯이 보이는 이러한 논리에 쉽게 동의하고, 결과적으로 자신들에게 가장 불리한 정권을 편들게 된다.

오늘날의 한국 사회는 피지배층에게 그러한 프레임을 씌우기가 더 쉽다. 분단 상황에 처해 있기 때문이다. 다시 말하면, 전쟁이라는 극단적 경험을 겪은 세대가 다수 존재하고 분단 상황이 지속되는 상태에서 지배계급의 프레임 씌우기는 더 간단하고 그만큼 더 무모해진다.[3] '빨갱이'가 전쟁의 상처를 갖고 그것에 대해 두려움을 느끼는 사람

3 이 무모함 뒤에서 북의 악질 공산주의와 남의 저질 자본주의의 손잡기가 가능해진다.

들을 대상으로 지배층들이 만들어내는 프레임이라면, '종북'이라는 말
에는 자본주의적 질서를 어지럽히는 무리라는 뜻이 전쟁의 공포에 더
해져 있다. 독재자들에 의해서 거의 완벽하게 성공적으로 이루어진 이
프레임 때문에 남한 사회에서 자본주의 이외의 사회 운영 방식을 말하
는 것은 거의 불가능해지고 말았다. 그 결과 우리는 민주정의 가장 근
저를 이루는 (불완전한) 사회 운영 방식을 보완할 수 있는 기회를 기
득권층으로부터 송두리째 빼앗기고 말았다. 우리가 빼앗긴 논의 중에
서도 토지에 대한 문제는 경제민주화를 위한 가장 시급한 선결 문제임
에도 불구하고 거의 제대로 얘기된 적이 한 번도 없을 정도다.

　　지나치게 높은 지대는 노동의 가치를 제로 이하 상태로 만들뿐 아
니라 인간의 자유를 억압한다. 비싸게 땅과 건물을 사들인 토지 주인
은 높은 임대료를 받고 그것을 원하는 사람에게 빌려준다. 그렇게 건
물을 임대한 임차인은 처음에는 달마다 내야 할 임대료와 자신의 노동
력, 그리고 생산물의 원가를 계산해서 소비자에게 제공할 생산품의 가
격을 책정한다. 얼핏 별 무리가 없어 보이는 이 방식은, 그러나 임대료
가 상승하면서 합리성을 잃어버린다. 임대료는 건물주 임의로 올릴 수
있지만 생산품의 가격은 그렇게 하지 못한다. 소비자는 언제든지 다
른 가게로 옮겨갈 수 있기 때문이다. 이런 상황에서 가게 주인이 할 수
있는 것은 제품의 원가를 줄이는 것이고, 당연히 제품의 질은 떨어진
다. 이제 소비자는 전보다 훨씬 낮은 질의 제품을 전과 같은 가격에 사
게 된다. 결국 가게 주인은 줄어드는 구매자와 높은 임대료에 허덕이

다 문을 닫고, 소비자는 더 질이 나쁜 제품을 소비할 수밖에 없게 된다. 여기에서 여전히 이득을 보는 사람은 오직 부동산 소유자뿐이다. 항상 높은 이익을 내므로 팔 때는 더 비싼 값이 매겨지고 부동산 가격은 매년 천정부지가 된다. 부동산 가격이 오른다는 것은 망하는 가게들이 많아진다는 것이고, 우리 생활의 질이 더 낮아진다는 것을 의미한다. 왜, 이렇게 열심히 일하는데 점점 더 힘들어지는 걸까? 열심히 일하는 사람이 가져가야 할 몫이 부동산 소유주의 주머니로 들어가기 때문이다. 건물은 건물주가 만들거나 구입한 것임은 틀림없지만 그 공간과 건물의 가치를 만드는 것은 건물주가 아니라 그 건물의 이용자들이다. 당연히 건물의 소유자와 건물의 이용자는 그 건물의 가치를 위해 합리적인 관계를 만들어가야 한다. 그것이 서로 공생하는 길이기 때문이다. 중국의 속담에 돈의 주인은 가지고 있는 자가 아닌 쓰는 자라는 말이 있다. 건물은 소유하는 자의 것일 수 있지만 동시에 그것을 실제로 이용하는 자의 것도 된다. 소유자는 단순히 건축 행위를 한 자이지만, 이용자는 그 건물의 가치를 만드는 자이기 때문이다. 이런 가치를 무시하는 사회는 인간의 권리와 공동체를 온전히 보존하지 못한다. 임대료가 싼 낙후된 지역에 예술가들이 모여들고 거기서 공간을 꾸미고, 그들이 벌이는 행위가 사람들을 모으면서 상업자본과 건물주, 기획 부동산이 결탁하여 정작 그 공간의 가치를 만든 예술가들이 쫓겨나는 현상은, 결국 건물의 임대료를 상승시킬 뿐, 그 피해는 고스란히 다수의 이용자들에게 돌아오게 마련이다. 만약 건물에 영혼이 있다면 그것은 바로 사람이다. 그 건물의 이용자들이 그 건물의 영혼이다.[4] 토지가 금융

자본처럼 단지 가격에 의해 그 가치가 매겨지면서 인간의 아이디어가 설 자리를 잃게 된다. 어떤 아이디어도 부동산 가격의 상승을 따라잡지 못하기 때문이다. 부동산 자본주의는 인간이 아니라 현물 없이 가격으로만 통용되는 금융자본주의의 모습과 거의 흡사하다. 그 증거로 한국의 은행 중에서 아이디어에 투자하는 은행은 없다. 은행은 항상 부동산 담보물을 원한다. 사람보다 물건을 믿는 것이다. 부동산 자본에 대한 문제는 우리의 삶의 질을 심각하게 위협하고 있다.

비유하자면, 우리는 분단이라는 안대로 우리의 눈을 가리고 있는 셈이다. 그 안대를 풀고 밖을 보면 문제는 더욱 심각하다. 지난 세기 동아시아에서 벌어진 수많은 시위와 저항, 즉 중국혁명과 한국전쟁, 일본의 서클 마을 운동, 홍콩의 구룡봉기, 그리고 대만의 해바라기 혁명, 촛불시위까지, 이 모든 것은 사실 비제도적 실천을 둘러싼 실험이었다.[5] 이는 좀 더 근원적으로 이식된 근대성에 대한 부작용이고, 체질을 개선하기 위한 몸부림이었다. 그리고 우리는 지금 새로운 세계 체제의 변혁의 와중에 있다. 중국은 내부의 넘치는 생산력과 새롭게 맞이한 금융 이익을 처리하기 위해 '일대일로一帶一路'라는 국가 전략을 내세웠다. 중앙아시아-유럽을 잇는 육상 실크로드를 뜻하는 '일대'와 동남아시아-아프리카-유럽을 연결하는 해상 실크로드 '일로'를 통해 서구 자

4　함성호, 「시간과 땅, 그리고 소유」, 〈건축신문〉 14호.
5　김원, 「국가/국민을 넘어서는 실험들: 냉전 동아시아의 비제도적 실천」, 〈실천문학〉 2014년 여름호.

본주의 국가들이 낳은 위기를 해결하고자 한다.[6] 일대일로는 이제 시작이다. 중국의 주도는 어쩔 수 없지만 주변 국가들의 참여 없이는 불가능하다. 인도, 러시아, 이슬람, 유럽 등이 해당되고 우리 또한 참여할 수 있다. 중국의 '일대일로'를 바라보는 시각에서 가장 중요한 것이 이것이다. 우리는 어떻게 인도, 러시아, 이슬람 등을 비롯한 나라들처럼 적극적으로 개입할 것인가?

세계는 미국이 초강대국으로 등장하는 모습을 보면서 새로운 세기를 맞이했다. 동맹국들은 미국을 지지했고 그 결과 미국은 그 유례를 찾아볼 수 없을 정도로 다른 나라들과 심각한 군사적 불평등을 낳으며 초강대국으로 우뚝 설 수 있었다. 그리고 지금, 미국과 미국의 동맹국들은 어떤 변곡점에서 서서히 내려오고 있는 중이다.[7] 그리고 또 하나 유럽과 중국을 잇는 중간에 이슬람이 있다는 사실을 잊어서는 안 된다. 이슬람 세계는 이미 9세기부터 종교를 통해 이어져 있었다(지금처럼 나누어진 건 불과 100년 전후의 일이다). 이병한에 의하면, 동유라시아에 대당 제국이 군림하고 있을 때, 서유라시아에는 기왕의 부족의식을 지양하고 보편적 대일통을 이룬 아바스 제국이 들어섰다. 그 아바스 제국을 달성할 수 있었던 소프트웨어가 바로 이슬람이다. 대당

---

6 중국 칭화대의 후안강 교수는 중국의 일대일로를 500년의 식민주의, 200년의 제국주의, 20세기의 패권주의와는 다른 새로운 시대의 개막을 의미한다고 주장했다.
7 요한 갈퉁 교수는 미국 몰락의 구조적 조건으로 "과잉생산과 실업, 기후변화 같은 경제적 모순", "미국과 동맹국 간 갈등으로 초래되는 군사적 모순", "미국, 유엔, 유럽연합(EU) 사이의 역할 갈등으로 생긴 정치적 모순", "유대-기독교와 이슬람 및 다른 종교 간의 갈등으로 인한 문화적 모순", "열심히 일하면 성공할 수 있다는 '아메리칸드림'과 현실 사이의 사회적 모순"을 포함한 15가지 모순을 꼽는다.

제국이 위촉오가 다투고 한족과 비한족이 남북으로 갈렸던 시기를 지나서 '당인唐人'으로 호胡/한漢 융합을 이루었던 것처럼, 아바스 제국은 무슬림으로서 대융합을 달성하여 '아랍인'을 창출해낸 것이다.[8] 이슬람 세계는 근대 국민국가로 분열된 그때부터 지금까지 계속 근대 국민국가의 경계를 지우고 '이슬람'이라는 한 지붕 아래서 살기 위한 노력을 게을리하지 않았다. 러시아 역시 이러한 중국과 이슬람의 기조를 예의 주시한다. 지금 중국과 러시아와 이슬람은 서로 경계하며 자신의 이익을 위해 관계를 조정하고 있다. 미국과 일본 역시 이러한 국제 관계 속에서 동북아시아의 질서를 재편하려고 한다. 그 핵심이 한반도의 분단 상황이다.

미국 대선 결과 트럼프가 당선되면서 국가 간의 이익은 더 첨예해졌고, 국제 관계 역시 더 유동적이 되었다. 미국의 이익이 우리의 이익이 되리란 법이 없다. 지금 한반도에서 벌어지는 모든 부정적 악순환은 분단 상황에서 기인하거나 적어도 분단 상황을 악용하여 사태의 본질을 흐리고 있다. 유일한 해결책은 남북 간의 평화 공존이다. 서쪽의

---

8 이병한, 「이슬람의 집: 실향과 귀향」, 〈프레시안〉, 2016. 02. 조금 더 덧붙인다. "'이슬람의 집'(다르 알 이슬람دار الإسلام)이란 만인이 이슬람법에 귀의하는 평천하의 공간이었다. 그 밖으로는 민족과 국가와 언어로 나뉘어 분란을 지속하는 이교도의 세계가 펼쳐진다. 이른바 '전쟁의 집'(다르 알 하르브دار الحرب)이다. 무슬림이라면 그 '전쟁의 집'이 '이슬람의 집'으로 변할 수 있도록 부단히 노력해야 한다. 그 과정이 소위 '지하드جهاد'이다. 흔히 성전(聖戰)이라고 번역한다. 꼭 들어맞는 역어는 아니다. 무력에 의한 변화만을 의미하지는 않기 때문이다. 핵심은 진리의 보급에 있다. 다툼(武)을 그치고 조화(文)에 이르는 것, 부족의 전사들을 이슬람 율법으로 귀의시키는 것, 동사로서의 '文化'(문화)가 곧 지하드였다. 그 지하드를 통하여 '전쟁의 집'이 사라진 이슬람적 천하무외(天下無外)를 실현하는 것이야말로 최고 지도자 칼리프의 천명이었다고 하겠다.
따라서 이슬람 세계의 '국제 관계' 또한 이슬람의 집과 전쟁의 집 사이에서 생겨난다."

개성공단과 동쪽의 금강산을 개방하여 평화 모드를 준비하고 정전협정을 평화협정으로 바꿔야 한다. 평화적 기반 위에서 모든 것을 바라봐야 한다. 더 이상의 군사적 대결은 남의 나라의 군수산업체만 배불리고 우리는 자멸하는 결과를 낳을 수 있다. 우리는 지금 새롭게 변하고 있는 역사의 거대한 조류 한가운데 서 있다. 하루빨리 우리의 눈을 가리고 있는 두터운 장막을 걷어내고 새로운 질서를 향해 움직이는 거대한 세계사의 흐름을 읽어내야 할 때다.

함성호
시인.
1963년 강원도 속초 출생. 1990년 〈문학과 사회〉 여름호에 시를 발표하며 등단했다. 시집 《56억 7천만 년의 고독》 《성 타즈마할》 《너무 아름다운 병》 《키르티무카》, 티베트 기행산문집 《허무의 기록》, 만화비평집 《만화당 인생》, 건축평론집 《건축의 스트레스》 《당신을 위해 지은 집》 《철학으로 읽는 옛집》 《반하는 건축》 《아무것도 하지 않는 즐거움》을 출간했다. 1991년 〈공간〉 건축평론신인상을 받았다. 현재 건축디자인실험집단 EON 대표이다.

헌법적 관점에서 본
문재인

이정렬

2017년 3월 10일. 대통령 박근혜를 파면하는 탄핵 심판 결정이 선고되었다. 실로 역사적인 결정이 아닐 수 없다. 주권자인 국민의 직접선거에 의해 선출된(부정선거 의혹은 논외로 한다) 자를 헌법과 법률이 정한 절차에 따라 파면한 결정, 어느 누구도 법 위에 있지 않다는 법치주의 원칙을 천명한 결정이었다. 특히, 우리 헌정 사상 첫 탄핵에 의한 파면 결정일 뿐만 아니라, 그 대상이 국가원수인 대통령이라는 점에서 더 큰 의의를 찾을 수 있다.

헌법재판소는 결정문에서 다음과 같이 밝히고 있다. "대통령에 대한 파면 결정은 국민이 선거를 통하여 대통령에게 부여한 민주적 정당성을 임기 중 박탈하는 것으로서 국정 공백과 정치적 혼란 등 국가적으로 큰 손실을 가져올 수 있으므로 신중하게 이루어져야 한다." 그러면서, "대통령이 국민으로부터 직접 민주적 정당성을 부여받은 대의기관이라는 관점에서 보면, 대통령에게 부여한 국민의 신임을 임기 중 박탈하여야 할 정도로 대통령이 법 위배 행위를 통하여 국민의 신임을 배반한 경우에 한하여 대통령에 대한 탄핵 사유가 존재한다고 보아야 한다"라고 하였다.

요컨대, 헌법재판소 판시에 따르면, 대통령은 선거를 통해 민주적 정당성을 부여받은 대의기관으로서 국민의 신임을 배반하지 아니하여야 할 의무가 있다는 것이다. 그러나, 이것은 대통령뿐만 아니라 국민에 대한 봉사자(헌법 제7조 참조)인 공직자라면 누구나 당연히 지녀야 할 최소한의 자세이자 의무이다. 우리에게는 단순히 국민에 대해 최소한의 의무만을 이행하는 대통령이 아니라, 국민의 신임에 부합하는, 나아가 국민으로부터 더 많은 사랑과 신뢰를 얻는 대통령이 필요하다.

국민으로부터 사랑받는 대통령. 과연 그러한 대통령이 되려면 어떠한 요건을 갖추어야 하는 것인가? 여러 가지 측면에서 접근 가능할 것이다. 이하에서는 국민의 명령을 정해놓은 규범, 우리의 최고법인 헌법적인 관점에서 그 요건을 따져보고자 한다. 헌법상 요구되는 대통령의 자격이 무엇인지, 그리고 문재인 후보가 그 자격을 갖추고 있는지에 대해 이야기해보자.

"대한민국은 민주공화국이다. 대한민국의 주권은 국민에게 있고, 모든 권력은 국민으로부터 나온다." 헌법 제1조가 정하고 있는 바다. 우리나라의 국체國體를 왕정이 아닌 공화정으로 정하고 있을 뿐만 아니라, 최고 권력인 주권이 국민에게 있다는 국민주권주의를 최우선 조항으로 천명하는 것이다.

그러나, 아무리 국민이 주권자라 하더라도 5천만 명이 넘는 국민 모두가 국정에 항상 참여하기는 현실적으로 곤란하다. 그러한 이유로 우리 헌법은 주권자인 국민이 선거로써 대표자를 선출한 후 그 대표자로 하여금 국정을 담당하게 하는 대의 민주주의를 채택하는 일방, 정치적인 의사를 같이하는 국민들로 결성되는 정당제도를 보장하고 있다. 즉, 정당제도는 대의 민주주의 못지않게 민주주의를 지탱하는 중요한 요소이다.

정당에 관한 법령을 보자. 우리 헌법은 제8조 제1항에서 "정당의 설립은 자유이며, 복수정당제는 보장된다"라고 하고 있고, 같은 조 제2항에서는 "정당은 그 목적·조직과 활동이 민주적이어야 하며, 국민의 정치적 의사 형성에 참여하는 데 필요한 조직을 가져야 한다"라고 하고 있다. 한편, 정당법 제2조에서는 "정당"이라 함은 "국민의 이익을 위하여 책임 있는 정치적 주장이나 정책을 추진하고 공직 선거의 후보자를 추천 또는 지지함으로써 국민의 정치적 의사 형성에 참여함을 목적으로 하는 국민의 자발적 조직"을 말한다고 하고 있다. 심지어 헌법 제8조 제4항에 의하면, "정당"은 목적이나 활동이 민주적 기본 질서에 위배될 때에는 해산될 수도 있는 것이다.

이러한 규정들을 종합하면, 정당이란 국민으로 하여금 정치적 의사 형성에 참여함을 목적으로 조직된 국민의 자발적 단체로서 그 목적과 활동 또한 민주적이어야 하는 것이다. 즉, 정당은 '조직의 자발성', '목적과 활동의 민주성'을 그 요건으로 하고 있다. 국가의 주인이 국민이듯 정당의 주인은 바로 당원이다.

　그런데, 과연 우리의 정당들은 이러한 요건을 갖추고 있는가? 우리나라의 정당은 자발적으로 결성되고, 민주적으로 활동하고 있는가? 즉, 우리나라의 정당은 그 구성원인 정당원이 중심이 되어 있는가? 심히 의심스럽다.

　우선 우리의 정당사를 살펴보자. 과거 우리나라의 정당들은 자발적이고 민주적이라기보다는 이른바 '보스'에 의해 움직이는 '계보정치'의 성격을 가지고 있었다. 예컨대, 현재 더불어민주당의 뿌리인 민주 세력의 경우 김대중, 김영삼 전 대통령이라는 강력한 계보의 수장이 있었고, 그 아래에 중간 보스급의 중진 정치인들이 있었다.

　계보정치하에서 당원은 정당의 주체가 되지 못한다. 정당의 결성과 운영이 모두 계보 수장들의 의사에 따라 결정된다. 예컨대, 창당 과정에서 일반당원이 주체가 된 경우가 극히 드물다. 계보 수장이라는 유력한 정치인이 창당을 결심하면 그 수하 계보원들, 그리고 그들에 의해 동원된 사람들이 창당 발기인이 되어 새 정당이 결성된다. 그 과정에서 당원은 철저히 소외되고, 타율적으로 움직이게 될 뿐, 정당의 주인이 되지 못했다. 출발부터 이러하니 그 정당의 운영에 있어서도 당원이 주체적으로 활동할 여지가 없었다.

　이렇게 계보가 존재하게 된 이유로 여러 가지를 들 수 있으나, 가장 중요한 것은 바로 '당선'이다. 정치인이 자신의 정치적 신념을 펼치려면 그 장場이 필요하다. 그것이 바로 국회이고, 국회에 들어가려면 국회의원이 되어야 하며, 당연히 선거에서 당선되어야 한다. 국회의원 선거에서 당선되기 위해서는 유력한 정당의 추천을 받는 것이 가장 유리하며, 당선의 사실상 필수 과정이라 할 수 있는 이러한 정당의 추천이 바로 공천이다. 국회의원 선거뿐만 아니라 정당 내에서 당직을 부여받는 것 또한 자신의 정치적 신념을 구현하기 위해 필요하다.

우리나라의 정당제도가 민주적이어야 함을 표방하고 있는 이상, 이러한 공천 내지 당직을 받는 과정은 당연히 민주적이어야 한다. 즉, 공천 과정과 당직자 선출은 정당의 주인인 당원에 의해 이루어져야 한다. 그러나, 과거 우리나라의 정당은 그렇지 못했다. 계보의 수장인 보스들이 모여 각자의 계보에 따른 지분을 분할하고, 그에 따라 그 보스가 수하 계보원을 자신이 확보한 지분에 따른 선거구에 정당의 이름을 걸고 추천하는 방식을 취했다. 그 과정에서 당원은 배제되고, 두드러지는 것은 오로지 계보 수장의 명령과 지시일 뿐이었다. 이러한 형태는 당직자 선출 또는 임명 과정에서도 재현되었다. 오죽하면 당직을 '배분'한다고 표현했을까? 심지어 정당의 부대변인의 숫자가 그 정당에 존재하는 계보의 숫자와 일치하는 경우가 많았다. 계보마다 한 사람씩의 부대변인을 선임하는 것이 '관행'이라는 미명하에 횡행해왔다.

이러한 방식이 비민주적인 것임은 두말할 나위가 없다. 뿐만 아니라 앞서 본 정당법 규정에도 어긋난다. 정당이 공직 후보자를 추천하는 공천은 정당의 주요 활동 중 하나이므로 필히 민주적이어야 하는데, 공천이 민주적이려면 당원들의 의사를 모아 당해 선거에 그 정당을 대표하는 사람을 공직 후보자로 추천하는 형태를 띠어야만 한다. 이른바 '상향식 공천제'가 그것이다.

유력한 정당 중에서 이러한 상향식 공천제를 도입한 곳이 있으니, 바로 참여정부 시절의 열린우리당이었다. 그러나, 열린우리당의 상향식 공천제 시도는 실험 수준에 그쳤을 뿐, 별다른 성과를 거두지 못했다. 시대가 바뀌고 국민의 요청이 있었음에도 종래의 정치 문화에서 벗어나지 못한 일부 정치인들이 계보정치의 행태를 답습함으로써, 결국 열린우리당에서 시도된 상향식 공천제는 실패하기에 이르렀다.

이러한 계보정치의 폐습을 없애고자 다시 시도한 사람이 바로 더불어민주당의 문재인 후보이다. 문 후보는 공천에 있어 미리 규정을 만들었던 바, 일정한 수의 국회의원을 사전에 탈락시키는 컷오프제를 실시함과 아울러 아주 특별한 경우가 아니면 무조건 경선을 하게 했으며, 경선을 통하지 않고 공천을 하는 이른바 '전략 공천'에도 그 요건을 정했을 뿐만 아니라, 비례대표 선출도 계보를 고려하지 않고 당 의결기구를 거치게 함으로써 인위적 작용이 개입할 수 없는 시스템을 만들었다.

문 후보의 이러한 활동은, 정치 지망생으로 하여금 자신이 당선되거나 공천을 받기 위한 방법을 미리 예상하여 시간과 능력에 집중할 수 있게 하였다. 그로써 '예측 가능한 정치'가 구현될 토대가 마련되었다. 또한, 공직 후보자 추천에 있어 당원들로 하여금 그 과정에 참여할 수 있게 함으로써 당내 선거에 당원의 목소리가 반영되게 했다. 즉, 정당을 그 주인인 당원에게 돌려준 것이다. 이로 인해 자발적으로 더불어민주당에 당원으로 가입하고 당비를 납부하는 이른바 권리당원이 무려 10만 명 넘게 늘어나게 되었으니, 당원의 정당을 넘어 국민정당으로 도약할 수 있는 토대를 만들었다.

문 후보의 이러한 활약은 여러 성과를 낳았다. 우선 당대표를 비롯한 당직자들에게 힘이 실리게 되었다. 당직자들이 종전처럼 계보 수장에 의해 사실상 임명되는 것이 아니라, 당원의 직접 선거에 의해 선출됨으로써 당원으로부터 민주적 정당성을 부여받게 되었다. 이는 당직자들의 정치 활동에 자부심을 부여하고, 협상력을 증대시켰다. 예전처럼 계보를 위한 정치를 하는 것이 아니라 당원을 위한, 더 나아가 국민 모두를 위한 정치를 할 수 있게 하였다. 아울러 당원의 총의에 의해 선출된 당직자를 흔드는 이른바 '내부 총질'이라는 해당害黨 행위를 하는 자에 대해 당원들이 가차 없는 비판을 할 수 있는 통로가 생겼고, 이는 당직자에게 근거 없는 비난에 대해 좌고우면하지 않고 당원의 지원을 받아 정면 돌파할 수 있는 원동력이 되었다.

또한, 우리 정치계의 숙원인 깨끗한 정치를 구현할 수 있게 하였다. 정당과 소속 정치인에 대한 애정을 불러일으킴으로써 당원과 지지자가 국회의원에게 자발적으로 후원을 하는 경우가 대폭 늘어났다. 종전에는 정치인이 활동을 위한 정치자금을 계보 수장에게 의지해왔으나, 후원금이 비약적으로 증대되면서 더는 계보 수장에게 의존할 필요가 없게 되었으니, 그로 인해 계보정치가 설 자리를 잃게 되었다. 더 나아가 떳떳하지 못한 정치자금을 받음으로써 생기게 되는 부정부패의 요소가 감소되었다. 요컨대, 정치인은 유권자만 바라보면서 국민을 위한, 국민주권주의에 충실한 정치를 할 수 있게 되었다.

이러한 정당제도 변화의 원천은 바로 문재인 후보가 행한 혁신에 있다. 그 혁신을 통해 정당의 주인이 비로소 당원이 되었고, 깨끗한 정치, 민주적 정당 문화가 형성되어가고 있는 것이다. 문재인 후보가 더불어민주당에서 이루었던 정당 문화의 개혁이야말로 우리 헌법이 요구하고 있는 민주정당제도에 부합하는 지극히 헌법적인 것이다.

하나를 보면 열을 안다고 했던가? 문재인 후보가 이렇게 더불어민주당의 정당 문화를 개혁한 것은 일반 국민에게도 시사하는 바가 크다. 우리 역사상 대통령을 보면 (김대중 전 대통령과 노무현 전 대통령을 제외하고) 나라의 주인인 국민을 주인으로 대우하기는커녕, 통치의 대상 내지 지배의 객체로 여겨왔다. 즉, 국민주권주의는 헌법에 단지 문자로 존재하는 것일 뿐 그 정신이 제대로 구현되지 못했었다.

그런데 문재인 후보를 보자. 그는 정당을 계보 수장이나 계보원으로부터 당원에게로 돌려주었다. 그러므로 국가 또한 국민에게 돌려줄 수 있으리라 확신할 수 있다. 구호에서 그치는 국민주권주의가 아니라 진정 국민이 주인인 나라를 이루어낼 수 있을 것이라 믿어 의심치 않는다. 그 근거는 바로 더불어민주당 혁신이라는 그의 업적이다.

새로 선출될 대통령은 국민의 신임을 배반하지 않는 건 물론이거니와, 국가의 주인인 국민을 그야말로 주인으로 섬길 수 있고 모실 수 있어야 한다. 그래야 우리 대한민국을 진정으로 번영시킬 수 있고, 우리 스스로가 대한민국의 국민임을 자랑스럽게 여길 수 있게 될 것이다. 그리고 우리는 대통령을 사랑하게 될 것이다. 정당을 당원에게 돌려준 사람, 그런 업적을 남긴 문재인. 그가 바로 그러한 대통령이 될 것이다. 헌법상의 정당제도를 제대로 구현한 문재인. 그는 헌법상의 국민주권주의 또한 제대로 실현할 것이다. 이리 보고 저리 보아도 미담만 넘쳐나는 문재인을 필자의 전공을 살려 엄정한 헌법적 관점으로 보았다. 헌법 가치의 훼손으로 상처받은 대한민국이 맞이할 새 시대에 가장 적합한 대통령이 누구인지 분명히 밝혀졌으리라 믿는다.

이정렬

전 부장판사, 현 법무법인 동안 사무장, 더불어포럼 공식 팟캐스트 방송 〈달이 빛나는 밤에〉 진행자. 1969년 서울 출생. 법대에서 공부하고 사법시험에 합격하여 육군 법무관을 지냈다. 서울지방법원, 전주지방법원, 서울남부지방법원, 서울고등법원, 서울동부지방법원 판사를 역임했고, 울산지방법원, 창원지방법원 부장판사를 역임했다. 전라북도 임실군, 울산광역시 울주군, 경상남도 창원시 진해구에서 선거관리위원장을 역임했다.

우리의 연대를
적대시하지 않을 사람

황현진

1

우리 사회의 구조적인 문제의 중심에는 항상 여성이 있었다. 대한민국
에서 여성의 목소리는 늘 약자의 것이었으며 대부분 피해자의 자리에
놓여 있었다. 성性이 다르다는 이유만으로 여성이 감내해야만 했던 불
이익은 사회 곳곳에서 다양하고 지속적인 방식으로 묵인되어왔다. 여
성 인권에 대한 사회적 인식의 부재는 대한민국 사회의 고질적인 악습
이다.

　대한민국의 근현대사를 살펴보면, 전쟁 후 산업화 시대를 겪으면
서 여성의 지위는 더욱 추락했다. 가난을 극복하기 위해 시대는 여성
들에게 희생을 강요했으며, 그러한 여성들의 희생은 성공한 남자들의
미담으로 널리 퍼졌다. 1970~1980년대를 상기해보자. 남편과 아들,
남동생과 큰오빠의 성공을 위해 가족 내 여성들은 공장으로, 사회의

어두운 구석으로 내몰렸다. 여공뿐만 아니었다. 버스 안내양으로, 부잣집의 식모로, 독일의 간호사 등으로 취직한 여성들은 사회적 주체로 대접받지 못했다. 집안의 가계를 책임지고 나라의 경제를 부흥시키는 재화에 더 가까웠다고 해도 과언이 아니다. 이후 뿌리 깊은 유교 사상과 맞물린 지난 세대 여성의 역사는 지금에 이르러 '여혐'으로 변질되기에 이르렀다. 도대체 누가 우리로 하여금, 우리를 혐오하도록 만들었는가?

2

2016년, 강남역 인근 노래방 건물의 공중화장실에서 스물세 살의 여자가 살해당했다. 그녀는 일면식도 없는 삼십 대 남자에게 수차례 칼에 찔려 사망했다. 가해자는 사건 발생 아홉 시간 만인 오전 10시께 인근 주점으로 출근하는 길에 체포되었다. 남자는 흉기를 소지한 채 사건 현장 주변을 계속 맴돌았지만 누구의 제지도 받지 않았다. 검거 직후 피의자 김 씨에 대한 신상 정보가 여러 기사를 통해 빠른 속도로 알려졌다. 외아들인 김 씨는 인근 식당에서 주방 보조 일을 했고, 뚜렷한 거주지 없이 아르바이트를 하며 근근이 살아왔음도 알려졌다.

　김 씨가 밝힌 살해 의도는 다음과 같다. "평소에 여자들이 나를 무시해서." 살인으로 이어질 정도로 구체적인 정황은 없고, 구체적인 대상도 불분명하다. 고등학생 때 여학생들이 길을 막아 지각을 한 적 있다거나 나를 향해 담배꽁초를 던졌다거나 지하철에서 그를 밀치고 지나갔다는 내용이다. 사건과 관련된 객관적 정보들이 말해주는 의미는 명백하다. 이 사건이 시사하는 바가 단순히 한 개인의 범법적 행위에 국한되지 않는다는 것이다. 그의 살인 행위에는 일종의 처벌적 의미가 담겨 있다. 처벌 대상은 생면부지의 젊은 여성이었다. 그의 입장에서 보면 가장 해치기 쉬운 약자가 바로 여성이기 때문이었다. "지하철에서 여성이 그를 밀치고 갔다", "함께 일하는 여직원이 나를 무시하는 발언을 했다" 등의 진술만 보아도 알 수 있다. 그에게 남성의 공격은 자연스러운 것이지만 여성의 공격은 그 정도가 어떻든 간에 받아들일 수 없는 모욕이었다. 아마도 그는 여성을 상대하는 경우에만 비교적 자신이 우월한 존재라고 느꼈던 것 같다.

대한민국 사회에서 여성 차별이 당연시되어온 것처럼, 남성 사회에서의 폭력 또한 일상적인 것이다. 학교 폭력과 군대 폭력은 오래전부터 남성 사회에 만연한 폭력을 야기해왔다. 남성 사회 안에서 강자와 약자의 구조는 일반적이다. 젠더를 넘어서서 계층·학벌·지역 간의 상하 구조는 사회 안에서 여러 구조로 나뉘는 위계 사회의 표상이다. 강남역 살인 사건의 경우 가해자 김 씨 역시 정신병적·경제적 하위 계층에 속했다. 즉 스스로를 사회적 약자라고 느끼는 계층이 느끼는 사회적 불안감과 소외감, 공포감은 비단 여성만의 것이 아니었다.

묻지마 살인은 사회적 공분의 왜곡된 표출이다. 묻지마 살인의 대표적 사례인 유영철의 경우도 마찬가지였다. 그가 대상으로 삼은 것은 노인과 젊은 여자였다. 유영철은 검거 후 젊은 여성들을 대상으로 삼은 이유에 대해 "여자들이 함부로 몸을 굴리는 일이 없어야 하기 때문"

이라는 요지의 답변을 했다. 그는 아내와의 불화에서 오는 분노를 모든 여성들에게 전가했다. 자신의 경제적 비참함에서 비롯하는 분노를 해소하기 위해 비교적 윤택한 삶을 누리는 노인들을 살해 대상으로 삼았다. 당시 밤늦게 돌아다니는 젊은 여자들과 부자 동네에 사는 노인 부부들이 주요 살해 대상임이 알려지자 사회적 불안은 커져갔다. 유영철은 특정 범주에 속하는 사람들을 잠재적 위험에 빠트림으로써 자신의 불행에 대한 보상을 얻고자 했다.

강남역 살인 사건의 경우, 그 특정 범주를 한정하는 기준이 매우 단순하다. 오로지 여성이었다. 가해자 김 씨가 남성 사회 안에서는 도저히 자신의 분노를 적절한 방법으로 드러낼 수 없을 만큼 사회적 약자였음을 드러내는 일면이라고도 할 수 있다. 이 사건은 대한민국 사회에 만연했던 여혐 논의에 불을 붙였다. 하지만 강남역 살인 사건의 사회적 의미는 더 큰 구조적 문제를 포함하고 있다.

3

사건 직후, 지인들과 강남역 살인 사건에 대해 이야기를 나눈 적이 있다. 누가 먼저랄 것 없이 흥분한 어조로 시작된 이야기는 점점 더 격앙되었다. 남자들의 의견은 크게 두 가지로 좁혀졌다. 이 사건이 촉발한 여혐에 대한 논의가 무의미하다는 것과 반대로 유의미하다는 것. 전자의 경우 이러한 사건이 여느 사건들에 비해 크게 예외적이지 않으며, 때문에 여혐 논의를 촉발할 만한 기폭제가 되기엔 불충분한 사건이라는 것이 주된 요지였다. 이는 김 씨가 검거 직후 기자들에게 한 발언과 일맥상통한다. "사람 사는 세상에서 이런 일들이 저 말고도 여러 부분들에서 일어나고 있다."

강남역을 채운 추모 포스트잇의 내용에 대한 토론도 이러한 맥락에서 이해 가능하다. 남성이 여성을 죽였다는 논지의 글에 대해 몇몇 남성들이 반박하고 나섰다. 그들의 논지는 정신 질환이 있는 개인의 범죄를 왜 남성 전체의 문제로 확대하느냐는 것이다. 비슷한 시기에 천안함 사건을 두고 오로지 남자라서 당한 피해라는 내용의 문구를 단근조 화환이 놓여있기도 했다. "남자가 죽었어도 이런 추모 분위기가 생겼겠느냐"라는 식의 반론들은 강남역 살인 사건을 그저 여성의 안전을 환기하는 사건으로 전락시키고 정신병자의 불가해한 범죄로 그 의미를 제한하는 데 일조했다.

사건을 축소화하는 움직임은 위험하다. 이 또한 피해자의 대상화에 다름 아니기 때문이다. 범죄의 대상이 되지 않기 위해서는 스스로 자신을 지켜야만 한다는 결론에 도달할 수밖에 없는 추론이다. 모든 사회 현상들이 개인의 문제로 환원되기 십상이며, 안전에 대한 책임은 그 자신에게만 달려 있다는 의미로밖에 해석되지 않는다. 김 씨의 살해 의도가 정신 질환이냐 아니냐, 여혐이냐 아니냐를 따지기에 앞서 대상이 된 여성들의 목소리가 이토록 커진 이유에 대해서 자세히 들여다볼 필요가 있다. 목소리의 주체가 여성이라고 해서 이들의 발언 내용이 여성의 기득권만을 위한 것이라고 볼 수 없다. 다만 이번 사건에서 사회적 약자의 대표로 호명된 대상이 여성인 것이고, 이에 여성들이 사회적 약자들의 대표로 나서서 응답한 것에 더 가깝다.

　타인을 나 자신과 동일시하지 않고서는 어떠한 사건이라도 공통의 문제로 삼을 수 없다. 단순히 가해자인 범법자를 법의 기준으로 처벌하고 책임을 묻는 것만으로는 이 사건이 시사하는 바에 대해서 명쾌한 답변을 내릴 수 없게 된다. 스물세 살의 여성이 왜 생면부지의 남성으로부터 죽임을 당했는지, 절대로 알 수 없게 되는 것이다. 거꾸로 김 씨가 왜 살인자가 되었는지도 절대 알 수 없다. 아이러니하게도 대화는 이제 성추행 따위에 겁먹지 않는다는 우스갯소리로 끝났다. 외환위기 이후 급증한 묻지마 폭행과 살인이 주요 계기가 될 수 있지 싶은데, 죽음에 대한 공포가 더 커졌다는 뜻이었다. 남녀공용 화장실에서, 택시 안에서, 집 안에서 그 어디에서도 모르는 사람에 의해 죽을 수도 있다는 공포가 우리를 압도하고 있다는 사실이었다. 친한 남자 선배는 내게 이런 말을 했다. 이토록 큰 공포를 견디며 살고 있는 여자들이 무서워졌다고. 덧붙여 여성을 우대해야 한다는 기존의 가치에 동의함을 넘어서서 젠더로서의 여성에 대해 생각해볼 계기를 장만했다는 점에서 이번 사건이 촉발한 여혐 논의의 유의미함을 인정했다.

4

법에 따르면 모든 죄는 처벌 가능하다. 좁은 의미에서 법은 신체적, 정신적, 경제적 등등 다양한 차원에서 이루어지는 모든 폭력을 방지하기 위한 제도이다. 하지만 가해자 김 씨는 법적인 처벌에 연연해하지 않는 사람으로 보인다. 그는 여자들이 자기를 무시했기 때문에 죽였다고 진술했다. 그가 이미 법이자 심판관이다. 그의 내적 논리에 따르면 살인은 정당방위였다. 때문에 법적인 처벌 기준에서의 유죄 선고는 가해자에게 어떠한 내면의 변화도 유발할 수 없다. 누가 뭐라고 하건 그는 떳떳하고 정당하다. 자신이 저지른 살인에 법적 책임을 지는 것을 전혀 두려워하지 않는다. 하지만 현재의 법 제도는 정신적인 결함이 있는 자들에게 너그럽다. 법 자체의 결함을 무시할 수 없기 때문인데, 이를 잘못된 제도나 윤리라고 비난할 수는 없다.

국가의 질서에 기대어 삶을 유지하는 국민들에겐 정치적 책임 의식이 부과되어 있다. 국가 즉 정부의 정치적 행위로 발생한 결과에 대해, 자국민이 책임을 진다는 의미이다. 정치인들에게만 그 책임을 전가할 수 없다는 민주주의의 기본 원리를 상기시키는 대목이다. 하지만 대다수의 사람들은 이러한 정치의 영향권에서 자신의 삶을 연관지어 생각하지 않는다.

언론에서 밝힌 김 씨의 삶에 대한 몇몇 정보들을 살펴보면, 그 역시 그러한 사람 중의 하나였음을 짐작케 한다. 그는 자신의 능력과 노력과는 무관하게 점점 어려워지는 형편을 총체적으로 납득하지 못했다. 한때 우리 사회에서 '루저'라는 단어가 남용되었다. 살인의 주된 원인으로 지목된 김 씨의 망상은 그의 개인적 곤궁과 비참과 연관되어 있다. 능력주의, 성공주의로 일컬어지는 대한민국의 기존 슬로건들이 자동 폐기된 때가 외환 위기 직후의 대한민국이었다. 대한민국의 부패 정부에 겨눠져야 할 칼날이 사회적 약자들에게로 돌아갔다. 악순환이다. 이 악순환의 고리에 최상위 기득권 계층은 제외되어 있다. 오로지 패자들만의 세상이다.

우리 중 어느 누구도 자신의 삶에 부여된 정치적·국가적 환경과 조건을 쉽사리 변화시킬 수 없다. 사실상 그것은 불가능하다. 그것은 태어남과 동시에 규정되는 조건이나 마찬가지이기 때문이다. 전후 세대를 아버지로 둔 1980년 이후 세대들에게 기억되는 국가는 탄생 순간부터 지금까지 체제나 이데올로기가 크게 변화하지 않았다는 점에서 불가역적인 세계로 자리 잡혀 있을 가능성이 크다. 때문에 제도와 구조에 대해 순종적이 되기 쉽다. 아니면 그들에게 가장 큰 무력감을 주는 대상이 국가 자체이거나.

5

2016년, 대한민국의 모든 원칙과 상식이 무너졌다. 모든 인간은 평등하게 살 권리가 있다는 기본정신을 와해한 것은 다름 아닌 우리의 대통령이었다. 공동생활을 하는 인간은 불가피하게 권력의 구조에 순응한다. 자신도 모르게 가담하게 되는 뭔가를 은폐하는 행위나 안이한 동조 등등은 시민 또는 국민으로서의 도덕적 문제를 우리에게 떠안긴다. 시민은 모두 도덕적 책임을 공유한다. 침묵은 시민으로서의 책임감을 외면하는 행동이다. 이러한 문제에서 벗어나기 위해 우리는 더욱 연대할 필요가 있다.

연대는 공감의 능력이고 동일시의 윤리에서 비롯한다. 강남역 살인 사건 이후 여성들의 목소리가 커졌다. 이들의 연대가 가능해진 것은 '살아남았다'라는 자각에서 기인한다. "5월 17일, 그녀는 죽었고 나는 우연히 운 좋게 살아남았다"라는 내용의 포스트잇을 보면 살아남았다는 여성들의 자각이 죄책감을 수반하고 있음을 어렵지 않게 확인할 수 있다. 실패한 연대에 대한 죄책감이다. 뒤늦은 연대에 대한 사과이다. 죄책감은 자기 자신을 유죄라고 여기기 때문에 생겨나는 것이다. 이들은 가해자의 사과를 받자는 게 아니라 왜 사회적 공분의 화살이 여성에게 집중되고 있느냐는 질문을 던지고 있는 것이다. 바꾸어 말하면 공분의 분풀이가 왜 타자에 대한 살인인가 하는 근원적인 물음을 던지고 있는 것이다.

이제 우리는, 단순히 살인자에 대한 처벌을 강화함으로써 약자를 더욱 약자로, 강자를 더욱 강자로 만드는 메커니즘만이 공고해지고 있지 않은지 살펴보아야 한다. 우리의 책임감은 가해자와 피해자 모두에게 향해 있다. 이 책임감을 떠안지 않으려고 하는 누군가가 있다면, 이 책임감을 누군가에게 떠안기려고만 하는 사람이 있다면 그 또한 유죄의 혐의에서 벗어날 수 없다. 책임이 곧 죄의 유무를 판가름하는 척도이기 때문이다.

2017년 대한민국은 여성 혐오를 정복할 기회를 맞았다. 누구나 광장에서 자신의 목소리를 낼 수 있게 되었다. 어디까지나 가능성이다. 이 가능성을 실천하기 위해, 새로운 정권과 새로운 리더가 반드시 필요하다. 광화문의 뜨거운 촛불 민심은 박근혜 대통령의 탄핵만을 위함이 아니었다. 남성과 여성을 막론하고 불평등과 차별을 없애자는 것이

민심의 핵심이었다. 새로운 시대, 새로운 정치, 새로운 세상을 외치는 시민들의 목소리에는 생존권의 문제가 담겨 있다. 안전한 나라에 살고 싶다는 국민의 요구는 지금까지 대부분의 국민들이 약자의 삶을 살아왔기 때문이다. 약자의 생존권을 보장하지 않는 사회에서의 삶은 그저 재난일 뿐이다. 때문에 새로운 정권에 시민이 요구하는 바는 누구나 행복하게 살 수 있는 권리를 보장해달라는 것, 그뿐이다.

사람이 먼저다, 사람 사는 세상을 만들겠다는 문재인의 슬로건에는 사람에 대한 존중이 절실하게 담겨 있다. 더는 차별받아서는 안 된다는, 여성이라는 이유만으로 약자라는 이유만으로 폭력의 대상이 되어서도 안 된다는, 기본적인 인권에 대한 보장이다. 사람이라는 호명 앞에서, 우리는 모두 평등하다. 누구나 응답할 수 있고, 누구나 질문할 수 있다. 누구도 약자가 아니고, 누구도 강자가 아니다. 사람 사는 세상의 가장 기본적인 원칙을 재건하는 데 꾸준히 같은 목소리를 내온 문재인의 말을 나는 믿는다. 그가 제1의 가치로 삼는 것이 사람이라서, 그저 사람이라는 것이 얼마나 다행인지 모른다.

그는 우리의 연대를 절대로 적대시하지 않을 것이므로.

황현진
소설가.
1979년 경북 선산 출생. 제16회 문학동네작가상을 수상했다. 소설집으로 《죽을 만큼 아프진 않아》 《달의 의지》 《두 번 사는 사람들》이 있다.

왜
문재인인가?

표창원

지금 대한민국에는 '적폐'를 도려낼 외과 의사가 필요하다

박근혜-최순실 국정 농단 게이트는 '헌정 사상 최초의 현직 대통령 탄핵 심판'이라는 정치적 사건을 훨씬 뛰어넘는 역사성을 가진다. 흔히 '적폐'라는 표현으로 상징되는 대한민국의 오랜 병폐들이 이 하나의 사건 안에 오랜 세월 얽히고설킨 종양 조직처럼 똬리를 틀고 있다. 그런데, 이 거대한 적폐의 종양 덩어리는 대한민국이라는 유기체의 주요 장기를 파고들어 그 핏줄과 힘줄들에 눌어붙어 있기 때문에, 마치 몸 일부가 된 듯한 형국이다. 유해한 이물질인 '적폐의 종양 덩어리'를 그대로 뒀다간 대한민국의 정치와 경제, 안보, 외교, 사회와 문화 등 주요 장기는 모두 썩어 문드러져 아주 서서히 나라 전체의 생명력이 소진되거나, 자생력을 잃은 채 외국의 지원과 그에 따른 조종 및 통제에 생명을 내맡기는 기생체로 전락할 것이 자명하다. 하지만, 그렇다고 해서 부주의하고 무리하게 전면적인 '적폐의 종양 덩어리 도려내기'를 감행하다가는 대한민국 유기체는 장기 손상이나 과다 출혈로 바로 생명을 잃거나 뇌사 상태에 빠질 위험도 크다. 아주 실력 있고 경험 많고 세심하며, 신망이 두텁고 리더십이 뛰어나며, 사명감과 책임 의식이 뚜렷한 외과 의사를 팀장으로 하는 대규모 수술 팀이 장기간, 여러 차례에 걸친 수술과 치료 및 회복 프로그램을 체계적으로 이행해나가야 한다. 그 과정에서 수술과 치료 방법의 적절성과 속도에 대한 의문 제기, 효과가 빨리 나타나지 않는 데 대한 불만과 비판, 차라리 자신에게 맡겼으면 더 잘했을 것이라는 주장과 외침 등 무수하게 밀려오고 닥쳐올 반발과 방해 및 공격도 막아내고 이겨낼 내공과 맷집도 필요하다.

　우선, 대한민국 정치에 눌어붙어 있는 적폐의 종양 덩어리는 전혀 정치적인 역량이 없다는 것이 확인된 박근혜라는 사람을 대통령으로 만들어낸 정치인들과 정당과 정치 풍토·관행·문화라고 할 수 있다. 2017년 3월 10일 헌법재판소의 탄핵 심판 결정문에서 구체적으로 적시하고 있듯이, 박근혜는 국가 발전의 비전과 철학을 구상하고 이를 정책으로 구체화해나가는 독자적 정책 능력도 없고, 국민주권과 공무 담임이라는 가장 기본적인 헌법의 통치 원칙도 이해하지 못하고 있으며, 국민의 생명을 지키고 안전을 확보하는 것이 가장 중요한 국가 행정 수반의 책무라는 기본적인 책임감도 형성되어 있지 않음은 물론, 권력과 지위를 이용해 민간 기업이나 개인으로부터 경제적 이익을 취하는 행동이 결코 해서는 안 되는 범죄라는 사실도 제대로 인지하지 못하고 평생을 살아온 사람이다. 그러니 공무원은 물론, 민간 기업이나 대학 등의 인사와 고유 업무마저 마음대로 주무르고 좌지우지하는 상식 밖의 행동들도 자행한 것으로 보인다. 정치인에게는 가장 기본적인 소양인 대화와 토론, 국민과의 소통 능력이 아예 형성되어 있지 않다는 사실은 너무도 자주 그리고 많이 검증되었고 확인되었다. 그러다 보니 김기춘, 정윤회, 최순실, 우병우 등 누구라도 박근혜의 신뢰만 얻으면 아무 권한이나 자격 없이도 박근혜에게 주어진 권력을 마구 사적으로 유용하고 남용할 수 있었던 것이다. 박근혜가 보궐선거를 통해 국회의원이 된 1998년부터 그 주변에서 함께 정치를 해온 '구 여권 친박 정치인들 및 정당'은 박근혜와의 거리 및 친소에 따라 정도의 차이는 있었겠지만 모두 이러한 사정을 알거나 짐작하고 있었다고 볼 수밖에 없다. 그럼에도 불구하고 그들은, 1970년대 박정희 군사독재 권력의 강하고 무서운 힘에 의해 조작되고 형성된 '박정희 신화'가 비극적인 육영수 여사 및 박정희 대통령 시해 사건으로 인해 '박정희-육영수 향수'로 변형된 뒤 강하게 자리 잡은 한국 사회 보수층의 정서에 편승하고, 그 이익을 향유하기 위해 '친박 정치인'의 길을 택했다. 이렇듯 진실을 감추고 모순과 불합리를 본류로 삼는 정치집단이 주류를 형성하다 보니 한국 정치는 국가관이나 애민 정신 그리고 소통 능력, 문제 해결 능력 혹은 정책 능력 같은 정치인으로서의 기본적인 자질과 실력이 아닌 '권력자에 대한 충성' 및 '권력자로부터의 신뢰와 신임' 정도에 따라 공천과 인사가 행해지는 '정치 적폐'가 자리 잡게 된 것이다. 이들에 의해 번번이 개혁은 좌절되고, 악법은 추진되었으며, 국방과 외교 및 경제의 근본이 허물어지는 국가 위기에 내몰린 것이다.

경제의 적폐 또한 심각하다. 흔히 '정경 유착'으로 불리는 부패의 고리는 이번 박근혜-최순실 게이트의 핵심인 동시에, 40년 전 박정희-박근혜-최태민과 재벌 기업 간의 거래 및 유착 모습과 판박이다. 시대와 상황 변화에 따라 구체적인 내용과 방법에 차이가 있을 수 있겠으나 그 모습과 본질은 그대로다. 정치권력과의 긴밀한 관계를 이용해 세제와 법규 및 정책 등 각종 특혜와 독과점의 혜택을 누려온 재벌 대기업들의 도덕적 해이는 필연이다. 우호적인 정부의 적극적인 도움과 협조로 손쉽게 사업을 펼쳐나갈 수 있으니 기술 개발과 경영 혁신보다는 영업과 문어발식 확장에 의존한다. 개인이나 중소기업이 좋은 기술을 개발하면 빼앗아오면 되고, 하청-재하청을 통해 비용과 책임을 전가한 채 쉽게 돈을 버는 구조다. 돈이 된다 싶으면 제과점이건 떡볶이 집이건 커피 가게건 동네 슈퍼건 물량과 자본으로 밀고 들어가 시장을 탈취하면 된다. 경영이 힘들다 앓는 소리 하면 청와대와 정부 그리고 거대 정당들은 친기업 입법들을 밀어붙여준다. 금리와 부동산 정책, 대출 규제 완화 등 경제에 미풍만 일으키거나 정부 정책에 미세한 변화만 주면, 미리 정보를 알고 있는 대기업과 자본가들만 이득을 보고 자영업자와 개미 투자자, 노동자 등 일반 서민들은 손해 보고 휘청거릴 수밖에 없다. 그러다 보니 가계 부채만 늘어날 뿐이다.

'사드' 배치를 둘러싼 혼란과 난맥상, 한일 위안부 협상과 군사정보보호협정 논란 및 미국도 돌려줄 준비가 다 됐다는 전시작전통제권 환수 거부 등 자주 국방을 포기하는 모습들은 모두 천문학적인 방산 비리와 무관하지 않아 보인다. 게다가 군 인사 비리의 대명사로 부각한 소위 '알자회' 스캔들 및 잇따른 군 장성과 고위 장교들의 성범죄 및 부패 범죄 등 기강 해이 현상과 정치 개입 문제 등은 가히 국방 적폐라 할 만하다. 대규모 기자 해직 사태와 편파 방송 논란, 세계 70위 권까지 추락한 언론의 자유 수준 등 방송과 언론의 적폐, '블랙리스트'와 '창조 문화 융성' 등으로 대표되는 문화 예술계의 적폐, 빈부 격차와 진입 장벽, 각종 차별과 갑질 등 불평등으로 얼룩진 사회 적폐, 정유라로 대표되는 교육 적폐, 세월호 참사와 구조 실패를 낳은 공무원 관료 조직의 부패, 유착, 이권 등으로 얽힌 공직 적폐 등 국민의 분노와 한숨을 부르는 이 엄청난 적폐 덩어리를 제대로 진단하고 세심하고 철저하게 제거해낼 고도로 전문적인 팀과 그 리더가 우리에겐 절실하다. 특히, 무엇보다도 적폐의 일원이거나, 적폐로부터 이득이나 혜택을 받아온 이들, 그리고 적폐 해소에 무관심했던 이들은 결코, 지금 대한민국에서 집권을 해서는 안 된다.

문재인, 최선은 아닐지 몰라도, 최적의 대안이다

하지만, 대한민국의 적폐는, 이번에 박근혜-최순실 게이트를 통해 너무도 폭발적으로 드러나긴 했지만, 그동안 우리 모두가 알고 느끼고 고민하고 걱정했던 문제다. 멀게는 일제강점기로부터 비롯된 총체적 문제인 '친일 잔재', 그리고 뒤이은 독재 권력의 연속이 만들어낸 '독재

잔재'. 좀 더 가깝게는 '기득권 세력의 불법과 반칙 문화'…….

우리는 늘 '광야에서 백마 타고 오는 의인'이 영웅처럼 이 모든 적폐를 일거에 해소해주길 기대하며 기다려왔다. 김영삼, 김대중, 노무현이 그들이라고 믿었다. 하지만, 그들도 인간인지라 인간적인 한계가 있었고, 그로 인해 모든 문제를 다 해결할 수 없다 보니 기대가 컸던 만큼 실망이 뒤따랐다. 그 실망은 냉소와 불신과 외면으로 이어졌고, 그 틈을 타고 다시 적폐 세력이 득세를 했다. 지금 이 위기의 순간, 사람들은 다시 '난세의 영웅'을 이야기한다. 하지만, 단언컨대, 현대사회에 영웅은 없다. 개방되고 정보가 빠르게 공유되며 다양화된 분권 사회에서 모든 이를 모든 면에서 뛰어넘는 불세출의 영웅은 있을 수도 없고, 있어서도 안 된다. 민주주의에 반하기 때문이다. 그렇기 때문에 '최선'에 해당하는 무결점의 '영웅'을 찾으려는 부질없는 시도보다는, 적폐 해소라는 시대정신에 가장 부합하고, 국민의 뜻을 누구보다 잘 알고 따르며, 국민과 소통하며 국민과 함께 힘들고 어려운 국가 정상화의 여정을 끝까지 함께할 '최적의 일꾼'에게 이 무겁고 중요한 임무와 책임을 맡기고 힘을 실어주어야 한다.

나는 그가 문재인이라고 생각한다. 아니, 믿는다. 무엇보다 그는 독재 권력과 싸운 민주화 투사였고, 약자 편에 서서 헌신한 인권변호사였으며, 적폐 정치 세력에 맞서 박해와 음해를 온몸으로 받으며 민주정치 세력을 이끌어온 지도자다. 대한민국 주요 장기 모두에 침투한 적폐라는 종양 덩어리를 제거해내겠다는 강한 의지를 가진 외과 의사로서의 자격을 충분히 갖추었다는 말이다. 게다가 문재인은 참여정부 내내 대통령 노무현의 가장 가깝고 신뢰받는 정치적 동지로서, 민정수석 비서관과 비서실장 등을 역임하며 충분한 국정 운영 경험을 쌓았다. 섣불리 칼을 휘두르며 일거에 종양을 제거하려다가 환자의 목숨을 위태롭게 만들 경험 부족의 '초보 의사'는 아니라는 이야기다. 이명박-박근혜 적폐 정권의 폭압과 국정원을 중심으로 한 정보 공작 정치의 엄혹한 상황 속에서, 내부 분열마저 일어난 풍전등화의 야당을 혁신하고 전례 없이 강고한 전국 정당으로 키워낸 뚝심과 저력 역시 인정하지 않을 수 없다.

쌍용 자동차, 밀양 송전탑, 세월호, 개성공단, 백남기, 블랙리스트 피해 문화 예술인…… 가장 아프고 억울한 피해자들 옆에는 늘 문재인이 있었다. 그것도 그냥 얼굴도장만 찍고 정치적 성과만 올리는 의례적 행보가 아닌, 함께 단식하고 같이 울고 주저앉아 손잡고 얼굴 마주대는 '공감', 그 자체였다. 잘못과 원인 그리고 책임은 다른 이들에게 있는데, 늘 미안함은 문재인의 몫이었다. 힘이 없어서, 집권에 실패해서, 막아내지 못해서, 그렇게까지 무지막지하고 잔인한 정권인지 상상하지 못했기 때문에…… 문재인은 책임을 느꼈고, 사죄했고, 반성했고, 눈물을 흘렸다. 그 누구보다, 적폐의 종양 덩어리들을 모두 다 제거해내되, 그 과정에서 다른 장기나 혈관이나 근육이 다치지 않도록 최대한의 세심과 철저와 주의를 기울여야 함을 잘 알고 있는 사람이 문재인이다.

문재인 주변엔 늘 사람이 많다. 특히, 함께 칼을 잡고 일사불란하게 종양 제거 수술을 집도할 각 분야 전문가들이 많다. 뜻을 함께하며,

사익을 추구하지 않고, 필요하면 자기를 희생해서라도 팀워크를 유지해 임무를 달성해낼줄 아는 꾼, 전문가들 말이다. 이번 한 번에 모두는 불가능하겠지만, 지금부터 지속적으로 적폐라는 거대하고 복잡하게 얽힌 종양 덩어리들을 차례로 제거해나갈 수 있는 기반은 만들 수 있는 전문가들의 수술 팀 말이다.

문재인 혼자서는 불가능, 하지만 함께라면 해낼 수 있다

우린 김대중이 세운 민주주의의 기반과 노무현이 다져놓은 국민 참여의 시스템을 도둑맞고 강탈당했다. 하지만, 어떤 도둑이나 강도도 모든 것을 훔치거나 빼앗아 갈 수는 없다. 정신만 바로 차린다면, 한번 일궈냈던 성과와 구축했던 토대는 얼마든지 다시 세울 수 있다. 문재인 아니라 문재인 할아버지라도 결코 혼자서는 할 수 없는 일이다. 하지만, 촛불시민이 평화적 무혈 시민혁명이라는 기적을 만들어냈듯이, 세월호 가족들이 국민과 함께 결코 포기하지 않는 노력 끝에 인양 성공이라는 기적을 만들어냈듯이, 언제나 국민과 함께하며 국민의 뜻을 하늘의 뜻으로 알고 받드는 문재인이 세상에서 가장 멋진 대한민국 시민들과 함께한다면 반드시 해낼 수 있다. 그래서 문재인이다. 평화적이고 정상화된 대한민국 상태라면 다른 사람이어도 된다. 하지만 풍전등화의 위기에 내몰린, 적폐의 종양 덩어리에 주요 장기들이 뒤덮인 대한민국의 암담한 현실 앞에서는 오직 문재인밖에 없다. 문재인의 인격과 경험과 능력과 연결된 힘을 모두 이용하고 사용해 대한민국을 구하고 나서, 위기와 고비를 넘긴 대한민국 정치권력 시스템의 변화와 개선을 도모하자. 지금은 그 방법밖에 없다.

표창원

경기 용인정 국회의원.

1966년 경북 포항 출생. 국내 최초의 프로파일러. 미국 샘휴스턴 주립대학교 형사사법대학 초빙교수. 경찰청 강력 범죄 분석팀(VICAT) 자문위원, 법무연수원 범죄학 및 범죄심리학 강사, 아시아 경찰학회장 등을 역임했다. 저서로는 《숨겨진 심리학》 《정의의 적들》 《한국의 연쇄살인》 《왜 나는 범죄를 공부하는가》 등이 있다.

이마를 돌처럼
차갑게 하라

이병초

오랜만이다. 혼자 길을 걸어본 지가 언제였는지 모르겠다. 바쁘게 살수록 자신을 더 많이 돌아봐야 한다는데 나는 어제도 걸음만 바빴다. 하지만 신록의 티를 내기 시작하는 산의 앞자락을 바라보니 마음이 느긋해진다. 계곡을 빠져나오는 새코롬한 바람을 벗 삼아 걷다 보면 거짓없는 눈으로 나 자신과 만날 수 있는 시간이 찾아오리라.

그 고독하고 서늘한 자리에 한 사람이 다가오기를 나는 원한다. 그는 어떤 책에선가 "저는 혼자 있을 때를 즐기는 편이었어요. 시골집 마당에서 혼자 잡풀을 뽑는 시간도 행복하고요"라는 인터뷰를 했다. "호젓한 산길을 긴 시간 동안 혼자 걸으면 고독하지만, 그 고독이 오히려 편안하고 좋아진다"라는 인터뷰도 했다. 그가 문제인이다. 나도 지금 그처럼 혼자만의 시간을 즐기고 있다. 전북 남원군 인월면 월평마을에서 첫걸음을 뗀 내 발길은 등구재를 지나 저녁때쯤 경남 함양군 마천면 금계에 이를 것이다. 혼자 걸으며 마음이 고요해지는 시간에 그는 나를 찾을 것이다.

수성대 작은 계곡에 걸음을 멈추고 손으로 물을 떠먹는다. 작은 계곡이지만 이 길을 오가는 사람들은 한결같이 여기서 걸음을 멈추고 손으로 물을 떠먹는다. 어디서 무엇을 하며 사는 분들인지는 몰라도 안녕하세요—라고 인사를 건네는 표정들이 해맑다. 정말 오랜만에 사람다운 표정을 나는 만난다. 저분들도 나에게 사람 냄새 묻은 표정을 만났다고 말해주면 좋겠다. 돈을 신앙 삼은 사회를 잊게 해주는 반가운 표정들끼리 잠시 기념사진을 찍자고 가깝게 다가오면 더 좋겠다.

트레킹을 좋아한다는 문재인도 이 계곡을 다녀갔을까. 두 손으로 하늘을 떠받치듯 계곡물을 떠서 먹고 가슴을 마음껏 펴기도 했을까. 2012년 대선에 "사람이 먼저다"라는 깃발을 들었던 그가 이 길을 걸었다면 나처럼 봄바람에 마음을 펄럭였을 것이다. 2012년 대선에서 그와 우리는 지지 않았다. 당시 "사람이 먼저다"라는 깃발은 돈과 권력을 가진 자들 중심으로 국정을 움직이는 사회의 맹점을 짚어볼 수 있는 계기가 되었고, 박근혜 권력의 탄핵을 이끌어낸 촛불 민심의 동력으로도 작동되었기 때문이다. 돈과 재벌들이 사람보다 먼저라는 그릇된 인식은 최순실의 국정 농단을 가능케 했으며, 세월호 참살慘殺이라는 참극을 피할 수 없었다는 것도 깨칠 수 있었기 때문이다. 따라서 문재인 그가 들었던 "사람이 먼저다"라는 깃발은 선거용 전략이 아니라 민본 중심의 사회를 그리워한 그의 진실을 상징적으로 나타낸 것이라고 볼 수 있다. 금년 5월 초에 치를 대선에도 "사람이 먼저다"라는 깃발은 이 시대의 화두로 선거의 정점에 있다. 이것이 2012년 대선에 그와 우리가 지지 않았다는 증표이다. 실패는 큰 승리의 여정에 불과하니까.

운동화 끈을 다시 묶고 길을 나선다. 연분홍색과 붉은색을 뒤집어쓴 산벚꽃들이 앞다투어 제 빛깔을 뿜어내는 사이로 돌길은 묵묵하게 산으로 뻗어 있다. 이름을 알 수 없는 새소리들이 귀에 가깝고 연두색을 뿜어내는 푸른 잎들이 내 눈길을 잡아끈다. 돌길 너머 손 안 닿는데에 칡넝쿨이 새순을 내민다. 초여름이 되면 검붉은 칡꽃이 피겠고 그것을 따 먹기가 아쉬워 그냥 놔두고 지나가는 사람들이 있겠지. 둘레길을 걸을 때만큼은 마음을 더 내려놓는, 아이들의 웃음소리를 가깝게 두고 싶은 푸르른 사람들— 그들은 서로를 마주보며 아직도 사람이 희망 아니냐고 따뜻하게 손을 맞잡으리라.

정말이지 이렇게 살고 싶다. 나뭇잎과 꽃송이와 새소리와 흙냄새처럼 우리도 자연의 일부임을 알고 몸과 마음을 낮춰 서로를 존중하는 그런 세상에 가고 싶다. 2016년 10월 29일부터 2017년 3월 11일까지 총 20회로 막을 내린 광화문 탄핵 촛불집회의 현장은 이런 삶이 전혀 불가능한 것이 아님을 보여줬다. 촛불집회는 국가 권력이 국민에게서 나왔다는 것을 확인하게 해주었고, 민심을 거스른 결과가 어떤 것인가를 똑똑하게 보여주었다. 부패한 박근혜 권력을 무너뜨림으로써 역사적 승리가 무엇인가를 자신들 몸에 새기도록 했다. 손에 촛불을 들었던 시민들은 배려가 무엇인지를 알았다. 사람답게 사는 평등 세상이 어떤 세상인가를 광장에서 느낄 수 있었다. 누가 가르쳐준 게 아니라 스스로 깨친 것이었다. 개인과 개인이 우리가 되어 한목소리로 뭉치는 순간 목소리는 함성으로 거듭나며 잘못된 역사를 바로잡는 바로미터가 된다는 것을 배려처럼, 평등 세상처럼 깨친 것이다. 시민들은 박근혜 부패 권력에 분노했지만 관념적 과격주의자가 아니었고, 촛불집회가 평화로워야 한다는 것을 잘 알았던 이 땅의 나뭇잎이었고 꽃송이였고 새소리였고 흙냄새였다.

문재인 그도 촛불 민심의 중심에 있었다. 민중의 함성 속에 들어가 역사의 함성이 되는 감격적인 현장을 떠나지 않았다. 그도 대통령을 파면하라는 1600만 명의 함성으로부터 적폐 청산이 시작된다는 것을 확실하게 느꼈을 것이다. 몇 달 전 그에게 어떤 저널리스트가 세한도 오른쪽에 '장무상망長毋相忘'이라고 찍힌 글자의 의미를 물어봤다. 그는 "아무리 세월이 가도 변함없는 인간관계, 우정, 사랑, 신의 아닐까요"라고 대답하면서, "어쩌면 우리가 잃어버렸던 정신인데 이번 촛불집회에서 그 정신을 만났지요"라고 감격스러워했다. 질서정연하면서도 자유롭고, 분노하면서도 결코 격조를 잃지 않는 거대하고 단아한 촛불들의 움직임을 자신의 마음속에 간직한 것이다.

돌길을 벗어나자마자 산자락을 흔들어 깨운 다랭이논들이 눈앞에 다가선다. 똥거름 냄새가 코끝을 훅 끼친다. 어딘가에 못자리는 해놨겠지만 아직은 모심을 철이 아니라서 밑거름을 하고 쟁기로 논을 갈아엎어놓기만 했다. 옛날에도 이들은 때를 놓치지 않고 농사일을 준비했을 것이다. 사람이 사람답게 사는 것으로는 모자라서 사람을 다치게 하고 심지어 사람을 빨갱이로 파랭이로 몰아서 떼죽음시킨 일이 이 땅에는 얼마나 많았던가. 그 참담한 학살에 빠지지 않고 들먹여지는 곳이 지리산이지만 그런 비극을 잊어먹었거나 아예 모르는 사람은 또 얼마나 많을 것인가. 지도를 잃어버려서 여기가 어딘지 모르겠지만, 그런 비극이 이 산자락에는 생기지 않았을 것이라고 마음을 달래보지만, 설사 그런 떼죽음이 여기에 있었을지라도 그 생지옥 속에서 살아난 사람들은 지금처럼 때 따라 논을 갈아엎고 연장을 손질했을 것이다. 피붙이와 이웃을 한꺼번에 잃고, 미움과 치욕과 저주와 참담한 떼죽음조차도 받아들인 뒤에 만들어진 이 땅의 한恨. 끝끝내 사람을 살게 하는 그 슬프고 정답고 가슴 쓰라린 한의 그늘 속에서—피 냄새 감춘 삽질 괭이질로 한 뼘씩 생을 넓혀갔던 사람들. 그들이 삶의 진짜 희망이 아니겠냐고 쑥빛을 문 봄바람이 뺨을 스친다.

금년 5월 9일에 역사적 대선을 치른다고 이 산 저 산에서 뻐꾹새가 운다. 촛불을 들었던 민주 세력이 이번 대선에 승리하지 못한다면 다음 대선은 더 어려워질 것이고, 상당히 오랜 기간 민주 세력은 집권할 수 없을 터. 군부독재의 연장이었던 수구적 적폐 세력이 보여주었듯 이들이 집권을 하게 되면 언론부터 장악할 게 빤하고, 정치권과 경제권을 손안에 쥔 이들은 국민을 캄캄한 불감증 환자로 만들고 싶어서 안달이 날 것이라고 산자락 어딘가에서 장끼가 길게 목을 뺀다. 왜 세월호의 진실은 아직까지 맹골수도에 처박혀 있냐고 장끼 소리가 골짝을 울린다. 박근혜 권력 측 인사들은 광화문에서 농성을 하는 세월호 유족들에게 단 한 사람도 와 보지 않았다. 문재인은 더 못 참고 광화문 광장에 나가 단식을 했다. 그는 "생살 같은 아이들을 잃은 부모들이 청와대 앞에 와서 대통령을 만나겠다고, 만나게 해달라고 농성을 하는데 어떻게 한 사람도 나와 보지 않고 한마디 위로도 하지 않습니까? 오히려 유가족들을 적대시하고 관변 단체들 동원해 유족들을 공격하게 했지요. 국가의 이런 몰염치와 부도덕을 저는 견딜 수가 없었습니다"라면서 목소리를 높였다. 이것이 돈을 앞세운 수구적 적폐 세력과 "사람이 먼저다"라던 문재인의 차이다. 국가의 주인은 몇몇 권력자나 재벌이 아니고 저들에게 함부로 무시당했고 멸시받았던 국민이라는 점을 명확하게 제시한 것이기도 했다. 이것이 그를 대선 주자로 목마 태워야 할 이유라고, 이 세상에 사람같이 귀한 존재가 어디 있느냐고 잡목마다 새싹들이 눈을 뜬다.

굽이굽이 휘어지는 산길 연초록이 제법 우거진 곳에서 한 할머니가 막걸리를 판다. 김치전 파전도 부쳐낼 수 있다고 한다. 여기가 어디쯤이냐는 말도 잊고 막걸리로 목을 축인다. 내가 데리고 온 날들을 잠시 내려놓고 양재기 된장에 청양고추를 찍는다. 막걸리 값을 지불하고 일어서는데 할머니가 검정 비닐 봉다리를 건넨다. 걷다가 목이 타면 베어 먹으라고 오이 두 개를 담았단다. 사람 사는 곳에 인정이 없어서야 쓰겠냐고 합죽한 입을 오물거린다. 자본주의는 재산 증식이 목적이기 때문에 나눔과 베풂이 불가능하다는 말에 나는 자유롭지 못하다. 단 1초도 손해보고 싶지 않은 사람이 혹시 나는 아닌가를 의심하기도 한다. 어쩌자고 내가 이렇게 되어버렸는지 나도 내가 안쓰러울 때가 있다.

숲의 민낯 같은, 연초록 잎을 아직 몸에 못 두른 잡목들 곁을 지난다. 폭이 좁은 산길 맞은편에서 문재인 그가 흰 머리칼 날리며 다가올 것 같다. "사람이 먼저다"라는 말이 점점 또렷해지는 이유가 무엇일까를 생각한다. 천민자본주의를 이 땅에 끌어들인 장본인들은 자본가였다. 적은 자본금으로도 대박을 낼 수 있다고, 동업자들과 경쟁해서 이기면 떼돈을 벌 수 있다고 이기심을 자극한 이들도 자본가들이었다. 수단과 방법을 가리지 않고 돈을 벌어두지 않으면, 자신보다 힘없는 사람들을 짓밟아서라도 돈을 벌어두지 않으면 노년에 거지로 살 수밖에 없다고 경제적 공포를 조장한 이들도 자본가들이었다. 사람을 돈의 노예로 끌어내린 장본인들, 사람을 경제적 수단으로 철저하게 위협하는 세력들을 청산하지 못하면 우리는 한 국가의 원수가 파면당하는 역사적 불행을 또 겪을 수밖에 없다. 박근혜를 허수아비로 내세워놓고 '개 사타구니에 벼룩 끓듯' 자신들의 잇속 챙기기에 몰두했던 이들이야말로 우리 사회가 결단코 청산해야 할 대상이다. 사람답게 살 수 있는 세상은 그냥 이뤄지지 않는다. 돈보다도 권력보다도 사람이 먼저라는 철학도 거저 현실이 되지는 않는다. 친일파에 뿌리를 박은 정경유착, 이들의 골수에 박힌 근천기를 잘라내겠다는 단호한 의지가 "사람이 먼저다"라는 문구에 함축되어 있는 것이다.

인적이 뜸한 산길은 이런 내 마음을 아는지 빈 나뭇가지들 사이로 쏟아지는 햇살을 끌어안는다. 숲의 어딘가에서 토끼나 고라니가 내 모습을 지켜보면서 백성은 무력하되 이길 수 없고 백성은 무지하되 속일 수 없다는 말을 끄적일지도 모르겠다. 고독해야 한다고, 마음을 내려놓고 사물과 현상을 대하는 고요한 시간 속에서 탄핵을 반대했던 분들의 상실감마저 어루만질 수 있는 포용력이 생성된다고 산짐승들은 내가 흉내 낼 수 없는 삶의 꾸림새를 들어 보이고 있을 것이다. 그렇다, 고독해야 한다. 이마를 돌처럼 차갑게 하고 끊임없이 자신과 사회를 돌아보면서 우리가 견딘 불행한 역사로부터 한국의 미래가 온다는 확신을 가져야 한다. "사람이 먼저다"라고 선언한 문재인의 깃발은 순발력을 무기로 삼는 선거판의 홍보 전략이 아니다. 고독한 순간순간들이 한 문장으로 정리되기까지 실로 피가 마르는 외로움을 그는 감당했을 것이다. 일이 생겼을 때 목소리만 큰 사람, 일 처리는 순발력 있게 잘하는데 가슴이 없는 사람, 원통절통한 심정을 끝내 드러내지 않고 묵묵히 자신의 하루를 챙기는 사람으로부터— 민주화 운동을 할 때 그 누구보다도 열성적이었고 살붙이처럼 가까웠지만 어려움을 못 참고 양지쪽으로 가거나 아예 변절했다고 할 정도로 다른 사람이 돼버린 이들조차 끌어안겠다는 결단이 "사람이 먼저다"라는 깃발이기 때문이다.

세 개의 도道와 전 국민을 끌어들이는 지리산 둘레길이 300킬로미터라고 하던가. 월평마을에서 나는 얼마나 걸었는지 모르겠다. 전북과 경남의 경계인 등구재는 얼마나 남았는지, 해찰이란 해찰은 다하고 오는 길이니 이제부터라도 부지런히 걷자고 새소리가 재재거린다. 승용차로 한 시간도 안 되는 도로를 거부하고, 크고 작은 돌과 바위가 박혀 있는 옛길이며 제법 돋아난 나뭇잎들과 눈 맞추면서 걷는 의미가 무엇인지를 생각한다. 도시를 벗어났다는 홀가분함을 만끽하기 위해서 옛길을 걸을 수도 있겠지만, 어쩌면 오랜만에 혼자인 '나'를 만나기 위해서 걸을 수도 있겠다는 생각이 든다. 고립의 '나'가 아니라 사람들 속에서 사람으로 살고 싶은 욕망이 나를 지리산 둘레길로 끌어냈을 수도 있다.

　연초록이 묻어나기 시작한 이 길을 오늘도 많은 사람들이 오갈 것이다. 문재인도 이 길을 오가며 존재감 안팎에서 꿈틀거리는 상생의 어우러짐— 광화문 촛불집회 때 어떤 가수가 "우리에게 필요한 것은 새마을운동이 아니라 옛 마을 운동"이라고 노래 불렀던 구절의 진짜 뜻이 무엇인지를 놋그릇처럼 되작거렸을 터이다. 옛길을 걷는 나와 우리는 마음의 벌거숭이로 자연 앞에 서서 무례한 정치와 자본과 문명이 준 속골병을 치유하리라. 진달래가 졌으니 달포 조금 못 미쳐 철쭉이 피겠다.

이병초
시인.
1963년 전북 전주 출생. 1998년 〈시안〉 신인상으로 등단했고 시집으로 《살구꽃 피고》《까치독사》
등이 있다. 현재 웅지세무대학교 교수로 재직 중이다.

2부

문재인, 그리고 문재인

문재인을 지지하며 벌어진
'시끄러운 일'에 대해

황교익

정치를 잘 몰라서, 이래가지고 저래가지고 결국엔 엮였다

탁현민이었다. "선생님, 문재인 지지하시지요?" "응. 지난번에도 찍었지." "그러면, 문재인을 지지하는 시민 모임이 있는데, 더불어포럼이라고, 거기에 이름 올립니다." "좋지. 그런 일이면 나도 해야지." 며칠 있다가 또 전화가 왔다. "더불어포럼 있지요, 거기 공동대표 해야 합니다." "어어, 대표이면 책임지는 일이 많아지는 것은 아닌가?" "선생님이 요즘에 제법 유명해져 시끄러운 일이 벌어질 수도 있겠지요. 그러니까, 잘 판단하세요." "겨우 대통령 후보 정치인 지지하는 것인데 민주공화국에서 뭔 일이 있겠어. 이름 올려." 이런 걸 두고 박근혜식으로 말하면 '엮였다'라는 것이다. 별별 이상한 일이 다 벌어지는 이 대한민국에서 뭔 일이 왜 없겠는가. 내가 정치적으로 참 순진한 인간이란 걸

나는 몰랐다.

더불어포럼 공동대표로 이름이 올랐다는 것은 1월 14일에 열린 창립대회에서 확실히 알게 되었다. 화면으로만 보아오던 문재인을 처음 만났다. 몸은 다부졌고 표정은 온화하였다. 웃음소리가 "하, 하, 하" 하고 끊어졌다. 평소에 감정을 과하게 드러내는 성격은 아닐 것이라는 생각이 들었다. 함경도 출신 부모에 부산에서 나고 자랐으니 그 성격을 짐작하고도 남는다. 웬만한 것은 속으로 삼킬 것이나 분명 불뚝성이 있을 것이다. 그를 화나게만 하지 않으면 '이런 호인도 없다' 할 것이다.

나더러 단상에 나와 인사말까지 하라 하였다. 강연으로 먹고살지만 각계각층의 유명 인사들이 잔뜩 앉아 있는 자리에 나서서 뭔 말을 한다는 것은 다리가 달달 떨리는 일이다. "밥 먹을 때에 정치 이야기 하지 말라 하지요. 밥맛 떨어진다고. 그런데 밥상에서 정치 이야기를 열심히 해야 합니다. 그 밥상 위에 놓인 음식의 질을 결정하는 것이 바로 정치이니까요." 이런 내용의 말을 하였다. 그 다음에 이어진 말은 '정치인에 대한 지지는 요구'라는 취지의 것이었는데, 이 말을 하는 순간 객석에 앉은 문재인과 눈이 마주쳤고 그는 내 말의 뜻을 알겠다는 표정을 보였으며 내가 원래 하려던 말을 다하였는지 어땠는지 혼란스런 상황에서 단상을 내려왔다. 이런 자리의 연설은 정말이지 적응하기 어렵다. 그래서 다음날 내 생각을 정리하여 페이스북에 올렸는데, 아래와 같다.

'지지'라는 이름의 '요구' — 더불어포럼 참여와 관련하여

노빠, 문빠, 안빠, 박빠…(반빠도 있나?) 특정 정치인을 격렬히 지지하는 사람들을 이런 식으로 부른다. 내가 문재인을 지지한다니 당장에 "황교익은 문빠다"라고 말한다.

'-빠'는 팬덤의 다른 이름이다. 특정의 인물을 추종하는 사람을 두고 팬덤이라 한다. 우리말로 하면, 광신자 정도 될 것이다. 연예인들을 대상으로 한 팬덤이 대표적이다.

인간은 누구든 특정의 인물을 마음에 담고 추종할 수 있다. 연예인이든 배우든 운동선수든 문학가든 모두 팬덤의 대상이 될 수 있다. 대상을 괴롭히거나 하는 문제를 일으키지만 않으면 누구의 팬덤이 되든 이는 자유이다. 보상을 바라지 않고 누군가를 열렬히 추종하는 일이 정신적으로 큰 쾌감을 줄 수 있으니 취미 생활로도 나쁘지 않다.

그런데, 정치인을 대상으로 하는 팬덤은, 정상적인 일이라 볼 수 없다. '연예인, 배우, 운동선수, 문학가 등등과 일반인의 관계'는 '정치인과 일반인의 관계'와 완전히 다르다. 연예인, 배우, 운동선수, 문학가 등등의 팬덤이 되었다 하여도 우리는 그들에게 우리의 권리를 위임하지 않는다. 그들이 내 마음에 들고 안 들고 하는 일은 있어도 그들이 내 삶에 직접적으로 관여하는 법안을 만들고 또 이를 강제적으로 집행하는 일은 없다. 특정 정치인을 지지한다는 것은 결국 내 권리를 그에게 위임하는 일이며, 또 곧 그 권력으로 정치인은 나를 통치하게 된다. 그러니, 정치인을 지지한다는 것은 연예인 등등을 좋아하는 것과 근본적으로 다르다.

정치인에 대한 지지는 요구이다. 이런저런 정치를 해달라는 요구를 지지라는 이름으로 정치인에게 전달할 뿐이다. 보상 없이 무조건적으로 추종하는 팬덤은 정치의 세계에 존재하지 않는다. 그럼에도 노빠니 문빠니 안빠니 하는 단어들이 한국 정치판에 떠도는 것은, 그놈의 '-빠'들을 만들어 정치인에 대한 주권자의 당연한 요구를 망각하게 하려는 정치 세력이 존재하기 때문이다. 심하게 말하면, '정치적 개돼지'로 만들겠다는 심사이다.

정치는 연예 오락 프로그램이 아니다. 어떤 정치인을 지지할 것인가 결정하기 전에 나의 요구가 무엇인지부터 구체적으로 살피고 확인하여야 한다. 그다음에, 내 요구를 경청하고 잘 실행해줄 정치인을 찾아내어 그에게 '지지'라는 이름의 '요구'를 하여야 한다.

나는 문재인에게 요구할 일이 생겼다.

이어 문재인이 단상에 올라 긴 연설을 하였다. 나는 그의 얼굴을 뚫어지게 보았다. 표정과 눈빛, 입 모양 등등을 관찰하였다. 그때 내게는 말의 내용이 크게 중요한 것이 아니었다. 중간에 "황교익 맛칼럼니스트께서 제게 요구한다고 하셨는데" 하고 내 인사말을 받았는데 그 뒤에 이어지는 말의 내용도 귀에 들리지 않았다. 그의 신념을 읽고 싶었다. 열정을 느끼고 싶었다. 진심을 알고 싶었다.

그의 눈빛은 흔들림이 없었다. 입 모양에 머뭇거림도 없었다. 표정은 단호하였다. 목소리는 묵직하고 단단하였다. 그 긴 연설 동안 단 한

번도 메모를 보기 위해 눈을 아래로 내리거나 하지 않았다. 애초 메모조차 없었을 것이다. 말로 하는 문장인데 완벽하였다. 참모가 써주지 않으면 말도 못한다느니, 그래서 토론을 피한다느니 하는 말들이 왜 생겼는지 도무지 이해되지 않았다. 문재인만큼 말 잘하는 정치인을 나는 본 적이 없다. 말은 빨리 한다고 잘하는 것이 아니다. 감정적 소통이 먼저이고 그 다음은 내용이다. 감정적 소통에 성공하려면 발화자 스스로 자신의 말에 열정과 신념을 담아야 한다. 진심이 없으면, 특히 정치인은 공부가 약하면, 열정도 신념도 담기지 않는다. 그는 훌륭한 정치가이며 연설가이다.

'시끄러운 일'은 이내 일어났다

더불어포럼 창립일 다다음날이었다. KBS〈아침마당〉작가한테서 전화가 왔다. 2월 중에 1시간짜리 강연 형식으로 녹화를 하기로 되어 있었고, 그날이 내가 자료를 챙겨주기로 한 날이었던 것으로 기억하고 있다. 작가의 용무는 그게 아니었다. "선생님, 더불어포럼 참가했다면서요. 그래서,〈아침마당〉은 나중에 해야 할 것 같아요. 대선 이후에나." "응? 그게 뭔 소리야? 그거 하고 방송이 뭔 관계야?" 탁현민이 한 "시끄러운 일이 벌어질 수 있다"라는 말이 확인되는 순간이었다. 아, 이거 제대로 엮였구나!

나는 따졌다. 특정 정치인을 지지한다는 사실만으로 공영방송 출연에 배제되는 것은 국민의 기본권을 훼손하는 것이기 때문이다. 내가 워낙 완강하게 나오자 다음날 담당 피디와 통화하라고 하였다. 피디는 교양제작국 차원에서의 결정이라 하였다. KBS의 방송 제작 가이드라인에 따른 조처이니 어쩔 수 없다 하였다. 가이드라인이 그렇다 하면 그게 잘못된 규정이라 항의하였다. 다음날 나는 페이스북과 블로그에 KBS의 부당한 결정에 대한 항의의 글을 올리며 '분쟁'을 공식화하였다. 탁현민이 예측한 '시끄러운 일'은 창립대회를 연 지 단 이틀 만에 벌어지고야 말았다.

KBS는 방송 제작 가이드라인을 앞세워 나를 압박하였다. 그 가이드라인에 "선거기간 중 비정치 분야 취재를 하는 경우 특정 정당·후보자를 공개적으로 지지한 사람을 인터뷰하거나 방송에 출연시키지 않도록 주의한다"라는 조항이 있다고 주장하였다. KBS는 나에게 KBS의 명예를 훼손하였다고 덤볐다. KBS 〈뉴스9〉에서도 제작 가이드라인을 내놓고 내가 억지를 부리는 것이라 하였다. 그러나 이는 거짓말이었다. 제작 가이드라인에는 그러한 내용이 없다. KBS가 내세우고 있는 해당 항목은 KBS 제작 가이드라인 책자 안에 '부록'으로 별도 수록된 '실무자를 위한 KBS 공정성 가이드라인' 중 '선거 보도' 세부 준칙의 일부 내용이었고, 이 세부 준칙은 교양·연예·오락 프로그램에 준용할 수 있는 게 아니었다. KBS가 생억지를 부린 것이다.

어떻든, 이 과정에서 문재인은 '시끄러운 일'에 스스로 엮이었다. "KBS 측의 납득할 만한 조치가 없는 한 25일로 예정된 문 전 대표의 KBS 신년 기획 〈대선 주자에게 듣는다〉 출연은 취소할 수밖에 없다"라고 밝히었다. 이 소식을 듣는 순간, 난감하였다. 내가 지지하는 대선 주자가 나로 인해 한 시간이 넘는 '홍보용 방송'을 포기한 것이기 때문이다. 그냥 조용히 있을 것을, 괜히 일을 만든 것은 아닌지 후회가 되기도하였다.

들리는 말로는 문재인이 KBS 문제로 크게 화를 내었다고 하였다. 지난 대선에서 당신을 지지하였다는 이유로 많은 문화계 인사들이 블랙리스트에 올라 불이익을 당하였는데 현재에도 그러한 일이 벌어지고 있으니 화가 날 만도 하였다. 그 말을 들으며 화가 잔뜩 난 문재인의 얼굴을 머릿속으로 그려보았는데 잘 그려지지가 않았다. "하, 하, 하" 하는 그의 웃음에 내가 이미 넘어간 탓이었다.

이후에 설날 장보기, 북 콘서트, 경선 참여 홍보 영상 제작 등을 하며 문재인과 만났다. 그는 나에게 KBS 일에 대해 단 한마디도 하지 않았다. 굳이 서로 말할 필요도 없는 일이라 생각하고 있는 듯하였다. 앞으로도 KBS에서 납득할 만한 조치를 내놓지 않으면 KBS에 나갈 일은 없다는 확고한 의지를 내게 보여주는 듯하였다. 실제로 KBS의 간판 예능 프로그램인 〈해피투게더〉 제작진은 문재인 출연을 위해 온갖 물밑 작업을 다하였으나 문재인은 이를 끝내 거부하였다.

과자 가게 앞에 선 원칙의 사나이

정치인은 언론에 많이 노출될수록 이득이다. 단독 토론 프로그램이나 예능 프로그램은 자신의 장점을 확실하게 보여줄 수 있는 절호의 기회이다. KBS가 요즘 들어 시청률이 떨어진다 하여도 전국 방방곡곡의

넓은 시청 지역을 생각하면 거부하기에는 너무 아까운 일이다. 그래서 내 문제로 인해 문재인이 계속 KBS에 안 나가게 될까 봐 적당히 타협을 볼까도 생각하였었다. KBS의 해당 제작진에게서는 개인적으로 사과를 받았으니 그 정도에서 상황이 끝났다고 내가 공표할 수도 있겠다 싶었다. 그렇다고 하여 KBS의 부당한 결정이 번복되는 것은 아니고 또 재발 방지 약속을 받아낸 것도 아니니 미봉책일 수밖에 없다. 이렇게 하는 것이 문재인식의 방법일까 궁리를 하다가 이내 내 생각을 닫았다. 원칙대로 하자면 이건 아니다. 문재인은 늘 원칙을 강조한다. 그래, 원칙대로!

이렇게 '원칙대로!'를 선언하면 문재인의 KBS 출연 거부는 정치인으로서 원칙대로 마땅히 해야 하는 일로 보이게 된다. 정치인이 왜 필요한가. 국민이 헌법적 기본권을 침해당하는 것을 빤히 보고도 못 본 척한다면 그건 정치인으로서의 책무를 저버리는 일이다. 내가 당신을 지지하였기 때문에 생긴 일이니 그에 대한 미안함으로 방송 출연을 거부하는 정도의 일이 아니다. 문재인은 KBS에게 원칙을 지키라고 요구하고 있는 것이다. KBS와의 분쟁을 나 혼자 감당하였더라면 진작에 포기하였을 수도 있다. 문재인이라는 정치인이 거들어주어 용기를 잃지 않고 현재도 버티며 싸우고 있다.

문재인이 얼마나 '원칙대로'의 사람인지 나는 잘 안다. 아주 자잘한 것에도 스스로 정한 원칙을 꼭 지킨다. 설날 장보기를 할 때였다. 장보기 전에 영상 제작진이 나에게 과자 가게 앞에서 문재인과 서로 과자를 먹여주며 광고 찍듯이 포즈를 취해달라 부탁을 하였다. 문재인에게는 말해두지 않은 연출이었다. 까닭이 있었다. 문재인은 시장에서 이 것저것 음식 받아먹으며 서민 코스프레하는 것이 정치인으로서 적절한 행동이 아니라고 생각하고 있다. 문재인이 시장에서 어묵 등을 먹는 사진이 있기는 한데 표정을 자세히 보면 그다지 밝지가 않다. 억지로 하는 일이었을 것이다. 그래서 설날 장보기도 기자 없이 몰래 진행하였었다. 그때에 누군가 옆에서 이랬다. "문 대표님은 과자 안 드실걸요." 나는 속으로 이랬다. '내가 먹일 꼬야.' 내 안에 청개구리가 산다.

과자 가게 앞에 섰다. 내게 주어진 미션을 수행하기 위해 당장에 먹을 수 있는 과자를 눈으로 훑었다. 마침 시식용으로 몇 점의 과자가 그릇에 담겨 있었다. "문 대표님, 이거 시식용이네요. 드셔보세요." 못 들은 체하였다. 바로 옆에서 귀에다 대고 말하였는데 못 들었을 리가 없었다. 심지어 딴전을 피웠다. 아예 내가 과자를 들어 문재인의 코앞으로 가져갔다. "이거는 공짜에요. 드셔도 돼요." 마지못해 과자를 들었다. 그리고는 고개를 숙이고 입에다 홀랑 넣어버렸다. 시장에서 음식 먹는 모습을 어떤 식으로든 보이기 싫었던 것이다. 속으로 나는 '졌다' 하고 선언하였다. 고집이 보통이 아니었다. 스스로 정한 원칙에 철저하였다.

정치인에 대한 '지지'는 '요구'라 하였다. 나는 문재인을 열렬히 지지한다. 그러니 문재인에게 열렬히 요구할 것이 있다. 원칙을 잘 지켜달라는 것이다. 자잘하게는 시장에서 음식 먹는 모습을 연출하지 않겠다는 원칙도 좋고 KBS가 원칙대로 운영되게끔 압박을 넣는 것도 훌륭하나, 무엇보다 중요한 것은 이 대한민국이 민주주의의 원칙대로 굴

러갈 수 있게끔 해달라는 것이다. 대한민국에서 벌어지는 대부분의 정치적 문제는 민주주의 원칙을 지키지 않기 때문에 발생한다. 민주주의 원칙이 잘 반영되어 있는 헌법을 가지고 있음에도 이 헌법대로 일을 하는 정치인을 대통령으로 선출하는 것이 왜 이리 어려운지 참으로 답답한 노릇이다. 결국은 사람의 문제일 것인데, 문재인은 민주주의 원칙대로, 그 원칙에 따라 헌법이 정한대로, 이 혼란의 대한민국을 똑바로 세워주기를 열렬한 지지자의 이름으로 요구한다.

황교익

맛칼럼니스트.
1962년 경남 마산 출생. 음식 이야기를 담은 책 《미각의 제국》 《한국음식문화 박물지》 《서울을 먹다》 《맛따라 갈까 보다》 등을 냈다. 현재 tvN 〈수요미식회〉에서 음식을 해설하고 있으며, SBS 〈강헌, 황교익의 맛있는 라디오〉를 공동 진행하고 있다. '사단법인 끼니'를 설립하여 음식 문화와 관련한 다양한 강좌를 기획하고 있다.

벗과 논하는
지도자의 길

안경환

1

지난 한 달 내내 시름시름 앓았다. 1월 13일, 동갑내기 박세일 교수의 부음에 일상이 휘청거렸다. 경조사에 게으른 나에게도 근래 들어 장례식장 나들이가 항다반사가 되었다. 김수행, 신영복, 이영희…… 존재의 무게감이 남다른 선배들이 잇따라 떠나면서 아쉬움이 컸다. 곧 내 차례라는 생각이 들었지만 그래도 약간의 시차가 있으리라, 솔직히 절박감은 덜했다. 그러나 박세일의 죽음으로 급박함이 엄습했다. 또 다른 동갑내기 김훈의 새 소설,《공터에서》를 읽었다. 묵직한 주제와 플롯보다 〈작가 후기〉가 더 사무친다. "지난 몇 년 늙기가 힘들어서 허덕지덕하였다…… 여생의 시간을 아껴 써야 할 것이다."

우리는 1948년생이다. 대한민국 정부와 헌법 아래 삶의 궤적을 말 그대로 '만들어' 왔다. 어떤 꿈을 품었고, 무엇을 탐했고, 어떻게 부대끼며 살았건, 이제는 속절없이 마감 길에 접어든 것이다. 그런데 '아껴 써야' 할 시간을 어떻게 쓸까, 정제된 생각을 품기 어렵다. 그래서 눈앞에 닥치는 대로 널뛰기를 한다. 근래 들어 많은 동년배가 덕수궁 '태극기집회'에 합류하고 하루 24시간 '카톡 전쟁'에 자원해 나선다. '촛불집회' 대 '태극기집회', '탄핵 찬성' 대 '탄핵 반대'는 내게는 상식과 몰상식의 맞섬으로밖에 보이지 않지만 달리 생각하는 동년배가 훨씬 더 많다. "백발이나 주름살로도 갑자기 권위를 만들 수 없다. 권위란 명예롭게 보낸 세월의 마지막 결산이다." 새삼 이천 년 전 세네카의 경구가 가슴을 때린다.

박세일이라면 오늘 이 현상을 어떻게 판단할까? 오랫동안 그는 '합리적 보수주의자'의 대명사였다. '선진화'와 '통일'을 양대 축으로 삼은 그의 '선진화 담론'은 2000년대 중반, 부패와 일탈로 지리멸렬한 보수 세력에 복음을 전했다. 박세일의 이상을 가공하여 잇따라 집권에 성공한 보수 정권이었기에 그는 이명박-박근혜 정권의 '숨은 신'으로 불리기도 했다.

1966년 봄, 함께 대학에 입학한 지 물경 51년 동안, 엄청난 무게를 느끼면서 그의 삶을 곁눈질했다. 그의 뒤를 이어 모교 교수가 되었고, 1989년 그의 인도로 경실련(경제정의실천시민연합)의 설립에 참여했다. 1994년 참여연대의 탄생에 이름을 걸면서 행보가 달라진 셈이다. 그러나 언제나 그는 나의 큰 선생이었다. 나의 머릿속에 시시각각 정제되지 못한 여러 관념들이 난무할 때도, 그의 머릿속에는 시종일관

위민우국爲民憂國의 충정뿐이었다. "역사는 이상주의자의 좌절 속에 발전한다." 그인지 나인지, 원조가 분명치 않지만 어쨌든 우리가 즐겨 쓰는 어휘가 되었다.

"학문이 성숙하면 나라를 위해 관직에 나서야 한다." 우리 세대에게 익숙한 《천자문》의 구절이다. "그 직위에 있지 않으면 그 일을 도모하지 말라." 공자의 가르침이다. 탄탄한 학문을 바탕으로 일찌감치 경세 일선에 나섰던 그다. 진한 아쉬움을 남기고 떠났지만 결코 좌절 속에 이상주의자의 삶을 마감하지는 않았다. 박세일이 중병을 앓으면서도 후세에 경구를 남겼다고 한다. A4용지 17매 분량의 유고는 '지도자의 길'이란 제목을 달았다. 역대 성현들의 경세철학을 바탕으로 한국의 현실 정치를 조명했다. 그는 지도자가 갖춰야 할 4대 덕목을 제시했다. 애민愛民과 수기修己, 비전과 방략方略, 구현求賢과 선청善聽, 그리고 후사後史와 회향回向을 꼽았다. 누구도 토를 달 여지가 없는 정론이다.

지도자가 되려는 사람은 무엇보다 "철저한 자기 수양을 통해 공심을 확충하고 천하 위공의 정신과 애민 정신을 키워나가야 한다". 사심이 앞서면 국가 비전과 방략을 세우기 어렵고 올바른 인재를 선택할 수 없기 때문이다. 지도자의 두 번째 요건은 "공동체가 나아갈 역사적 방향과 풀어야 할 시대적 과제와 해결 방식에 대한 나름의 확고한 구상"이다. 이른바 창업創業, 수성守成, 경장更張. 각각의 시대에 요구되는 리더십이 다르다. 창업 시대에는 기존 체제를 뒤엎는 개혁적 리더십이, 수성 시대에는 이해 집단 간의 조정에 유능한 리더십이, 경장의 시대에는 개혁적·변혁적 리더십이 필요하다. 그는 현시점을 경장, 전환의 시대로 보고 전환기 변혁을 이끌 리더십을 갖춘 사람이 대통령이 되어야 한다고 했다. 기존 체제의 근간을 유지하되 해묵은 기득권 구조와 적폐를 혁파하는 것이 핵심 과제라고 썼다. 이에 덧붙여 최고의 인재를 등용하고 이들과 일반 국민의 이야기를 경청해야 한다고 했다. 마지막으로 자신이 이룬 모든 성취는 국민과 역사에 돌리고 실패와 반성의 책임은 혼자 가지고 떠나야 한다고 매듭지었다. 마치 박근혜 대통령을 겨냥한 갈문喝文처럼 비친다. 너무나 상식적이기에 오히려 지나치게 이상적인 박세일의 지도자론을 곱씹으면서 그가 제시한 기준을 비슷하게나마 채울 정치인이 누가 있을까? 궁리에 궁리를 거듭해도 문재인 말고는 당장 다른 인물이 떠오르지 않는다.

2

박세일이 내건 지도자의 4대 덕목을 압축하면 '분별 있는 열정'이 될 것이다. '열정'과 '분별'이야말로 지도자가 갖추어야 할 양대 덕목이다. 국가 개조의 열정이 없는 권력욕은 나라를 정체시키고 국민을 도탄에 빠뜨리기 십상이다. 분별이 따르지 않는 열정은 오히려 악덕이다. 나서야 할 때와 물러서야 할 때, 단호해야 할 때와 유연해야 할 때를 분별해야 한다. 공적 사명감에 충만하고 사심邪心이 없는 지도자만이 나라를 이끌 수 있다. 민주공화국에서 애민이란 곧바로 주권자인 국민을 섬기는 일이다. 대통령은 자신을 지지하는 국민뿐만 아니라 비판하는 국민도 엄연한 나라의 주인임을 항시 유념해야 한다.

지도자는 매사에 '분별 있는 선택'을 해야만 한다. 국가원수이자 행정부의 수반인 대통령이 자신의 정치적 이념과 정책에 동조하는 인재를 중용하는 것은 당연하다. 그러나 신분과 정치적 중립이 보장된 공무원의 지위를 흔들거나 부당하게 차별해서는 안 된다. 공직자의 수기란 자기를 낮추어 국민을 섬기는 겸손한 마음을 기르는 일이다. 이러한 습관이 몸에 배지 않은 사람은 훌륭한 지도자가 될 수 없다. 성장기부터 불의의 강자에 용감하게 맞서고, 약자를 보살피는 마음을 배양한 사람이라야만 훌륭한 지도자가 될 수 있다.

　　대한민국의 역대 대통령 모두가 나름대로 공功도 과過도 있을 것이다. 큰 공은 기리되 작은 과는 덮어주는 것이 민주 시민의 덕목이다. 그러나 많은 전직 대통령들이 자신의 과는 감추고 공만 내세우곤 한다. 이런 모습을 보는 국민의 마음은 편치 않다. 문재인도 그렇게 될까? 절대로 그렇지 않을 것이다. 그렇게 믿고 싶다.

　　박세일은 우리 헌법의 기본 이념은 '공동체적 자유주의'라고 규정했다. '공동체'란 한마디로 '더불어 사는' 헌정의 원리다. 공화주의, 경제민주화, 균형성장, 사회복지, 환경 보전…… 이 모든 것이 '합리적 보수', '따뜻한 보수'가 지향하는 공동체적 자유주의의 원리 속에 포함될 것이다. 박세일의 이상에 크게 힘입어 집권에 성공한 이명박-박근혜 정부는 그의 '공동체적 자유주의'를 국정 이념으로 채택하지 않았고, 정책에도 거의 반영하지 않았다.

3

박세일은 일찍이 애덤 스미스의 《도덕감정론》(1759)을 번역해 냈다 (1996). 《국부론》《법학강론》과 함께 '스미스 3부작'으로 불리는 고전이다. 3부작은 함께 공부해야 한다. 요즘처럼 인문학과 사회과학이 분화되기 이전의 학문 수학의 수칙이다. 무릇 사회를 건설하고 움직이는 원리를 구상하는 학자는 경세이론에 앞서 인간의 심성에 관한 통찰을 갖추어야 하기 때문이다.

나는 사회주의가 표방한 고고한 이상은 현실적 인간의 기본 심성에 맞지 않는다는 박세일의 단언에 동의했다. 인간이란 어떤 존재인가? 언제나 이기심과 권력욕에 충만한 존재다. 엘리트는 숭고한 이상을 내세워 출세와 치부를 도모하고 하층민은 생존의 이름으로 각종 범죄와 일탈을 저지른다. 이 세상에 절대적으로 선한 인간은 없다. 타고난 심성이 어떠하든 사회적 삶을 사는 인간은 누구나 악하거나 악하게 될 수 있다. 그렇다면 현실의 세계에서는 인간의 사악함을 직시하는 '차선'의 제도를 건설할 수밖에 없다. 원칙적으로 개인의 자유롭고 창의적인 삶을 보장하되, 인간의 사악한 이기심이 공동체의 운명을 좌지우지 않도록 사회적 안전장치를 마련해야 한다. 그러니 싫든 좋든 법이 중추적 역할을 할 수밖에 없다.

"대한민국은 민주공화국이다." 이제 모든 국민의 머리와 가슴에 새겨진 헌법 제1조다. 두말할 필요도 없이 나라의 주인은 국민이다. 민주공화국, 대한민국이 자유주의와 시장경제의 근간을 유지하는 한, 정권의 교체에 따라 정책이 근본적으로 달라지지는 않는다. 굳이 계량화하면 90퍼센트 이상 동일한 정책이 이어진다. 진보와 보수를 비교적 선명하게 구분 지우는 정책의 비중은 높지 않다. 이른바 '합리적 보수'와 '성찰적 진보'는 이름의 차이일 뿐, 내용은 거의 같다. '혁신도시', '창조경제', '누리사업', '경쟁력 강화 사업' 등등…… 시의에 맞추어 포장만 바꾸었을 뿐이다.

2002년, 대통령 선거를 앞두고 박세일은 《대통령의 성공조건》을 펴냈다. 이 책은 이듬해 출범한 '참여정부'의 중요한 참고서가 되었다. 1995년, 박세일의 머리를 빌린 김영삼 문민정부가 '세계화' 작업의 선도 의제로 사법의 선진화를 내세웠다. 기성 법조계의 완강한 저항에 부딪혀서 종합 청사진의 극히 일부만 빛을 보았다. 그나마 변호사 정원의 획기적 증원이 이루어졌다. 그러고는 한동안 답보 상태에 있던 사법 개혁 작업을 참여정부가 승계하여 법학전문대학원 제도를 정착시켰다. 사법 개혁은 정치적 성향을 떠난, 시대적 과제가 된 것이다.

아직도 손대지 못한 사법 개혁의 핵심 의제가 검찰 개혁이다. '대한민국은 검찰공화국'이라는 냉소가 국민 사이에 널리 공유되고 있다. 모든 형사사건에서 공소권을 독점하는 검찰은 법무부 장관, 청와대 민정수석, 검찰총장, 3대 직책을 축으로 하여 정권의 충실한 시녀가 된다. 그러다가도 물러나는 정권에 독아毒牙를 들이대며 자신의 입지를 강화한다. 검찰과 경찰 사이의 수사권 조정, 고위 공직자 비리 수사처의 설치, 특별검사, 특별감찰관의 효과적 운영 등 검찰 개혁의 과제가 산적해 있다. 문재인은 그 누구보다도 해묵은 검찰 적폐를 혁파할 적임자이다. 개혁의 의지가 분명하다. 참여정부 시절 실패한 경험이 있기에 그 원인과 처방도 안다. 무엇보다 개인적 약점이 없다. 그래서 국민의 지지를 얻기 쉽다.

문재인은 모범적인 법률가다. 변호사 시절, 그가 대변한 의뢰인의 주장에 경청하지 않았던 많은 '주류' 법률가들도 문 변호사의 실력과 성실한 자세에 대해서는 찬사를 아끼지 않았다. 강자의 무도한 권력에 대해서는 단호히 저항하면서도 약자의 한숨에 귀를 열어주는 마음이 따뜻한 법률가였다. 누구보다도 제도의 합리적 개혁을 통해 세상을 바꿀 능력을 갖춘 적임자이다.

4

"천하에 불쌍한 멕시코여! 하느님은 멀리 계신데, 미국은 지척에 있으니." 멕시코 사람이면 누구나 아는 문구다. 일찍이 그 나라 대통령이었던 이(포르피리오 디아스Porfirio Diaz)의 입에서 나온 탄식이었다고 한다. 이 자조적인 문구가 웅변하듯 강대국을 이웃한 나라의 운명은 가혹하다. 연전에 이 문구를 친분이 쌓인 멕시코 외교관에게 농담으로 건넸더니 맞는 말이라며 동조했다. 그러면서 덧붙였다. 그렇게 치면 한국은 멕시코보다 네 배나 더 불쌍한 나라야! 그런 미국이 군대를 두고 있는 나라가 아니냐? 게다가 중국과 일본이 곁에 있지. 그뿐이냐? 국제사회에서 가장 골칫거리인 북한과 대립하고 있는 처지가 아닌가?

대한민국이 처한 냉엄한 현주소다. 정치, 외교, 안보, 경제가 복잡하게 얽힌 채 역사의 진애를 뒤집어쓰고 있다. 강대국들 사이에서 묘한 균형 외교를 유지하고, 효과적인 북한 견제를 통해 한반도의 평화와 발전을 도모해야 하는 난제를 안고 있다. 박근혜 정부의 치명적 실정은 이 미묘한 균형을 순식간에 무너뜨린 것이다. 역대 정부가 힘들여 구축했던 개성공단을 하루아침에 폐쇄하고, 국제정치에서 일본의 가장 아픈 위안부 문제를 푼돈을 받고 '불가역적으로' 합의해주었고, 주한 미군의 사드 배치를 너무나 쉽게 받아들여 중국의 분노를 유발했다. 너무나도 힘들고 큰 이월 부채를 차기 정권에 넘겨준 박근혜 정부의 실정은 두고두고 한탄과 원망의 대상이 될 것이다.

당초 북한 주민을 '민족 복지'의 대상으로 상정했던 박세일의 한반도 통일론은 후일 크게 변질되었다. 그는 만년에 "우리 외교·안보·대북 정책의 새판을 짜고 '평화 → 통일'이 아닌 '통일 → 평화'라는 목표를 확실히 세워야 한다"라고 주장했다고 한다. 믿기 어렵다. 사실이라면 남은 세월이 짧다는 강박감에 쫓겼기 때문일까? 이상주의자의 좌절로 치부하기에는 너무나도 치명적인 현실 인식의 착오다.

한반도의 통일은 우리의 힘만으로 이룰 수 없다. 주변국의 이해와 국제 질서의 흐름과 부합해야만 한다. 설령 김정은 북한 정권이 돌발적 상황으로 붕괴된다손 치더라도 곧바로 남북통일이 이루어지는 것이 아니다. 중국의 정책도 예측하기 힘들뿐더러, 북한 인민이 중국보다 남한에 더욱 일체감을 느낄지도 의문이다. 백배 양보하여 순식간에 휴전선이 무너지고 강토가 하나로 된다고 치자. 어떻게 하면 통일된 한반도의 주민이 함께 평화로운 번영을 이룰 것인가? 남북한 주민 사이에 엄연히 존재하는 정치적·사회적 의식의 괴리를 어떻게 극복할 것인가? 무엇보다도 극심한 경제적 지위의 차이를 어떻게 조정할 것인가? 이 모든 물음에 대해 그의 '공동체적 자유주의'는 어떤 답을 모색하고 있었을까, 궁금하기 짝이 없다.

"통일은 대박이다!" 마치 텔레비전의 광고 카피를 연상시키는 구호 속에 담긴 박근혜 정부의 통일 정책의 기조는 무엇이었을까? '자본주의 흡수통일'을 유일한 통일 방안으로 천명하는 것인가? 설마 그럴 리야 없지만, 행여 박세일도 동조했다면 그가 꿈꾸던 '선진 통일', 민족 공동체는 오로지 '시장 공동체'로 전락할 뿐이다. 북쪽 땅에는 값싼 노동력과 저렴한 땅이 있다. 그리고 남한의 자본과 상품이 맘껏 휘저을 거대한 시장이 있다. 정치, 문화, 복지…… 시장보다 더욱 중요한 공동체의 다른 가치는 안중에도 없다. 이런 유의 탐욕적 자본주의 정신으로 통일 문제에 접근하면 더 큰 재앙이 닥친다.

5

문재인은 철저한 반공주의자다. 그가 북한 공산 정권을 피해 탈출한 흥남부두 'LST 난민'의 아들임을 감안해도 다소 경직된 인상마저 풍긴다. 비록 현실의 제도로 정착하지 못했지만 숭고한 사회주의 이념에는 경의를 표하는 주변 지식인의 낭만적 안이함을 극도로 경계하는 그다. 한반도의 평화를 추구하지만 북한의 무력 도발은 가차 없이 응징해야 한다는 신념에서 특전사 군인의 기개가 넘친다. 남북의 군사 대치 상황에서 강한 군대를 만들어야 한다는 소신이다. 국방 예산의 비중이 참여정부 시절에 비해 이명박-박근혜 정부에 들어 훨씬 낮아진 사실에 분개하는 그다. 병장의 급료가 최저 임금의 15퍼센트에 못 미치는 현실을 개탄하는 것도 자유와 자율을 바탕으로 하는 강한 군대를 만든다는 자유주의적 안보·국방관의 신봉자이기 때문이다.

6

모든 공적 직책에는 그 직책으로 수행할 수 있는 권한이 부여되고 이에 상응하는 책임이 부과된다. 권력 그 자체에는 선과 악이 없다. 사람이 쓰기 나름이다. 청백리도 탐관오리도 같은 자리에서 만들어진다. 제도 권력은 공적 활동을 위한 힘이다. 창업創業, 수성守成, 경장更張, 그 어느 단계에서든 국가의 권력을 효과적으로 활용하는 힘이다. 공적 직위에서 도모해야 할 일과 해서는 안 될 일이 있다. 대통령에게는 엄청난 권력이 주어진다. 오로지 공적 제도를 통해 모든 정책을 집행해야 한다. 박근혜 대통령이 치욕적인 탄핵을 당한 이유는 간단하다. 민주공화국의 공적 제도를 사유화하거나 사적 목적으로 권력을 남용했기 때문이다.

　서울살이 연조가 깊은 한 외국 언론인의 말이다. '민주 한국'의 이미지를 결정적으로 해치는 모습에 한국 국민은 매우 둔감하다고 했다. 청와대에서 열리는 회의에 모두가 가슴에 이름표를 달고 있다. 국무총리마저 명찰을 달아야 한다. 상시 대면하는 비서실장과 수석비서관도 예외가 없다. 도대체 이 기이한 현상을 어떻게 설명할 수 있을까? 청와대의 주인은 대통령이고 나머지는 모두 손님이라서 그런가? 국민 누구나 대한민국이 민주공화국임을 의심하지 않으면서도 국민 누구도 이의를 제기하지 않는 이 권위주의의 실상을 어떻게 설명할 것인가? 선거를 앞둔 후보자는 누구나 '개방형 대통령'이 되겠다고 공약을 내건다. 그러나 개방의 질과 폭은 대통령의 개인적 소신 못지않게 '제왕적 대통령'을 자연스럽게 수용하는 우리의 정치 문화와 연관되어 있다. 누가 이런 무모한 권위주의를 청산할 수 있을까? 문재인은 4년 반 전에 이미 청와대 개편과 개방을 공약으로 내건 바 있다.

참여정부 5년, 문재인은 국정의 중심에 서 있었다. 반듯한 언행, 곧은 공인의 자세, 공정하고도 균형감 갖춘 업무 능력, 책임을 회피하지 않는 의연함, 그 무엇보다도 약한 사람과 그늘진 곳에 먼저 눈이 가는 천성과 습관이 배인 사람이었다. 한마디로 전형적인 참여정부 인사의 장점은 거의 다 가진 반면, 단점은 거의 가지지 않은 사람처럼 비쳤다.

뒤돌아보지 않고 홀홀히 떠난 그를 다시 불러낸 것은 시대와 국민이었다. 그것은 운명이었다. 운명은 순응하는 사람은 싣고 가고 거역하는 사람은 끌고 간다고 한다. 당초 밀려 나왔든 끌려 나왔든 이제 정치인 문재인은 대한민국의 운명이 되었다. 4년 반 전 '정치인 문재인의 가장 큰 적은 바로 문재인 자신'이라고 쓴 적이 있다. 비열한 승자보다 품위 있는 패자의 길을 기꺼이 선택할 사람처럼 비쳤기 때문이다. 그는 기꺼이 그 길을 감내했다. 그리고 더욱 강해졌다. 부침을 거듭하면서도 한시도 '열정'과 '분별'을 잃지 않았다. 흔히들 '타고난' 정치가가 있다고 한다. 그러나 그런 사람들은 흔히 열정에 미쳐 분별을 잃기 십상이다. 타고난 기질보다 배우고 닦은 능력, 분별 있는 열정을 갈무리한 사람이 더욱 유능한 지도자가 된다. 적어도 21세기 대한민국의 지도자는 그런 사람이라야만 한다. 그래서 더욱 문재인을 믿고 기대한다.

2017년 봄, 대한민국의 운명에 더없이 중요한 분수령이다. 누가 당선되든 새 대통령 앞에 난제가 첩첩히 쌓여 있다. 난관을 극복하는 집단의 지혜를 총동원해야 한다. 문재인이 민주당의 후보가 되고, 나아가 대통령이 될 것이라는 기대가 충만하다. 설령 최종 선택을 받지 못해도 문재인은 분별 있는 열정의 지혜를 후세에 남겨줄 것이다.

문재인은 당선에 이르는 과정에서는 물론, 대통령이 되어서도 치열한 공격의 표적이 될 것이다. 사실은 왜곡되어, 거짓은 확대재생산되어 괴롭힐 것이다. 주변에는 치열한 권력 쟁탈전이 벌어질 것이다. 날로 쫓기는 북한 정권의 돌출 행동은 이어질 것이다. 침체된 경제가 국민의 일상과 청년의 희망을 불안하게 만들 것이다. 그런 중에도 임기 5년 내내 질서 있는 경쟁을 받아들이고, 분별 있는 선택을 내리는 혜안이 흐려지지 않기를 빈다. 새 지도자는 한반도의 긴장된 상황에 직면해서도 세계사의 도도한 흐름을 외면하지 않아야 한다. 트럼프 미국과 브렉시트 영국의 예에서 보듯이 온 세상을 '패권주의', '국가주의', '민족주의'의 망령이 휩쓰는 가운데서도 모든 인간이 존엄하다는 신념을 잃지 말아야 할 것이다. 모든 종교의 가르침이 그러하듯이 여성, 장애인, 소수 인종, 병자, 노인, 난민, 북한 이탈 주민…… 모든 약자에 대한 배려를 아끼지 말아야 할 것이다.

물러나는 세대는 새 시대를 가로막는 장애가 되어서는 안 된다. 태극기 부대의 절대 다수는 나처럼 물러나는 세대다. 뒤늦게 깨우친 애국적 사명감도 값지다. 그러나 민주적인 정치와 법이 구현해가는 새 질서 앞에 응분의 경의를 표해야 할 것이다.

2022년 봄, 차안此岸이든 피안彼岸이든, 친구 박세일을 만나 고하고 싶다. "그 보게나! 문재인이 있었지 않았나? 자네와 나의 꿈이 크게 다르지 않지 않았나!"

안경환
서울대학교 법학전문대학원 명예교수, 국제인권법률가협회 위원.
1948년 경남 밀양 출생. 서울대학교 법과 대학 학장, 한국헌법학회 회장, 제14대 국가인권위원회 위원장을 역임했다. 저술한 책으로 《남자란 무엇인가》《법과 문학 사이》《조영래 평전》《법, 세익스피어를 입다》《좌우지간 인권이다》《윌리엄 더글러스 평전》 등이 있고, 옮긴 책으로 《동물농장》《두 도시 이야기》 등이 있다.

상선약수,
그것이 바로 문재인이다

고민정

"띠띠띠띠띠……"

알람이 요란하게 울린다. 암막 커튼 사이로 아침 햇살이 어스름하게 새어 들어온다.

"조금만 더 잘게. 10분만……"

아내를 깨우기 위해 남편이 더 부지런히 일어난다. 난 그걸 믿고 조금이라도 더 눈을 붙이기 위해 10분 연장, 10분 연장을 외친다. 학창 시절부터 지금까지 왜 아침 풍경은 변함이 없는 걸까. 결국엔 지각하기 일보 직전에 후다닥 일어난다. 그러곤 늦었어, 늦었어 하고 중얼거린다. 남편은 분주한 아내를 태워 캠프 사무실 앞에 떨궈준다. 내가 아나운서가 된 이후 차를 태워줄 일이 많을 것 같다는 이유로 운전면허를 땄던 남편이다. 역시 선견지명.

참 바쁜 요즘이다. 방송국 생활을 할 땐 이 정도는 아니었다. 아무리 바빠도 일주일에 하루 정도는 쉴 수 있었고 틈틈이 책을 읽기도 했다. 그런데 지금은 아이들이 눈뜨기 전에 나갔다가 눈 감고 나면 들어온다. 엄마는 왜 맨날 밖에 나가냐는 아이들의 투정에 그저 따뜻한 봄이 올 때까지라고, 기다려달라고 말할 수밖에 없다. 그때가 되면 다 같이 소풍도 가고 여행도 가자면서. 그러면 그나마 용서해준다. 봄을 이토록 간절히 기다린 적이 언제였던가 싶을 정도다.

월화수목금금금을 지낸 지 이제 한 달이 넘었다. 잘 버티던 체력도 3주쯤 지나자 바닥난 건지 감기에 걸리고 말았다. 감기는 아나운서일 때에도 늘 나를 벌벌 떨게 했다. 목소리가 생명이니 그럴 수밖에. 그런데 '더문캠'에 들어온 이후엔 어디가 아프기라도 하면 그저 약 먹고 버티는 수밖에 없다. 그렇지 않으면 나만 손해다. 컨디션 조절 못한다고 나무랄 사람 하나 없지만 조금이라도 도움이 되고자 선택한 길인데 하루 이틀 시간을 허비한다는 게 나 자신에게 용납이 되지 않기 때문이다. 이렇게 아플 시간도 없는 나인데 도리어 내 목소리는 한층 밝아져 있나보다. 옛 동료들을 만나도, 학교 친구들을 만나도 하나같이 말한다.

"너 참 좋아 보인다. 재미있어 보여!"

그렇다. 참 좋다. 재미있다. 행복하다.

정치가 내 체질에 맞기 때문은 아니다. 엄밀히 말하면 난 정치를 잘 모른다. 난 여의도 정치인이 아니다. 어떻게 해야 더 많이 득표할 수 있는지 계산이 서지 않는다. 저 사람이 한 말의 저의가 무엇인지 굳이 따져보지도 않지만 따져본다 한들 한참을 곰곰이 생각해봐야 답이 떠오른다. 물론 모든 정치인들이 이렇듯 이해타산적이란 얘기는 아니다. 일반 사람들이 정치인에 대해 갖는 편견이 이렇다는 말이다. 그러니 정치의 한복판에 들어온 나를 당연히 그런 시선으로 볼 것이다. 하지만 고민정에게 더문캠은 같은 곳을 향해 나아가는 친구들이 모여 있는 곳이다.

일을 할 땐 프로처럼 다들 눈빛에 날이 선다. 한 발자국의 걸음도 허투루 내딛지 않는다. 문 전 대표의 동선을 짜고, 기사를 확인하고, 포토 라인을 만들고, 차에 탑승하는 시각까지 한 치의 오차도 없다. 하지만 이들의 모습이 여기까지가 다였다면 인간미는 못 느꼈을 테다. 일정이 끝나고 나서는 서로 툭툭 치며 장난도 치고, 서로의 재미있는 사진을 찍어 한바탕 웃기도 한다. 군중 속에서도 자신의 역할을 잊지 않으며 동시에 서로의 존재로 든든함을 공유한다.

우연일까? 이런 사람들이 모인 것이?

아니다. 사람들이 저절로 모이는 것이다. 문재인이라는 사람을 중심으로 그를 닮은 사람들이 모이고 있는 것이다. 문재인이라는 바다에 작은 실개천부터 커다란 강물까지 모이는 것이다. 숲속 동물들의 목을 축여주던 물이, 한여름 계곡을 활기차게 만들던 아이들의 웃음소리를 가득 머금은 물이, 서울을 도도하게 가로지르는 한강의 물이 바다로 바다로 흘러 모이듯 문재인이라는 사람 곁으로 모여들고 있는 것이다.

상선약수上善若水. 가장 선한 것은 물과 같다는 노자의 말이다. 가까이에서 지켜본 문재인이란 사람은 과연 물과 같은 사람이다.

노자가 물을 가장 선하다고 말한 데에는 세 가지 이유를 들 수 있겠다.

첫째로 물은 생명의 근원이다. 물이 만물을 살린다는 말에는 이견이 있을 수 없다. 사람은 물론이고 작은 동식물들도 물 없이는 생명을 유지할 수 없다. 그렇다면 노자가 너무나 당연한 이 사실을 이유로 든 까닭은 무엇일까. 생명의 소중함을 강조하고 싶었던 것은 아닐까? 생명을 소중하게 여기는 것이 곧 생명을 살리는 일이기 때문이다.

문재인, 그는 박근혜 대통령 탄핵이 결정되던 그날 팽목항으로 향했다. 늘 수많은 기자단을 이끌며 공개 일정을 소화해야 하는 정치인이지만 이날만큼은 철저히 비공개로 진행하고자 했다. 물론 철저히 보안을 유지한다고는 했지만 결국 일거수일투족을 예의 주시하던 기자들에 의해 완전한 비공개는 불가능하게 됐다. 하지만 그의 마음을 국민들은 알아주지 않았을까. 모두가 미래를 그리고 희망을 말할 때 그는 슬픔이 농축되어 있는 팽목항을 택했다. 슬픔을 외면한 채 밝은 미래를 그릴 수 없음은 물론이고, 슬픔의 한복판에서 희망의 씨앗을 찾을 수 있음을 그는 알았던 것이다.

처음 그와 만난 자리에서였다. 내가 묻기도 전에 그는 해직 언론인들에 대한 걱정을 털어놓았다. 자신이 지난 대선에서 낙마함으로 인해 그들의 해직 사태를 해결하지 못했다며 진심으로 안타까워하며 방안을 찾고자 했다. 해직이라는 게 누군가에겐 한 줄 기삿거리에 불과한 일일 수 있지만, 당사자들에겐 생존이 걸린 문제임을 잘 알고 있었다. 특히나 암 투병 중인 이용마 기자에 대한 이야기가 나왔을 땐 숙연해지는 모습까지 보였다.

진도 앞바다에서 수많은 목숨이 촌각을 다투던 그때 누군가는 머리를 만지고 매무새를 바로잡으며 그 아까운 시간을 허비했지만, 또 누군가는 세월호 부모님의 계속된 단식이 걱정되어 동반 단식을 강행하며 고통을 나눴다. 생명의 소중함을 알지 못하는 자 만물을 살릴 수 없음은 당연하다.

둘째로 물은 다투는 법이 없다. 바위를 만나면 돌아가고, 계곡을 만나면 용사처럼 뛰어내리고, 커다란 분지를 만났을 땐 뒤 물을 기다려 그 깊은 공간을 가득 채운 이후에야 흘러간다. 화합과 통합의 의미이다. 언젠가 문 전 대표가 그랬다.

"저와 큰 틀에서의 원칙이 다른 사람들과의 싸움은 자신 있어요. 그들의 뭇매도 이겨낼 자신 있고요. 하지만 같은 진영에 있는 사람들이 그러면 정말 가슴이 아파요."

얼마 전 더불어민주당의 대통령 후보 선출을 위한 토론이 있었다.

토론討論. '때리다', '공격하다'란 의미의 '토'자에 '논하다'의 '논'자가 더해져 만들어진 단어이다. 즉 토론은 논의와는 다른 것이다. 상대방을 때리고 공격함으로써 자신의 득점을 올려야 하는 게 숙명이다. 상대편의 실수를 매의 눈으로 잡아내어 파고들어야 한다. 악착같이 물고 늘어져야 한다. 그래서 고수들의 경기에선 더 강한 자가 이기는 게 아니라 실수하지 않는 자가 이기는 법이다. 하지만 문 전 대표는 당내 후보를 선출하는 경선 과정에선 서로에게 최소한의 생채기를 남겨야 한다고 생각하는 것 같다. 방법이 조금 달라도, 속도가 조금 달라도 가야 할 방향은 같다고 믿기 때문이다. 상대방의 집요한 질문에 스튜디오 바깥에서 화면을 보고 있던 나는 몇 번이고 얼굴이 붉어지고 인상이 쓰였지만 문 전 대표는 끝까지 품으려는 모습이었다. 이를 두고 일각에선 답답하다, 우유부단하다고 말하는지도 모른다. 하지만 나는 그가 용사처럼 뛰어내려야 할 곳과 돌아가야 할 곳, 뒤 물을 기다려야 할 곳을 잘 알고 있다고 생각한다.

마지막으로 물은 늘 낮은 곳을 향한다. 신들의 거처라 말하는 히말라야에 쌓인 눈도, 햇살에 물비늘을 반짝이는 실개천도, 하늘로 치솟아 오르는 분수도 모두 아래로 아래로 흐른다. 그 말은 가장 낮은 곳, 가장 소외된 곳에 있는 사람들에게로 향해야 함을 뜻한다.

그는 학창 시절 유신 독재에 항거하다 투옥되었고 출소 후엔 군에 강제 징집을 당했다. 그것도 특전사. 제대 후엔 전두환의 군부 독재에 항거하다 다시 투옥된다. 변호사가 된 후엔 좀 편한 삶을 영위해도 되련만 그는 인권변호사의 길을 택한다. 80년대 '인권'이라는 단어의 정의마저 제대로 서 있지 않던 때 그는 노동자의 편이었고 힘없는 약자의 편이었다. 격무에 시달렸음은 물론이고, 변호사 수임을 제대로 다 받았을 리 만무하다. 참여정부 시절 청와대에 들어간 후엔 좀 편하게 지냈을까? 오십 대의 나이에 생니가 열 개나 빠진 걸 보면 얼마나 과도한 업무 스트레스에 시달렸는지 알 수 있다. 그 업무란 자신의 부나 명예를 드높이기 위함이 아니다. 원칙에 입각해 늘 최선을 다하려던 그의 습성이 결국 몸을 상하게 만들었던 것이다.

그뿐이 아니다. 문 전 대표를 옆에서 지켜보면 늘 배우게 된다. 정치인들의 악수하는 일이야 으레 이루어지는 일이라 하더라도 자세히 보면 조금 다르다. 고위 여하를 구분한다는 게 좀 우습긴 하지만 연봉이 높은 사람보다 낮은 사람들의 손을 먼저 잡는다. 더 다정하게 잡는다. 어린아이들일수록 더 반갑게 인사한다. 억지로 아래로 흐르는 물이 아니다. 자연스레 아래를 향하는 물줄기의 습성을 그대로 닮았다.

나의 은사 쇠귀 신영복 선생은 말씀하셨다. 물처럼 아래로 흐르며 다른 물과 만나는 하방연대下方連帶의 마음을 견지해야 한다고. 생명을 귀하게 여길 줄 아는 사람, 싸워야 할 때를 정확히 아는 사람, 더 많은 이들과 손잡는 하방연대의 의미를 온몸으로 살아온 사람, 모든 물을 다 받아들여 '바다'라 이름 붙여진 그 바다처럼 통합을 이뤄낼 사람. 내겐 그런 사람이 바로 문재인이었다. 누군가 그랬다. 문재인은 자리 약속 안 하기로 유명한데 왜 그 사람에게 갔느냐고. 만일 내게 손에 잡히는 무언가를 주고 거래를 하고자 했다면 실망은 물론이고 마지못해 딱 거래한 그 양만큼만 일했을 것이다. 하지만 감동으로, 진심으로 사람의 마음을 얻으려는 사람에겐 수치화할 수 없는 모든 걸 주고 싶은 법이다. 이런 게 바로 인생을 거는 것이다.

그런 분을 만나게 되어 오히려 내가 눈물 나게 감사하다.

고민정
더문캠 대변인.
1979년 서울 출생. 전 KBS 아나운서. 지은 책으로 《그 사람 더 사랑해서 미안해》《상그릴라는 거기 없었다》가 있고, 공저로 《다시 동화를 읽는다면》《아뿔싸, 난 성공하고 말았다》 등이 있다. 2009~2010년 칭다오 대학교에서 한국어과 학생들을 가르쳤으며, 일곱 살과 네 살 아이를 키우고 있는 엄마이기도 하다.

정치 전환의 시대와
문재인

정해구

인연

문재인 후보에 대한 글을 써달라는 청탁을 받았을 때 가장 먼저 떠오른 생각은 '내가 이런 글을 쓸 자격이 있나?' 하는 것이었다. 그것은 문 후보에 대해 아는 것이 그리 많지 않기 때문이다. 한 사람에 대해 글을 쓴다는 것은 그에 대해 매우 잘 안다는 것을 전제로 하는데, 문 후보에 대해 필자가 아는 것은 매우 제한적이고 그를 알고 지낸 시간도 그리 길지 않다. 그렇다고 청탁을 거절할 만한 분명한 이유가 있었던 것도 아니다. 그러다 보니 원고 청탁 전화를 받았을 때 머뭇거리다가 대답은 이미 수락하는 것이 되어버렸다. 그런데, 글은 어떻게 써야 하나? 여론조사상 제1의 지지도를 보여주고 있는 대선 후보에 대한 글인 만큼 많은 사람들이 볼 텐데, 혹 표 떨어지는 소리나 하는 것은 아닐까? 그렇다고 좋은 점들만 나열한다면 좀 남사스럽지 않을까? 생각이 복잡해졌다. 결국 내가 보는 관점에서 '내가 아는 만큼, 그리고 느낀 대로' 쓰자는 것이 내 결론이었다.

우선 문재인 후보와의 관계부터 이야기하는 것이 좋을 듯하다. 문 후보에 대한 글을 쓸 정도이니, 사람들은 문 후보와 필자의 관계가 매우 오래되고 깊은 것으로 생각할지도 모르겠다. 하지만 실은 그렇지 않다. 필자는 지난 2012년 대통령 선거에서 이명박 정부의 교체를 위해 학자가 그 중심을 이루었던 '미래캠프'에 참여했는데, 때마침 안철수 후보의 부상으로 '새 정치' 문제가 당시 가장 중요한 정치적 이슈로 떠올랐다. 그 결과 예상치 않게 정치학을 전공한 필자의 역할도 커졌다. 즉, 필자가 미래캠프의 '새정치위원회' 간사 역할을 맡게 되었던 것이다. 그러나 사태는 여기에서 끝나지 않았다. 문재인과 안철수 후보 간 단일화 과정의 첫 관문이라 할 수 있는 '새정치 공동선언' 협상에서 필자가 문 후보 측 팀장 역할까지 수행하게 되었기 때문이다. 물론 협상은 쉽지 않았다. 밖에서는 단일화 성사를 위해 하루라도 빠른 타협을 원했지만, 안에서는 좀처럼 진전이 이루어지지 않았던 탓이다. 결국 협상은 어렵사리 마무리되었다.

당시에 문재인 후보가 그 중요한 역할을 왜 필자에게 맡겼는지는 아직도 의문이다. 아무튼, 문 후보와의 관계는 바로 그런 인연을 통해 만들어졌다. 2012년에 문재인 후보를 지지했던 사람들은 누구나 그랬겠지만 대선 패배 후의 시간은 무척 힘들었다. 더구나 필자는 대선 패배 직후 문희상 비상대책위원장의 부탁으로 민주당의 정치혁신위원장의 역할까지 맡았는데, 대선 패배를 둘러싼 당내 갈등 속에서 정치혁신위원장의 역할은 너무나 힘들기만 했다. 대선 패배의 상황에서 국민은 민주당의 혁신을 원했다. 하지만 당내의 관심사는 온통 당권 장악으로 쏠렸고, 그로 인한 갈등은 격화되었다. 비주류는 대선 패배를 구실로 당권을 잡으려 했고, 주류는 대선 때 최선을 다하지도 않은 비주류의 과도한 비난과 공격에 승복하기를 거부했다. 이런 갈등 속에서 정치혁신위의 결정조차 특정 계파를 위한 것으로 치부되기 일쑤였다.

그로부터 5년여의 세월이 지난 지금, 필자는 다시금 '정책공간 국민성장'에서 문재인 후보를 돕고 있다. 물론 지난 대선의 인연 탓이 크다. 하지만 문 후보를 돕도록 필자를 추동했던 또 다른 요인이 있다면, 그것은 정권 교체를 하지 않으면 퇴보를 거듭하고 결딴날 것 같은 우리 사회의 현실 때문이다.

'군자'와 '강골'

필자가 본 문재인 후보의 첫 인상은 전혀 기성 정치인 스타일이 아니라는 점이다. 정치 스타일이 특정돼 있는 것은 아니지만, 기성 정치인들과 접촉을 하다 보면 그들 사이에 공통된 스타일이 있다는 사실을 알게 된다. 이를테면, 사람과 접촉하기를 좋아하고, 여러 사람 앞에 서기를 주저하지 않으며, 내용과는 관계없이 어떤 자리와 어느 때라도 말하기를 좋아한다는 것 등이다. 요컨대, 외향적이고 나서기를 좋아하는 것이 일단 기성 정치인의 기본 조건인 것이다. 문 후보에 대해 필자가 느낀 첫 인상은 정치인이 가져야 할 그러한 요소를 대부분 결여하고 있다는 점이다. 오히려 문 후보는 일종의 '군자君子', 즉 나대지 않고 점잖고 속이 깊은 그런 스타일에 가까웠다. 통상 정치인이라 지칭되는 스타일과는 정반대였다.

따라서 과연 저런 사람이 거친 현실 정치판에 적응해나갈 수 있을까 하는 걱정이 필자의 솔직한 마음이었다. 한번은 문 후보가 민주당의 당대표 선거에 나가야 될지의 문제를 가지고 몇몇 교수들과 의견을 교환하는 자리가 있었다. 그 자리에서 발제를 받았던 필자는 문 후보의 당대표 출마 여부에 대해 결론을 내리지 않았다. 기성 정치인과 전혀 다른 스타일을 가진 문 후보가 나설 경우 그로 인한 수난이 충분히 짐작되었기 때문이다. 발제가 끝났을 때 문 후보가 물었다. "그래서 나가란 말입니까, 나가지 말란 말입니까?" "나가는 쪽이 좋겠습니다"라고 대답은 했지만, 사실은 무척 걱정이 되었다. 현실 정치에 전혀 맞지 않을 것 같은 문 후보가 기성 정치판의 한 중앙에 섰을 때 엄청나게 상처를 받을 텐데…… 하는 생각 때문이었다. 그러나 그 질문을 받았을 때 이미 그가 당대표로 출마할 마음을 굳혔음을 느꼈다.

당대표의 지위는 그에 따른 영광도 크지만 그로 인한 비판이 더 큰 자리이기도 하다. 특히 당내 계파 갈등이 격심할 때는 더욱 그렇다. 그렇다면 당대표라는 막중한 정치적인 역할을 수행하면서 문 후보는 어떠한 모습을 보였나? 사실 비정치적인 인물이 현실 정치판에 뛰어들었을 때 그 상황이 주는 스트레스는 엄청날 수밖에 없다. 그 경우 통상 일어나는 변화는 그 역시 기성 정치에 쉽게 물들어간다는 것이다. 즉 현실 정치판에 적응하기 위해 빠르게 기성 정치인이 되어가는 것이

통상적인 패턴인 것이다. 그러나 문 후보는 현실 정치에 참여해서도 자신의 원래 스타일을 잃지 않았다. 이를테면, 당대표를 역임하는 과정에서 문재인 대표에 대한 공격과 비난은 터무니없을 정도로 과했다. 하지만 필자는 문 후보가 남을 탓하거나 비난하는 소리를 한 번도 들어본 적이 없다. 특히 당대표 선거 이후 박지원 의원의 끊임없는 공격에도 불구하고, 필자는 문 후보가 그에 대해 화를 내거나 비판하는 것을 들어본 적이 없다.

한마디로 현실 정치에 뛰어들어서도 그는 여전히 '군자'였다. 그러나 문 후보의 이러한 스타일은 그의 한 측면일 뿐이다. 시간이 흐르면서 문 후보에게 숨겨진 또 다른 측면, 즉 그가 아주 '강골'이라는 사실을 새삼 발견할 수 있었기 때문이다. 우선 신체적으로 문 후보는 아주 강골이다. 문 후보가 특전사에 근무한 것은 모두가 아는 사실이다. 그는 특전사에서 인명구조원 자격을 땄는데, 당시 어려웠던 것은 수영이 아니라 추위였다고 했다. 그러나 신체적인 것을 넘어 정작 문 후보가 강골인 것은 그의 정신적인 측면이다. 매사에 일희일비하지 않는 항상심을 가진 그였다. 그는 그 많은 스트레스에도 감정의 평정심을 잃는 법이 없었다. 그의 책 어딘가에 이런 구절이 있었다. "잘 판단이 서지 않으면 원칙을 따른다." 아마도 많은 사람들이 그에게서 일관성과 안정감을 느끼는 것은 그가 지닌 바로 이러한 항상심과 평정심, 그리고 원칙에 대한 고수 때문인 것이 아닌가 한다. 이재명 후보와의 '사이다' 대 '고구마' 논쟁에서 그는 자신을 '고구마'라 칭했는데, 필자는 그 말이 문 후보에 대한 아주 적확한 표현이라 생각한다. 그는 쉽사리 동요

되는 사람이 아니다.

친노와 정당 책임정치

우리 정치의 특징 중의 하나는 인물과 계파 중심의 정당정치가 이루어
져왔다는 점이다. 공식적으로는 정당이 정치의 기본 단위였음에도 불
구하고, 정당은 자주 특정 인물이나 그가 이끄는 계파에 의해 좌우되
었다. 따라서 정당정치를 언급하게 되면 그것은 특정 인물을 중심으로
하는 당내의 계파 정치와 분리되기 어렵다. 예컨대, 과거 권위주의 시
대의 민주당에 대해 이야기하면 우리는 김영삼의 상도동계와 김대중
의 동교동계를 언급하지 않을 수 없는 것이다. 아무튼, 필자가 보기에
는 김대중과 노무현 정부 이후 민주당에는 두 개의 큰 계파적 흐름이
존재했는데, 하나는 김대중 대통령을 따랐던 호남 중심의 흐름이고 다
른 하나는 노무현 대통령 이후 새롭게 형성된 친노무현계, 즉 친노 중
심의 흐름이다. 즉 호남계와 친노계의 두 흐름은 시기에 따라 그 모습
을 달리했지만 지금까지 그 맥락이 이어져왔던 것이다.

여기에서 우리는 민주당의 한 계파로서 친노는 어떻게 등장했고
현재 어떠한 의미와 이미지를 갖게 되었는지를 생각해볼 필요가 있지
않을까 한다. 현재 친노의 대표 정치인으로서 문재인 후보가 언급되고
있기 때문이다. 원래 친노란 노무현 대통령과 더불어 정치를 같이하고
참여정부에 참여했던 일군의 정치인들을 지칭하는 용어였다. 그리고
그 용어는 점차 이들을 적극적으로 지지하고 따랐던 대중들까지 포함

하게 되었다. 그런 점에서 친노란 노무현 대통령과 더불어 등장한 하나의 정치집단이자 이들을 적극 지지하는 대중들이라 할 수 있다. 하지만 친노란 용어가 이러한 객관적인 사실만을 의미하는 것은 아니다. 친노와 대결했던 보수 세력의 과도한 공격이 거듭되면서, 또한 당내에서 친노와 경쟁했던 비노의 비판이 강화되면서 친노의 개념에도 부정적인 이미지가 덧붙여졌기 때문이다. 물론 여기에는 친노 세력이 강화되면서 그들이 가지게 되었던 영향력과 기득권에 대한 반감과 비판도 작용했을 것이다. 그런 점에서 현재 친노의 용어는 사실과 이미지, 그리고 긍정적인 것과 부정적인 것이 혼합된 매우 복합적인 개념이 되었다.

문제는 이러한 친노의 개념과 이미지가 현재 그 대표 격인 문재인 후보에게도 커다란 영향을 미치고 있다는 점이다. 우선 친노의 존재와 그 긍정적인 이미지는 문 후보의 정치 활동에 가장 강력한 기반을 제공해주었고, 지금도 제공해주고 있는 것으로 보인다. 즉 친노의 존재와 그 긍정적인 이미지는 현재 대선 주자로서 뛰고 있는 문 후보에게 여론조사상 제1의 후보가 될 수 있는 환경을 만들어주었던 것이다. 그러나 동시에 친노에 대한 비판과 부정적인 이미지는 문 후보의 확장성을 제약하는 한계 또한 제공하고 있다. 즉 그것은 문 후보가 제1의 후보임에도 불구하고 그 확장성, 특히 중도와 보수로의 확장성을 제약하는 효과를 발휘하고 있다.

따라서 문재인 후보가 친노를 넘어선다는 것은 다음과 같은 의미를 갖는다. 우선 계파 중심의 정치를 넘어 정당을 중심으로 하는 정치를 펼친다는 것이 그 하나다. 다시 말해, 문 후보가 자신이 원하든 원하지 않던 친노의 대표 정치인으로 인식되었는데, 이제는 친노를 넘어 민주당의 이름으로 정치를 한다는 것을 의미한다. 과거 정당정치의 이름 하에서도 실제로는 계파 정치가 오랫동안 이루어져왔다는 점, 그리고 그로 인한 폐해가 매우 컸다는 점을 감안한다면, 계파를 넘어 정당을 중심으로 정치를 한다는 것은 우리 정치를 질적으로 한 단계 더 발전 시키는 의미를 지닌다고 할 수 있다. 다음으로 문 후보가 대통령에 당선될 경우 친노를 넘어선다는 것은 친노의 수장이 아니라 민주당과 국민의 대표로서 국정을 이끈다는 것을 의미한다. 사실 최근 새누리당이 자유한국당과 바른정당으로 분열한 것은 친박을 앞세운 박근혜 대통령의 계파 정치와 긴밀한 관계가 있다. 박근혜 대통령이 주도해왔던 친박 계파 정치는 권력 사유화의 최순실 게이트가 터지자 새누리당을 자유한국당과 바른정당으로 분열시키는 결정적 계기를 제공했던 것이다.

그렇다면 대선 경쟁 과정에서 문재인 후보는 그것이 실체이든 이미지이든 친노를 넘어서기 위해 어떤 노력을 하고 있나? 문 후보는 최근 당내에서 갈등하는 다른 후보들을 끌어안기 위한 방안이 무엇이냐는 질문에 대해 다음과 같이 말했다. "저는 정당 책임정치를 공약했습니다. 제가 대통령이 된다면 다음 정부는 문재인 정부가 아니라 더불어민주당의 정부가 됩니다. 경쟁했던 대선 주자들과 함께 협력해나가는, 힘을 모아 정권을 교체하고, 함께 힘을 모아 국정 운영을 하고, 더불어민주당 정부가 계속 이어갈 수 있도록 함께 힘을 모아나가겠습니다."(2017. 1. 9. SBS 〈8뉴스〉 대선 주자 릴레이 인터뷰) 또한 문 후보는 또 다른 토론회에서도 다음과 같이 언급했다. "정당 책임정치는 정당이 정권 운영의 책임을 지는 정치다. 정책 생산도 정당 중심, 정부 인적 구성에 대해서도 대통령과 정당이 협의하거나 정당이 추천하는, 그렇게 해서 문재인 정부가 아니라 민주당 정부가 되는 것이다. 잘하면 다시 선택받고 못하면 교체당하고, 이게 정당 책임정치다."(2017. 1. 23. 〈광주·전남 언론 포럼〉 대선 주자 초청 토론회)

사실 학문적으로 보았을 때 정당 책임정치는 내각제와 관련된 개념이다. 입법부와 행정부의 융합을 특징으로 하는 내각제에서는 정당의 역할이 매우 중요하며, 따라서 정당 중심의 책임정치가 이루어질 필요가 있다. 이에 비해 대통령제에서의 정당 책임은 국회에 그치는 한편 대통령은 그 자체로서 국민들에게 직접적인 책임을 지는 경향이 크다. 그럼에도 문 후보가 새삼 정당 책임정치를 강조하는 것은 당내의 계파 갈등을 뛰어넘는 정당 단위의 포용 정치를 하겠다는 의미이며, 특히 자신이 대통령에 취임할 경우에도 자신의 계파를 통해 당을 좌지우지하지 않겠다는 의지를 보여주는 것이라 할 수 있다. 그런 점에서 정당 책임정치는 우리 정치의 고질적인 폐해 중의 하나인 계파 정치를 뛰어넘겠다는 의지의 표현이라 할 수 있다.

정치 전환의 시대적 요구와 문재인 후보의 역할

계파 정치에서 정당 책임정치로의 발전도 필요하지만, 필자가 보기에는 지금은 그것을 넘어 우리 정치 전반의 일대 전환이 요구되고 있는 시점이 아닌가 한다. 그것은 우선 양극화의 심화와 더불어 경제성장의 동력마저 고갈됨으로써 일자리 부족 등 경제 전반이 부진을 면치 못하는 가운데, 이러한 난관을 극복하고 미래의 새로운 변화를 개척해나갈 수 있는 정치적 돌파구가 절실히 요구되기 때문이다. 우리 정치의 일대 전환이 필요한 또 다른 이유는 기성 정치가 너무 과거에 매여 있다는 점 때문이다. 즉 시대가 급속히 변화하는 가운데 사회 각계각층의 이해와 요구가 분출하고 그로 인한 갈등이 격화되고 있음에도 불구하고, 기성 정치권은 그들만의 게임과 갈등에만 몰두하고 있는 것이다. 그러다 보니 기성 정치가 새로운 시대가 요구하는 문제 해결에 매우 무능한 모습을 보이고 있고, 그 결과는 새로운 변화를 위해 국민들이 직접 나서는 것으로 이어지고 있다.

기성 정치에 대한 변화 요구는 이미 오래전부터 제기되었다. 2010년의 지방선거에서 무상 급식 문제가 전면적으로 제기된 가운데 복지 강화의 담론이 확산된 것이라든지, 비록 실패했지만 2012년 대선에서 정권 교체의 열기가 매우 높았던 사실 등이 바로 그러한 요구들이었다. 그러나 최근에 전개되었던 두 사건은 우리 정치의 일대 전환을 보다 분명하게 요구하고 있는 것으로 보인다. 하나는 지난 2016년에 치러졌던 국회의원 총선의 결과이다. 총선 결과는 영호남 지역주의가 상당 정도 완화된 가운데 더불어민주당과 국민의당이 승리한 것으로 나타났는데, 이러한 결과의 가장 주된 이유는 2040 등 젊은 층의 적극적인 투표 참여라 할 수 있다. 다른 하나는 최근에 전개되었던 촛불항쟁인데, 몇 달에 걸쳐 무려 연인원 1,600만 명이 넘게 참석한 촛불항쟁은 영남패권주의에 의존해왔던 박정희 패러다임이 사실상 종말을 고했음을 드러내주고 있다.

그런 점에서 본다면 대선 후보로 나서고 있는 문재인 후보에게 요구되는 정치 전환의 시대적 과제는 매우 중요하다고 할 수 있다. 물론 2012년에 이미 안철수 후보와 문재인 후보는 '새 정치'를 내건 바 있다. 그러나 대선 패배 속에서 그것은 정치적 레토릭으로 소비되었고, 그 결과 '새 정치'란 용어 자체는 이제 한물간 단어가 되어버렸다. 그렇지만 2017년 지금의 시점에서 정작 필요한 것은 정치적 레토릭이 아니라 실제적인 의미에서의 새로운 정치가 아닌가 한다. 그렇다면 정치 전환의 시대적 요구에 부응하기 위해 문 후보는 무엇을 해야 하나? 이와 관련하여 최근 문 후보가 가장 힘주어 이야기하고 있는 주장은 적폐 청산이다. 이 같은 적폐 청산의 공약은 정치적인 내용도 포함하는데, 그것은 무엇보다도 권력을 이용한 비리와 부패를 척결하는 과제이자 권력 사유화를 통해 각종 이권을 챙기는 것을 저지하는 과제이다. 또한 정치적 적폐 청산의 과제에는 앞에서 언급한 정당 책임정치를 통해 계파 정치를 청산하는 것도 당연히 포함된다.

그러나 보다 근원적인 차원에서 정치적 적폐 청산의 가장 중요한 과제는 탈지역주의의 새로운 정치의 모습을 보여주는 일이다. 사실 1987년 민주화 과정에서 전면적으로 등장했던 지역주의는 이후 우리 정치가 그것으로부터 벗어나기 어려운 구조적 조건을 제공했다. 그러나 작년의 국회의원 총선에서부터 지역주의는 약화되기 시작했고, 박근혜-최순실 게이트에 대한 촛불항쟁의 여파 속에서 지역주의, 특히 영남의 패권적 지역주의의 약화는 보다 분명해지고 있다. 이와 관련하여 현재 문재인 후보에 대한 지지는 호남뿐만 아니라 부산·울산·경남에서도 상승 중이며, 충청에서도 상당한 지지를 유지하고 있다. 여기에 민주당 후보 전체에 대한 지지는 이제 거의 전국적이라 할 수 있는데, 이는 문 후보뿐만 아니라 민주당에 대한 지지가 전국화되고 있음을 보여준다. 그런 점에서 대선을 통해 문 후보가 달성해야 할 또 하나의 정치적 과제는 지역주의를 넘어 새로운 모습의 미래 정치를 만들어내는 일이다.

다른 한편, 대선에서 승리하여 집권한다면 문재인 후보에게는 제왕적 대통령의 폐해를 극복하는 문제와 더불어, 당장 직면하게 될 여소야대 국회를 상대로 국정을 이끌어가야 하는 문제가 있다. 이는 당장 대통령과 국회, 그리고 여당과 야당이 상호 견제를 하면서도 동시에 상호 협력을 해야 하는 문제를 던져주고 있다. 국회 과반을 넘는 여당 의석을 통해 대통령이 일방적으로 국회를 지배하는 한편 야당은 이에 적극적으로 맞섰던 과거와는 다른 조건에서 새로운 국정 운영의 모습을 보여주어야 하는 과제가 문 후보 앞에 놓여 있는 것이다. 나아가, 이번 대선을 통해 강하게 분출하고 있는 지방분권의 문제도 더 이상 미룰 수 없는 과제가 되었다. 그리고 이 모든 문제들은 개헌 문제와 연결되어 있는데, 국가구조의 틀을 바꾸는 개헌 문제 역시 문 후보 앞에 놓인 중차대한 시대적 과제가 아닐 수 없다.

결국 이 모든 과제들이 요구하고 있는 것은 과거의 대통령과는 전혀 다른 새로운 대통령의 등장이다. 여기에서 새롭다는 것은 단지 대통령이 새로운 사람으로 바뀐다는 것만을 의미하지 않는다. 그것은 정치 전환의 시대적 요구에 부응하여 과거와는 다른 새로운 정치의 모습을 보여줄 수 있는 대통령의 등장을 의미한다. 올해 2017년은 1987년 민주화 이후 꼭 30년이 되는 해이다. 1987년 당시의 6월항쟁은 수십 년 동안 지속되었던 독재 시대를 넘어 민주화의 새로운 시대를 열었다. 올해 2017년은 대통령 탄핵 촛불항쟁의 여파 속에서 새로운 대통령을 선출하는 대선을 치르게 된다. 촛불항쟁과 대선은 역사의 새로운 시대를 열 것인가? 그리고 문재인 후보는 새로운 시대를 여는 대통령이 될 수 있나? 어쩌면 그것은 질문이기를 넘어, 그렇게 되지 않으면 안 되는 시대적 요구를 담고 있다.

정해구

성공회대학교 사회과학부 교수.
1955년 충남 서천군 출생. 행정학과 정치외교학을 공부했다. 주요 연구분야는 한국 현대 정치와 민주주의다. 민주화운동기념사업회 연구소장을 역임했다. 저술한 책으로 《전두환과 80년대 민주화운동》《6월항쟁과 한국의 민주주의》(공저) 《한국 정치와 비제도적 운동정치》(공저) 《한국민주화운동사 1~3》(공저) 등이 있다.

기꺼이 서투르게 말하는
그의 속마음

유정아

나는 일정 부분 과대평가된 사람이 아닐까, 라고 생각해본 적이 있다. 한국 사회에서 학벌, 배경, 경력 등은 어떤 사람을 해석하는 매우 큰 잣대가 되어 그 사람의 본모습에 옷을 입히기도 한다. 나는 그 소위 말하는 '잣대'가 나쁘지 않은 편이라 나도 모르는 사이 비단옷을 입게 되었다는 자각이 들었다.

이 글은 비단옷보다 무명옷을 좋아하는 사람에 대한 이야기다. 앞에 있는 사람을 대할 때든 혹은 자신을 들여다볼 때든, 입고 있는 옷이 아니라 그 안의 본모습을 소중히 생각하는 한 사람에 관한 이야기다.

나는 모교인 서울대학교에서 〈말하기 강좌〉를 십 년간 꽤 인기리에 강의했다. 이는 날 감싸고 있는 비단옷들 중 하나다. 그 옷이 내게 준 미덕은 소통에 대해서, 나를 포함한 소통자에 대해서 성찰적으로 바라볼 수 있게 되었다는 것이다. 그 사람의 이야기를 소통과 소통자의 관점에서 해보려 한다.

　말을 할 때 완벽하게 편안한 사람은 없다. 만약 있다면 그 사람은 뻔뻔한 사람일 것이다. 세상과 상대에 대해 느끼는 바, 이제껏 알고 있는 지식이나 사실, 하고자 하는 주장 등을 자신의 말에 담아 내놓을 때 약간의 떨림과 수줍음, 멋쩍음 없이 어찌 내놓을 수 있단 말인가. 말을 주고받고 산다는 것, 사실 참으로 눈물겨운 일이다. '말하기 불안'이란 지극히 타당하며 그래서 보편적인 현상이다. 몹시 불편하지는 않을 정도로 불안을 극복하고 자신을 성찰하면서 조금씩 낫게 표현(말에 내용을 담기)해보는 것이 소통을 보다 나아지게 하는 기본적 메커니즘이다. 때로 말을 하면서 자신의 생각과 느낌과 앎을 점검하거나 정비해보게 되는 것도 말의 기능이다. "사랑해"라고 말하는 순간 생각해보는 것이다. 내가 그를 진정 사랑하는가, 사랑이란 대체 무엇인가, 이 비어져 나오는 감정이 정녕 사랑 아닌 무엇으로 부를 수 없는 것이라면, 나는 그를 위해, 그는 나를 위해 무엇을 어떻게 할 것인가 등등.

　말을 잘한다는 것은 말만 잘하기, 말은 잘하기가 아니다. 말을 잘한다는 것은 말 주변의 나와 상대, 세상을 잘 들여다볼 줄 안다는 뜻이다. 유창함이란 그다음의 문제일 뿐이거나 혹은 그 사람의 소통 능력을 재는 데에 가장 거짓이기 쉬운 잣대일 뿐이다. 유창함이 극치에 달해 능란함이 되면 이때는 속수무책이다. 말이 생각을 좇아가야지 생각이 말을 좇아가게 해선 안 되는 법이다. 그야말로 말에 쫓기는 자가 되고 마는 것이다(우리는 지난 몇 년간 유창하지도 않으면서 생각이 그 말도 못 좇아와 허황하기 짝이 없는, 손동작만 난무하는 그 말도 안 되는 말에, 없는 생각에, 속수무책으로 시달린 바 있다).

그는 세간의 잣대를 놓고 볼 때 말을 잘하는 사람은 아니라고들 한다. 덜 유창함, 그렇게 깊은 편이 아닌 음성, 사드(우리는 '사드'라고 쓰고 '싸드'라고 읽지만 그는 쓰인 그대로 '사드'라고 읽는다! 하지만 그는 '쌀'은 쓰인 대로 읽지 못하고 '살'이라고 읽는 귀여움을 발휘한다)를 발음할 때 나오지 않는 경음 등의 경상도식 발음 습관, 가끔 눈동자의 흔들림, 돌발 상황에 대한 적응성 부족, 심지어는 간혹 입술 양 끝에 하얗게 고이는 침까지…… 그에 대한 애정이 있는 사람은 안타까워하며, 애정이 없는 사람은 고소해하며, 그의 '말'에 대해 말하는 것을 참 많이도 들었다. 그도 숱하게 전해 들었을 것이다. 피곤할 정도로 말이다. 그러나 과연 그러한가? 그는 말을 잘 못하는 사람인가?

이탈리아의 철학자이자 미학자인 조르조 아감벤의 《불과 글》은 최근에 읽었던 책들 중 가장 감동적이었다. 지난 2월, 나는 카메오 출연이 아닌, 제대로 된 배우로서 인생의 첫 영화 촬영을 마쳤다. 감수성이 최고조에 이르렀으나 모드 전환을 하지 못해 혼란스러웠던 어느 날, 책상에 정좌하고 앉아 경건하게 그 책을 읽었다. 책을 펼치면서부터 이 책은 그렇게 경건한 마음으로 읽어야만 하는 것이라는 생각이 들었다. 이 책은 글에 대해 더할 수 없이 아름다운 일화를 전한다. 조금 길지만 책의 일부분을 인용해보려 한다.

하시디즘의 창시자 바알 셈 토브는 아주 힘든 문제를 해결해야 할 때면 숲속을 찾아가곤 했다. 그리고 어느 한 곳에서 불을 피우고 기도를 올리면 그가 원하는 것이 이루어졌다. 시간이 흐르고 세대가 바뀐 뒤 그의 뒤를 이은 마지드 메세리치도 같은 상황에 봉착하면 숲 속의 그곳을 찾아가 이렇게 말했다. "더 이상 불을 어떻게 피워야 하는지는 모르지만 기도는 어떻게 드려야 하는지 알고 있습니다." 그리고 기도를 드리면 모든 것이 그가 원하는 대로 이루어졌다. 시간이 더 흐르고 그의 뒤를 이은 랍비 모세 라이브 사소프도 힘든 상황에 처할 때면 숲속을 찾아가 이렇게 말했다. "우리는 더 이상 불도 피울 줄 모르고 기도도 어떻게 드리는지 모르지만 이 장소만큼은 알고 있습니다. 그것으로 충분하지 않을까요." 그의 말처럼 장소를 아는 것만으로도 충분했고 그의 희망은 곧장 현실로 이루어졌다. 하지만 시간이 좀 더 흐르고 세대가 또 바뀐 뒤에 랍비 이스라엘 리신은 어려운 상황에 부딪히자 성 안에서 꼼짝도 하지 않고 도금된 의자에 앉아 이렇게 말했다. "우리는 더 이상 불도 피울 줄 모르고 기도도 드릴 줄 모르고 기도드리는 숲속의 장소도 어디인지 모르지만, 이 모든 것을 글로 전할 수 있습니다." 그리고 다시 한 번, 모든 것이 랍비가 원하는 대로 이루어졌다.

_조르조 아감벤,《불과 글》, 책세상, 9~10면

불이란 인류가 태초에 지녔던 신비. 그리고 이 신비의 근원으로부터 계속 멀어져온 것이 인간의 역사일 것이다. 불과 기도와 장소에 대해 인간은 모든 기억을 잃었음에도 불구하고 그 망각을 딛고 상실을 더듬으며 세상과 인류의 비화秘話에 다가가려, 그것을 전하려, 다만 애쓰는 것이 글이라는 뜻으로 읽었다. 공동체의 난관을 극복하기 위해 지극한 외로움 속에 고독하게 기억해내려는 글은 곧 구원에 다가가는 방도가 될 터, 그런 글을 쓰는 자 혹은 그것을 바탕으로 말하는 자, 어찌 더듬대지 않을 수 있을까. 어찌 여백 없이 유창하기만 할 수 있겠으며, 눈을 휘둥그레 뜨지 않을 수 있겠으며, 순간순간 깊이 침묵하지 않을 수 있겠는가. 초조하여 나도 모르는 새 침조차 가끔 고이지 않겠는가.

애초부터 말과 글이란 그토록 무겁기 그지없는 것이었다. 예민한 더듬이를 뻗어 상대와 세상과 역사를 더듬으며 더듬더듬 기억하려 애쓰는 자의 모습, 내가 생각하는 성실한 소통자의 모습이다.

윗글에서 어렵고 생소한 랍비들의 이름을 지우고 우리의 익숙한 세 글자 이름들을 집어 넣어본다. 생각해볼 일이다. 위기가 봉착한 순간에 공동체의 안위를 위해 절대자 또는 세상의 섭리, 혹은 타 공동체와 대화하고 있는 '그'의 모습을.

숲속의 어딘가를 찾아가 불을 피우고 성실히 기도하는 리더의 모습, 뭐 이건 평범하고 많이 보는 모습이다. 누구라도 떠오른다. 그러나 세상은 만만치 않아서 불로부터 멀어지기 시작하면 문제는 복잡해진다. 불을 피우는 방법을 잊었다고 솔직히 고하고 남은 기도를 열심히 올리거나, 불 피우는 방법에 더해 기도하는 방법까지 잊었다고 죄송하지만 떳떳하게 고하고 장소를 기억하니 그것으로 충분하지 않느냐며 공동체를 대변하는 리더의 모습. 끝내는 불도 기도도 장소도 기억하지 못하나 우리가 힘을 합쳐 기억을 되살려 기록하려는 노력을 할 터이니 우린 좀 살아야겠다는 당당한 리더의 모습. 그것이 그 공동체를 진정으로 살릴 수 있는 힘이 되었을 것이다. 사실을 숨김없이 드러내 거짓 없되 떳떳하고 당당한 품위 말이다. 기억하는 척, 아는 척, 할 수 있는 척하지 않지만 늠름하다. 애초에 우리 모두는 어느 정도 부족한 인간들이니까. 이 아픈 현실을 직시하고 진실하게, 공손하면서도 담담하고 당당하게 우리의 이야기를 전할 수 있는 사람. 그 사람의 이름은, 자신을 잘 보이고 싶어 하는 욕망을 가진 사람이 아니라 '있는 그대로 보이기를 바라는 사람'이다.

이런 이야기는 어떤가. 페르시아 조로아스터교도들이 인도로 처음 이주했을 때의 이야기이다. 훗날 파르시Parsi족으로 정착하게 된 이들이 처음 뭄바이 인근에 배를 댔을 때는 그저 이민족일 뿐이었다. 웬 낯선 이민족이 항구에 정박하자 그 지역의 왕은 크게 놀라 우유가 가득 든 그릇을 배 안의 이민족 지도자에게 보냈다고 한다. 우리만으로도 이 땅은 꽉 찼으니 이방인은 살 자리가 없다는 뜻이었다. 그러자 배 안에서 우유 그릇을 받아든 조로아스터교의 지도자는 그 우유에 설탕을 타서 보냈다. 우리는 설탕같이 섞여 전혀 그릇을 넘치게 하지 않고 우유와 잘 지내겠다는 뜻이었다. 왕은 전혀 넘치지 않으면서 달콤해진 우유를 받아들고 슬며시 웃었다고 한다. 이 정도면, 이 '급'이면, 한번 같이 지내봐도 되겠구먼. 그것이 파르시족의 인도 정착을 이끌었음은 물론이다. 이들이 알아봤던, 넘치지 않되 서로 달콤해질 수 있는 연대의 삶도 아름답지만, 그 연대의 삶의 각오를 설탕 탄 우유에 빗댄, 우유와 설탕 같은 이 소통의 방식 참으로 아름답지 아니한가.

　인간의 의사소통 능력을 구성하는 요소들에는 세 가지 층위가 있다. 가장 일선에서 소통 능력을 좌우하는 미시적 요소들로는 목소리의 역동성, 발음, 유창함, 눈 맞춤, 태도, 외양 등이 있다. 대개 이것들의 좋음을 말의 능력이라 여기지만, 절대 그렇지 않다. 소통 상황의 저 안에서 우리의 말을 만들고 듣게 하고 조절하는 거시적 요소들이 있는 것이다. 창조성, 적응력, 인지 복잡성 그리고 감정이입 능력이 그것들이다. 그중 감정이입, 공감 능력이란 무엇인가. 타인의 관점으로 세상을 보고 경험할 수 있는 능력, 세상과 타인에 대한 인식의 재창조라는 어마어마한 어려운 이 능력에 따라 그 사람의 소통은 가장 큰 영향을 받는다. 어떤 자리에서 소외된 사람에게 '잘 지내느냐'라며 말 건네는 것, 저 사람은 지금 이런 상태일 테니 그저 들어주는 게 맞겠다는 생각으로 열심히 끄덕이며 귀 내어주는 것, 그의 행복을 위해 내 행복을 어느 정도 줄일 수 있는지 자신에게 물어보며 자신을 확인해보는 일. 뭄바이의 왕과 조로아스터교도들의 왕은 서로에 대한 감정이입을 통해 연대하는 삶에 대한 멋진 소통에 도달했다고 본다. 뺏거나 빼앗기지 않았다. 상대를 자신과 동일시하며, 내가 언젠가는 배 안에서 땅을 구하는 절박함 속에 있을 수도, 내가 땅에 있다면 공유하고 싶지 않을 수도 있다고 생각할 줄 알았다. 여기에 중범위적인 요소로서의 자기 공개와 위트가 가미되었음은 물론이다. 나 자신을 어느 정도 솔직하게 공개할 줄 아는 자세와, 삶과 세상을 능칠 줄 아는 여유 말이다.

　그 사람의 이야기를 하기 위해 먼 길을 돌아왔다. 유대 신비주의와 인도 뭄바이까지…… 결론적으로 이야기하자면, 그의 말에 대해 세간에서 하는 말은 모두 미시적인, 일선에 있는 것들이다. 나 또한 지난 2012년 대선 때 대변인 겸 스피치 선생 역할을 하는 것으로 캠프에 합류했으나 지금까지 단 한마디도 그에게 말에 대해 조언하지 않았다. 조언이란 당사자 자신이 요청할 때에만 유효하기 때문이다. 즉, 그는 말 일선의 것에 대해 고치겠다는 욕망이 없다. 그 무無욕망을 들여다보면 두 가지 욕망이 보인다.

첫째, 그는 자신의 모습 그대로 보이고 싶은 사람이다. 말을 통해 자신이 가진 것보다 더 많이 내보인다거나 자신의 원래 모습보다 잘 보이고 싶은 욕망을 가지지 않았다(그는 열 금도끼 준다 해도 자신의 쇠도끼를 찾아 길 떠날 사람이다). 부족하든 넘치든 내가 원래 이렇게 말하는 사람인데 그걸 군이 고쳐서 잘 보이고 싶지 않은 것이다.

둘째, 그는 능란해지고 싶지 않은 사람이다. 나는 어떤 분야에서건 '능란'이란 곧 쇠락의 시작이라고 믿는다. 산꼭대기에 이르면 이제 내려올 일만 남은 것이다. 꼭대기가 가까이도, 아스라이도 올려다 보이는 산등성이 어디쯤이 우리가 서 있는 자리면 좋겠다는 생각을 한다. 잘은 모르지만 그도 그런 생각을 하는 사람이다. 능란의 경지에서 우쭐대고 싶어 하지 않으며 다만 늘 노력하고자 한다.

그래서 그는 말 선생으로서의 나를 내쳤다. 말이란 것이 이러한 것까지 다 아우를 줄은 몰랐을 그가 조금 야속할 때가 있었지만, 나를 내친 그가 옳다고 믿는다. 그가 말 아닌 무엇을 소중히 생각하는지 알겠기 때문이다(그래서 나는 여전히 그의 옆에 붙어 있다).

어떤 자리에서건 말을 독점하지 않고 좌중에게 귀 내어주는(내어주는 게 귀뿐이겠는가? 귀를 통해 내어주는 것은 그의 마음이다) 그를 보며 생각한다. 늘 자신과 타인의 본모습을 보고자, 드러내고자 하는 그 같은 사람을 대통령 후보로 둬서 참으로 행복했다고. 하지만 이제는 당신을 나라의 지도자로 삼아야 행복하겠다고. 우리는 윗글의 랍비 같이, 우유와 설탕을 주고받은 뭄바이의 왕과 조로아스터교의 왕같이, 공동체의 안위를 위해 당당하고 품격 있는 소통을 해줄 지도자를 원하고 있다.

  * 이 글을 쓴지 한 달이 지난 오늘, 수도권을 남기고 지역 순회 경선이 마무리되어가고 있다. 이변이 없는 한 그는 내 바람대로 이 나라의 지도자를 향해 한 발짝 다가서게 될 것이다. 그는 지난 3월 3일 CBS를 시작으로 열한 번의 경선 토론을 마쳤고, 각 지역 공약을 발표했고, 광주·대전·부산 경선 본 행사에서 후보자 연설을 했다. 그 사이 SNS를 통해 살뜰하게 소박한 공식 대선 출마 선언도 했다.

  나는 토론장 스튜디오 한편에서 후보에게 좋은 기운을 발사하려 애썼고, 집요한 공격성 질문이 거듭되는 토론을 마치고 고단할 후보에게 격려의 말을 건넸으며, 지역 경선장에서 라이브 중계를 하며 그의 연설에 더욱 귀 기울였다. 그리고 이제 그의 말이 어느 누구와 겨뤄도 손색이 없다고 생각한다. 질문과 상황을 아우르는 태도, 답할 것은 답하고 상황에 어긋나는 것이면 넘기는 여유, 해당 지역과 상대에게 파고들 만한 내용은 간절하게 전하는 자세 등등. 토론팀과 메시지팀, 정책팀 등 캠프 내 연설을 맡은 이들과 하나가 되어 전하는 그의 말. 그 말에 내 마음이 뜨거워짐을 느낀다. 이즈음 그의 입을 통해 나오는 말들은 바로 그가 평생토록 귀와 마음을 내어주고 들어온 사회적 약자들의 말과 다름없기 때문이다.

유정아
더불어포럼 상임운영위원장.
1967년 서울 출생. 전 KBS 아나운서. 노무현시민학교 교장을 역임했다. 쓴 책으로 《언제나 지금이 아름다운 여자》《마주침》《유정아의 서울대 말하기 강의》《클래식의 사생활》《당신의 말이 당신을 말한다》가 있다. 연극 〈죽음에 이르는 병〉〈그와 그녀의 목요일〉에 출연했다.

문재인,
그의 말, 그의 꿈

김기정

"우리 대한민국"

2016년 12월 19일, 서울역 앞에 위치한 연세빌딩에서 고故 현봉학 박사의 동상 제막식이 있었다. 세브란스 의전 출신 의사였던 현봉학 박사는 한국전쟁 당시 미국 제10군단 알몬드 장군의 민사부 고문으로 일했던 분이다. 1950년 12월, 현 박사는 '흥남철수작전'이라는 한국 현대사에 길이 남을 만한 역사적 현장의 숨은 위인이다. 당시 병력 철수 및 무기 수송을 위해 동원된 미군 수송선에 흥남 부두로 모여든 10만여 명의 피난민을 태워달라고 미군 측을 설득했던 것이다. 그날 행사는 현 박사의 동포애와 휴머니즘적 사랑을 다시 기리는 의미를 담고 있었다. 연세대학교 의과대학 동창회와 보훈청의 공동 노력으로 결실을 맺은 행사였고, 현 박사 가족은 물론 주한 미국 대사 등 주요 인사가 참석했다. 게다가 우익 보수 성향이 강한 월남민 인사들도 다수 초청되었다. 세브란스 동창회 측은 이 행사에 문재인 전 대표를 초청했다. 혹여 우리 사회의 이념적 갈등으로 인한 소란 가능성에 대한 주최 측의 고민도 있었을 것이다. 배포된 프로그램의 축사자 명단에 문 전 대표의 이름은 빠져 있었다.

식이 시작되고 5분 뒤쯤 도착한 문 전 대표가 사회자의 요청으로 연단에 올랐다. 다소 상기된 표정의 문 전 대표는 현 박사와의 특별한 인연, 특별한 감회가 있다는 말로 축사를 시작했다. 원고가 없는 즉흥 연설이었다. 그 당시 10만여 명의 피난민 행렬에는 자신의 부모님과 누님이 있었다는 사실, 그리고 현 박사의 위대한 용기가 없었다면 아마 본인은 태어나지도 않았을 것이라는 특별한 감회였다. 생명의 은인을 추모하는 그의 표정은 자못 진지해 보였다. 무기를 다 버리고 1만 4천 명 피난민을 태웠던 메러디스 빅토리호의 라루 선장에 대한 얘기를 그는 소상하게 알고 있었고, 그 감동을 청중들에게 고스란히 전달했다.

그날 그의 축사 중 유독 나의 귀를 사로잡았던 대목은 "현 박사님이 없었더라면 당시 북한 치하를 탈출하고 싶어 했던 10만 명의 피난민들이 '우리 대한민국'으로 내려올 수 없었을 것"이라는 그의 표현이었다. '우리 대한민국'이라는 여섯 글자. 어찌 보면 당연하게 여겨질 그 말은 그날따라 울림이 달랐다. 대한민국에서 태어나고 살아가는 사람들은 대한민국이 우리 모두의 대한민국이라는 점에 이의를 제기하지 않는다. 정체성의 시대, 국가와 나의 정신적 결합은 정체성의 가장 근원적 출발 아닌가? 그런데 최근 우리 사회의 몇몇 장면들을 보면 그 당연함조차 새삼스럽다. 몇 줌 안 되는 세력들이 국가를 마치 자기들만의 전유물인 양 대한민국을 독점하려 하고 있다. 건국절 주장, 박사모 집회에 등장하는 태극기 등의 삽화揷話들이 그런 단면들이다. 더 심각한 것은 그들이 오히려 '두 개의 국민, 두 개의 대한민국'으로 편가르기를 자행하고 있다는 점이다. 대한민국 정체성을 독점하려 하는 것에 그치지 않고 그들의 이념에 맞지 않는 나머지 국민들을 적으로 간주하려 한다. '반反 대한민국 세력'으로 몰아 저주에 가까운 독설을 퍼붓고 있다. 어느 누가 그들에게 국가 정체성을 독점할 수 있는 권한을 허락했단 말인가? 그들에게 과연 그럴 자격이나 있을까?

두 국민 편가르기 놀음에 가장 큰 피해자 중의 한 사람이 문재인 전 대표일 것이다. 그들은 낡은 냉전적 이념을 무기 삼아 문 전 대표에게 '종북'이라는 올가미를 씌우려 한다. 70년 넘게 이어진 냉전 구도는 이제 세계 거의 모든 곳에서 소멸되었지만, 오로지 이 한반도 땅에는 망령처럼 남아 위세 이상의 위세를 떨친다. 게다가 그것을 정치적으로 이용하려는 세력이 국민 편가르기에 골몰한다. 한반도 땅 위에 전개되었던 우리 역사와 미래에 관한 시대적 소명을 가슴으로 고민하는 이 시대 정치 지도자에게 뻔뻔하게 빨갱이, 종북, 반 대한민국이라는 주홍글씨를 새기려는 일이 가당키나 한 일인가. 문재인 전 대표는 그 비열한 정치적 모략을 과감히 거부한다. 오히려 북한 도발이 있어야 겨우 생존해왔던 정권, 북한과의 적대적 공생 관계를 정권 유지의 방패로 삼아왔던 그들이야 말로 종북 세력이 아닌가 되묻는다. 남북 군사적 대결을 확대재생산하는 것만이 안보라고 우기는 그들을 향해 문 전 대표는 이제 대한민국을 위한 진짜 안보를 강구하자고 주장한다. 국민들이 냉전적 주술에서 깨어나 눈을 떠주길 요청한다.

"우리 대한민국." 이 여섯 글자에는 한국인으로 태어나 한국을 진정으로 사랑하는 한 사람의 진정한 자긍심이 묻어 있다. 특전사 군복을 입고 굳게 다문 입술에 새겨진 나라 사랑의 결심이 이 여섯 글자에 겹쳐져 보인다. 동북아 미래 전장에서 한국이 살아남기 위해서는 강력한 국방력이 필요하다는 그의 생각, 그래서 참여정부 시기에 국방비를 GDP 3퍼센트 수준까지 끌어올리고 싶었다는 그의 말에는 역사 속 약소국의 설움을 이겨내려는 의지가 묻어 있다. 한반도의 평화로운 미래, 인접 국가들의 불편한 압박에 의연히 대응할 수 있는 능력 있는 대한민국을 설계하려는 정치 지도자를 만난 것은 동시대 한국인으로서 참으로 뿌듯한 일이기도 하다. "우리 대한민국." 그의 입에서 나온 이 여섯 글자에서 그의 나라 사랑의 마음을 새삼 확인했던 극히 짧은 순간의 감상이었다.

"그 주제를 가지고 더 토론했었어야 했는데……"

문 전 대표를 처음 만난 것은 참여정부 시절 말쯤이었다. 동문들 사이에는 이미 소문, 혹은 악평이 난무했다. 인사차 비서실장 방에 들른 후배들이 "몇 회 누구입니다"라는 말을 채 다 끝내기도 전에 의자를 돌려 앉기로 유명했다. 참여정부 출범 무렵, 부산을 떠나면서 동문들에게 했다는 말, "내게 뭐라도 부탁하러 오지 마라"라는 맹렬한 선언은 우리

후배들 사이에선 마치 신화처럼 회자되고 있었다. 어떤 동문회라도 예외 없이 끈끈한 유대 관계를 표상처럼 내세우는 것이 보통의 우리 문화다. 그런 관점에서 볼 때 공사 관계를 엄격하게 구분한다고 알려진 그의 언행은 일부에게는 불편함이었고, 또 다른 사람들에게는 신선함이었다. '쿨하다'는 평도 있었다. 나에게도 예외는 아니었다. 참여정부를 결산하는 대통령 자문위원회 합동회의에서였다. 인사 소개만 드렸다. "예~"라는 짧고 단호한 대답만 돌아왔다. 익히 알고 있었던 터라 그다지 서운한 감정조차 없었다.

2012년 초, 당시 대선 출마를 결심하고 있었던 문 전 대표에게 다시 인사를 드릴 기회가 있었다. 막 출판된 나의 책도 한 권 드리면서 한반도 문제에 관해 나의 견해를 말씀드렸다. 그는 대체로 동의하는 표정으로 경청했다. 그리고 몇 달 후, 프레스센터에서 외신 기자회견을 막 마치고 나오는 문 전 대표가 나를 발견하고는 대뜸 "이번에 외교안보 정책팀을 맡아 달라"라고 요청했다. 얼떨결에 잘 알겠다고만 대답했다. 아직도 정확한 경위를 나는 잘 모른다. 추천인이 누군지 대략 짐작은 하고 있었다. 그분의 추천 말씀을 포함, 여러 경로의 추천을 듣고 결정하셨으리라 짐작만 했다.

2012년 대선 준비를 위해 정책 공약을 만들 동료 교수들을 모았다. 김창수 실장(현 코리아연구원 원장)이 간사 역할을 맡아 외교정책, 대북 정책, 안보 정책의 공약을 다듬어나갔다. 새로운 대한민국의 설계도를 만든다는 기대감에 팀원 모두 열의가 넘쳤다. 외교정책으로는 '평화 선도 외교' '균형 외교' '국민 동행 외교', 대북 정책은 '남북 경제 연합' '한반도 평화 구상' '신북방시대 구상', 그리고 안보 정책으로는 '국민 안심 국방 태세' '평화 증진 안보 환경' '군 정예화와 군인 복지 향상' 등으로 의견들이 모아졌다. 한반도에 평화와 번영의 시대를 열고자 하는 문 전 대표의 시대 비전과 공감하고 싶었다. 후보를 모시고 더 많은 시간을 함께 토론하고 싶었으나, 대선 국면의 빠듯한 일정으로 기대했던 만큼의 토론 기회는 갖지 못했다. 다만, 우리가 만들었던 정책 보고서는 하나도 빠짐없이 꼼꼼히 읽고 숙지하고 있었다는 점은 명백했다.

정책 생산을 담당했던 교수들이 가장 뜨겁게 논쟁했던 부분은 '남북 경제 연합'이었다. 이론적 관점에서 볼 때 '경제 연합'은 '경제 공동체'보다 한 단계 더 발전된 수준의 통합 과정이다. 남북한 분단과 적대의 현실을 고려할 때 다소 먼 미래 구상이 아니냐는 걱정, 상대 후보측으로부터 현실을 무시한 정책으로 공격받지 않을까 하는 우려도 있었다. 그러면서도 "남북 경제 연합은 평화 협력을 제도화해서 남북 연합의 토대를 구축하고 경제 분야에서 먼저 사실상의 통일로 나아가겠다는 미래 지향의 구상"이라는 점에서 대담한 제의여야 한다는 것으로 팀 내부 의견을 모았다. 김대중, 노무현 정부 시기에 이루어졌던 자원, 교통 분야의 남북 경제 협력을 복원하고, 거기에 자원과 에너지, 통상(비관세) 분야에서 협력의 확대가 장기적으로 한반도의 평화와 번영을 담보할 것이라는 시대 희망을 담고 싶었다. 문 전 대표는 우리들의 의견을 모두 흡인하듯 다 받아들였다. 혹시나 하는 마음에서 준비했던 '남북 경제 연합 Q&A'도 모두 정독한 듯했다.

2012년 대선 과정에서 정책 토론은 제대로 이뤄지지 않았다. 정책 경쟁이 뒤로 밀리게 되자 후보 본인들의 리더십 이미지 경쟁 구도가 펼쳐졌다. 평생 정의의 편에 서서 인권변호사로 살아왔던 문 후보가 절대적으로 유리한 양상이었다. 더욱이 상대는 독재자의 딸, 유신공주 아니었던가. 그러나 바로 그 국면에서 저들은 케케묵은 이념 문제를 대선판으로 끌고 들어왔다. NLL 논쟁이었다. 저열한 정치 행위였다. 그들의 냉전형 술책이 발동된 순간이었다. 그러나 당시 민주당 측에서는 수세적 방어, 진실 공방만 거듭하다가 선거가 끝났다. 그들이 덫 놓은 프레임에서 빠져나오는 것에 실패했던 것이다. 두고두고 아쉬웠다.

2012년 대선이 끝난 후, 오히려 뵐 기회가 더 많아졌다. 시대 구상의 토론, 정책 토론을 통해 다음 대선을 준비하는 토론회를 자주 가졌다. 어느 때인가 한반도 문제, 대북 정책에 관한 의견을 나누는 자리에서였다. 그는 2012년 대선을 회상하면서 "우리가 준비했던 정책들이 정말 좋았다. 특히 남북 경제 연합 비전에 관해 상대방 후보와 토론할 수 있는 기회를 갖지 못한 것이 못내 아쉬웠다"하고 소회를 밝혔다. "정말 그 문제에 대해서는 토론할 준비가 되어 있었는데…… 그 주제는 물어보지도 않았어요. 정말 아쉬웠습니다." 표정, 말투는 담담했지만 그 역시 아쉬움이 그득한 듯했다. 남북문제, 한반도의 미래에 관한 그의 꿈은 단순한 정치적 계산법을 이미 넘어섰음을 느낀다. 그가 시대의 소명이라는 시선에서 한반도 문제를 여전히 고민하고 있음을 매번 느낀다.

주지하다시피 분단 문제는 대한민국의 외교 전략 및 생존 전략에 지대한 영향을 미치는 변수다. '분단'이라는 근원적 모순 때문에 우리 정치에 내재된 많은 악습들이 계승되어왔다. 안보를 정략화하려는 의도가 안보 인식을 뒤틀리게 만들고, 지독한 증오 심리만 증폭시켜왔다. 소위 '안보 장사꾼' '가짜 안보론자'들이 호가호위할 수 있었던 것도, 남북한 정권 대부분이 분단을 정권 유지에 이용하여 남북한 적대적 상호의존성이라는 기묘한 방정식을 만들었던 것도 모두 분단 모순에서 기인한다. 지금까지 우리 정치 지도자들은 분단 극복을 정치적 목표라고 선언해왔지만, 지난 70여 년 동안 결코 쉽사리 풀어내지 못했다. 대부분 말잔치만 요란했다. 냉전이라는 국제 환경 탓도 있었다.

한반도에는 민족국가nation-state가 미완의 상태로 남아 있다. 1개 민족 2개 국가 체제이기 때문이다. 따라서 남북한 관계에 대한, 그리고 북한에 대한 우리 사회의 인식에는 두 가지 시선이 공존할 수밖에 없다. 이른바 국가 중심적 시각과 민족 중심적 시각이다. 문제는 지난 10여 년간 이 두 시각 사이의 사회적 관계가 우리 사회에서 극히 불편해졌다는 점이다. 서로를 적대시하고 비난하며, 남남갈등의 원인이 되었다. 문 전 대표는 이러한 양분법적 시각을 뛰어넘고 싶어 한다. 그래서 2015년 당대표 재임 시절 그는 남북 관계에 새로운 접근법을 제안했다. '한반도 신新경제지도' 구축이 그것이다. 그것은 제3의 시각으로서 '시장 중심적 시각'이다. 시장으로서의 북한은 우리 경제에 새로운 성장 동력이 될 수 있다는 것이다. 우리 자본과 기술의 투입이 우리 경제뿐 아니라 북한 경제에도 도움이 되는 '윈윈전략'이 필요하다고 판단했다. 그것이 분단 70년이 우리에게 주는 의미라고 봤다. 이 새로운 시선에는 우리 경제뿐 아니라 분단된 한반도 땅에 살고 있는 우리 민족의 미래에 대한 그의 고민이 고스란히 담겨 있다. 일부에서는 그것이 이전 햇볕정책의 다른 이름 아니냐고 되묻는다. 그 질문에는 '북한 퍼주기'가 아니냐는 의심도 포함되어 있다. 대북 화해 협력 정책을 퍼주기로 연상하는 것도 언론이 만든 왜곡된 프레임 때문이지만, 문재인의 한반도 미래 구상에는 종북 프레임이라는 정치적 음모조차 의연히 뛰어넘고자 하는 의지가 담겨 있다.

"우선"

문재인 전 대표가 뭔가 얘기를 시작할 때 제일 먼저 등장하는 단어가 '우선'이라는 두 글자인 경우가 많다. 듣기에 따라 일종의 말버릇으로 들릴 수도 있다. 나에게는 그 '우선'이라는 두 글자가 품고 있는 진지함이 더 돋보인다. 사람들마다 각자의 화법이 있는 터라, '우선'은 어떤 논변을 펼치기 위해 생각을 가다듬는 일종의 추임새같이 들리기도 한다. 국가 운영에 관한 정책에는 하나같이 복잡한 배경이 있고, 기대 효과도 고려해야 한다. 또한 추진하는 방법의 적절성도 생각해야 한다. 특히 선거를 앞두고 정책을 발표할 때에는 이것들이 유권자들에게 어떻게 수용될 것인가가 큰 고민거리다. 그러므로 정책에 관한 정치적 의사를 표현할 때는 조심스러울 수밖에 없다. 게다가 문 전 대표는 아무 말이나 내뱉는 그런 화법의 소유자는 결코 아니다. 오히려 신중한 편에 속한다. '우선'이란 두 글자 안에는 대중들에게, 혹은 청자들에게 사안의 핵심에 접근하는 논리 구조를 염두에 두는 문 전 대표의 진지함이 보인다. 그러므로 '우선'이라는 두 글자의 짧은 호흡 속에 '무엇을 우선적으로 고려해야 사안의 본질을 파악할 수 있는가?' '이 사안의 제기된 정치·사회적 배경은 무엇인가' 등의 생각을 먼저 요청하고 싶은 그 나름의 논변 구조가 함축되어 있다고 본다.

문 전 대표의 화법을 두고 이런 저런 얘기가 많다. '답답하다'라거나 '표현들이 명료하지 않다' 등 대부분 부정적인 평가가 태반이다. 이재명 성남시장의 발언을 '사이다'라고 비유하면서 문 전 대표의 말투는 마치 '목이 턱 막히는 고구마' 같다고 흉보는 사람들도 있다. 문 전 대표의 고결한 인품이나 의연한 태도 등에 대해서는 대체로 긍정적 평가가 주류를 이룬다. 그러나 문 전 대표를 좋아하는 사람들 일부도 그의 화법에 대해서는 그다지 흡족해하지 않는다. 나로서는 일면 동의하는 바도 있고, 가끔 불편할 때도 있다.

정치인의 연설은 민주주의 정치 과정에서 꽃이라 비유한다. 과거 유명 정치인들의 명연설은 아직도 유튜브에서도 조회 수가 높다. 최근 오바마 전 대통령의 고별 연설도 화제였다. 연설문 내용도 물론 중요하다. 정치철학의 단면들이 드러나 보이기 때문이다. 그러나 소리로서의 연설은 그 안의 내재적 운율이나 단어 배열의 리듬감 때문에 문자로 전달되는 것보다 훨씬 감동적일 때가 있다. 2012년 대선 과정에서 보여준 문 전 대표의 연설은 연설과 변론 그 중간 어디쯤이었다. 대선 막바지에 이를수록 한층 나아졌다는 평가를 받기는 했다. 재수 생활 4년 차에 접어든 지금의 연설 능력은 2012년에 비하면 훨씬 향상되었다. 저 인품과 곧은 의지에 대중 연설까지 잘하면 얼마나 좋을까 아쉬움을 느꼈던 때도 많았던 것이 솔직한 심정이다. 발음이 명료하지 않고, 높낮이 선택이 리듬을 잃을 때도 있다. 연설 속 낱말들이 어쩐지 구강에서 새는 듯이 들리는 때도 적지 않다. 그러나 그 뒷이야기를 알게 되면서, 또 나의 두 눈으로 확인하게 된 이후 나는 더 이상 불만을 갖지 않으려 한다. 오히려 그의 연설을 타박하는 사람들에게 되레 적극적으로 그를 변호하게 되었다.

그가 참여정부 시절 민정수석으로 일했을 때 일이 주는 심리적 스트레스가 엄청난 수준이어서 그가 치아를 열 개 이상 멸실하게 되었다는 것은 소문을 들어 익히 알고 있었다. 매사에 혼심의 힘을 다해 접근하고자 하는 진정성이 아니고서야 심리적 스트레스가 치아까지 흔들리게 할 수는 없을 것이다. 그 스토리 자체도 감동적이다. 2012년 9월 25일, 남북 문제의 새로운 접근법을 천명하기 위해 도라산에서 정책 발표회를 가졌다. 당시 민주당 남북 경제 연합위원회 소속 위원이었던 나도 그 행사에 참여했다. 오전 행사를 마치고 파주의 어느 허름한 식당에서 다 함께 점심 식사까지 이어지는 한나절의 행사였다. 점심 시간에도 정책을 두고 진지한 토론들이 오갔다. 점심 식사를 마친 후 서울로 출발하기 전 화장실을 들렀던 나는 그 좁은 공간에서 문 전 대표와 뜻밖에 조우하게 되었다. 그런데 그때 봤던 문 전 대표의 모습이 나에게는 너무나 큰 충격으로 다가왔다. 세면대에서 틀니를 꺼내놓고 씻고 있었다. 너무도 어색한 조우여서 나는 무슨 말을 했는지 기억도 나지 않는다. 아마 행사 관련 이야기 몇 마디로 어색한 상황을 넘겼지 싶다. 태연히 몇 마디 문답 후 틀니를 다시 입에 맞춰 끼고는 세면대를 떠났다. 그 자리에서 나는 한참을 움직일 수 없었다. 충격이었고 동시에 감동이었다. 그의 잃어버린 치아는 국정에 대한 그의 진지한 고민을 상징한다. 어쩌면 그 이상일 것이다. 그날 이후 줄곧 나는 그의 발음에 대해 변명하는 측에 서게 되었다. 발음이 조금 새면 어떠랴. 그의 어눌한 화법은 어쩌면 국정 운영을 대하는 진지한 태도의 흔적인지도 모른다.

"병기하도록 합시다"

2012년 대선 기간 중에 가장 큰 변곡점은 후보 단일화였다. 서울시장 후보를 양보한 후 국민적 지지도가 높아져가던 안철수 후보와의 야권 후보 단일화는 당시 정권 교체를 향한 국민적 염원이었다. 후보 단일화를 위한 선행 교섭은 먼저 정치 개혁 분야부터 시작되었다. 예상 밖으로 진행 과정이 지지부진했다. 되레 단일화 협상에 많은 에너지를 소비하는 바람에 정작 대선 준비 자체가 지지부진해지고 있었다. 그해 11월 11일 문재인 후보는 주요 정책 발표회를 가졌다. 그 행사 직후 문 후보께 말씀드렸다. 후보 단일화의 정치적 결정뿐 아니라 두 후보 간 정책 영역의 단일화가 국민들이 바라는 '아름다운 단일화'의 완성일 것이라는 취지였다. 아울러 정책 부분의 단일화가 후보 단일화의 정치적 결단을 촉진하는 동력이 될 것이라고 덧붙였다.

　이미 기획되어 있었는지는 알 수 없으나 정책 분야 협의는 빠른

시일 내 개시되었다. 나는 홍익표 의원과 함께 외교 안보 분야의 정책 협의에 참여했다. 11월 14일 첫 협의회를 가졌다. 안철수 측 대표는 이봉조 전 통일부 차관, 이한호 전 공군 참모총장이었다. 이봉조 전 차관은 안철수 캠프로 자리를 옮기기 직전까지 우리 정책팀과 함께 정책 논의를 하던 멤버였다. 안철수 후보 측 외교 안보 정책 조언자들은 이미 우리 측과 상당 부분 공감대를 가지고 있었던 인물들이었다. 정책 싱크로율이 95퍼센트 이상이라고 평가되곤 했다. 협의 과정에 속도를 내야 했다. 첫 회의에 참석할 때만 해도 외교 안보 정책의 영역에서만은 정책 단일화는 무난할 것으로 봤다. 그러나 의외로 속도가 더뎠다. 우리 측은 합의문 작성에 관한 결정이 협상 대표단에게 위임되어 있었던 것에 반해, 안 후보 측은 결정 과정에 다소 시간이 걸리는 듯했다. 정책 합의문까지 이미 만들어둔 상태였지만, 결국 세 가지 사안에 대한 미세한 표현상의 차이 때문에 최종 합의에 도달하는 것에는 실패했다. 이를테면 이런 표현의 차이였다. 북방한계선NLL에 대한 두 후보 진영은 "북방한계선은 실효적인 남북 해상 경계선으로 반드시 지켜 나가겠습니다"로 합의했다. 그러나 바로 그 다음 문장 때문에 합의에 난항을 겪었다. 안 후보 측은 "NLL를 상호 존중한다는 전제 아래 평화 정착을 위한 방안을 검토해 나가겠습니다"를 주장했고, 우리 측은 "그 원칙 하에서 서해 평화 협력 지대를 비롯한 서해상의 무력 충돌 방지와 평화 정착 방안을 적극 모색하여 황해 경제권의 비전을 실현하겠습니다"를 주장했다. 그런 차이였다. 우리 측 정책이 조금 더 구체적이었다면 안 후보 측은 큰 원칙을 주장하는 차이였다. 그러나 상대편 주장이 예상외로 너무 완강했다.

　며칠 뒤 문 후보와 TV 토론을 위한 회의 석상에서 현장의 어려운 사항을 솔직히 보고드렸다. 그 무렵, 두 후보 간 단일화 자체가 물 건너 간 것 아니냐는 우려가 높아지고 있었다. 실무진 간에도, 또 두 후보들 간에도 점차 피로도가 쌓여가고 있었다. 조심스럽게 후보의 의사를 물었다. 대답은 간결하고 단호했다. "정 합의하기 어려우면 양측 의견 모두 병기倂記합시다." 우리 정책에 대한 자신감이 묻어 있었다. 나는 그의 이름이 왜 재인在寅인지 그의 굳게 다문 입을 보고서야 알았다. 한없이 부드러운 인품의 소유자, 합리적인 사고와 소통을 중시하던 그의 평소 모습, 늘 겸손함을 잃지 않던 그의 표정 뒤에는 그런 단호함이 숨어 있었다. 그의 부드러움과 온화함을 받치고 있는 호랑이寅다운 기상을 처음으로 느꼈다.

"대통령보다 더 많은 대안을 검토하니까요"

2012년 대선은 참으로 큰 아쉬움을 남기고 끝났다. 정책 생산에 참여했던 외교 안보 정책 교수 자문단에게 아쉬움 담은 소회를 메모 형식으로 보냈다. "우리는 이번 대선을 통해 문재인이라는 새로운 지도자를 발견했습니다. 그것은 이 시대를 살아가는 국민의 한 사람으로 감히 가져도 되는 영광이었습니다. 1년도 되지 않는 시간적 조건 속에서, 민주당에 지지 기반도 변변찮은 상황에서, 민주당에 대한 국민적 기대감도 높지 않은 환경에서 얻은 1,460만 표는 어쩌면 문재인이라는 인물이 홀로 만들어낸 결과일지도 모릅니다. 선거 과정에서는 부각되는 것에 성공하지 못했지만 오히려 선거가 끝난 후 우리는 문재인의 존재가 부각되는 것을, 부각되어야 한다는 시대적 요구를 보게 됩니다."

대선이 끝날 무렵 개봉되었던 뮤지컬 영화 〈레미제라블〉을 두 번이나 보면서 눈물을 몇 차례 쏟고 난 이후에도 대선의 상처는 쉽사리 치유되지 않았다. 지도자로서 그의 존재를 발견하고 확인한 이상, 우리 모두의 꿈을 서둘러 접고 싶지 않았다. 선거가 끝나고도 그를 계속 도와야 한다는 의무감이 더 커졌다. 우리가 살아가야 하는 시대를 위해 그의 꿈을 이룰 수 있도록 적은 도움이라도 줄 수 있는 기회를 마련하는 것이 치유의 한 방편이라고 생각했다.

2012년 대선 패배 이후, 그를 도왔던 교수 모임은 형식을 바꿔 지속되었다. 우리 모임이 문 전 대표의 행보에 어떤 위치쯤에서 작동하는지 알게 된 것은 2016년 여름, '정책공간 국민성장'을 출범할 때쯤이었다. 그 이전까지는 2012년 대선 치유의 곡, 'Who Am I?'를 각자 마음속에서 흥얼거리곤 했다. 정치 상황 변화에 따른 정책 토론은 물론, 당대표로서 정당 체제 안에서 리더십을 구축할 것인지, 정당 혁신의 시대적 과제는 어떻게 실천되어야 하는지의 판단, 싱크탱크로서의 연구소 건립 등 다양한 의사를 나누는 기회도 훨씬 많아졌다. 재수 기간 동안 그의 정치 역량도, 의지도 점차 커가고 있었다. 국가 민족을 위한 책임감도 더욱 두터워지고 있음을 느낄 수 있었다. 이전과 달리, 자문 교수들을 대하는 그의 스킨십도 훨씬 자연스러워졌다.

다양한 주제로 정책을 논의하는 기회도 늘려갔다. 외연 확대를 위해 정책적 견해가 다른 교수들과의 회동 기회도 늘렸다. 교수들이 의견을 펼칠 때에는 진지하게 경청했지만, 토론이 시작되면 막힘이 없었다. 어떤 주제에 대해서는 전문가들이라 불리는 교수들보다 훨씬 세세하게 알고 있었다. 어느 기회에 여쭤볼 기회가 있었다. 국가 운영에 필요한 정책 제반에 대해 어떻게 그리 많이 알고 계시냐고. 황소같이 맑은 두 눈을 한두 번 껌뻑거리더니 입가에 미소를 띠며 그는 이렇게 대답했다. "대통령은 하나의 정책에 대해서만 알고 판단하면 되지만, 그 정책이 만들어지는 과정을 다 알지는 못합니다. 비서실장은 그 과정을 다 관리해야 합니다. 대통령보다 훨씬 많은 정책 대안을 모두 검토해야죠."

연설이 민주주의 정치의 꽃이라는 생각, 능란한 언변이 정치인으로서 매력이라는 일반론적 의견에 나는 동의하지 않게 되었다. 진심을 담은 말보다 설득력 있는 것은 없다. 화법은 생각과 사상을 담아내는 수단일 뿐이지만, 진실을 담으려는 진정성 있는 노력은 듣는 사람을 감동시킨다. 진실이 담겨 있지 않으면 공감이 불가능하다. 짧은 한 줄의 문장이거나 몇몇 단어에도 시대의 미래를 고민하는 정치인 문재인이 있다. 그의 말에는 항상 진실되고자 노력하는 평범한 사람의 결코 평범하지 않은 피나는 노력이 담겨 있다.

김기정
연세대학교 정치외교학과 교수 겸 행정대학원 원장. 정책공간 국민성장 연구위원장.
1956년 경남 통영 출생. 지은 책으로 《꿈꾸는 평화》《미국의 동아시아 개입의 역사적 원형과 20세기 초 한미 관계 연구》《1800자의 시대 스케치》 등이 있다.

변호사 문재인,
그리고 정치인 문재인

황호선

문재인 더불어민주당 전 대표와의 교분은 중고등학교 시절부터 시작하여 50여 년을 넘는 긴 세월에 걸쳐져 있다. 필자가 공부를 위해 미국으로 갔던 공백기를 제하고, 힘들었던 민주화 시절과 문 전 대표가 노무현 전 대통령과 있던 시절을 포함해 오늘날까지 쭉 이어져왔다. 참여정부 출범 후에는 대통령 비서관으로서의 문 전 대표의 업무 수행을 지켜보았고, 필자가 2012년 대선 당시 부산 선대위 공동선대위원장으로 지낼 때에는 문 전 대표의 정치인으로서의 변화를 목격했다.

문 전 대표의 친구인 필자가 그에 대한 인물평을 요청받으면 항상 떠올리는 기억이 있다. 2007년 2월경이었던 것 같다. 문 전 대표가 대통령 시민사회수석 비서관직을 사임하고 야인으로 있을 때였다. 서울 혜화동 대학로 인근 주점에서 지금은 고인이 된 한국방송통신대 김기원 교수와 함께 셋이 막걸리 잔을 기울였다. 그때 문 전 대표가 털어놓은 얘기는 지금도 잊히지 않는다. 당시 우리가 나눈 대화는 다음과 같다.

> 문: 요즈음 한 가지 고민이 있다.
> 나: 뭔데?
> 문: 대통령께서 내게 다시 청와대로 들어와 일을 해달라고 하시는
>   데 답을 못했네.
> 나: 어떤 일을?
> 문: 비서실장직을 맡아달라고 하시네.
> 나: 아니, 대통령께서 참여정부 임기 말에 국정을 믿고 맡길 수 있는
>   사람이 당신이라 판단하여 그렇게 말씀하시고, 당연한 요청일
>   텐데 왜 망설이는가?
> 문: 비서실장직이 문제가 아니라, 비서실장이 겸하고 있는 정무수석
>   비서관 역할 때문이야.
> 나: 아…

정무수석비서관의 역할이 무엇인가? 국회와 소통하고 언론을 통하여 대통령의 대국민 메시지를 효과적으로 전달해야 한다. 뿐만 아니라 당시 대통령 직무 수행의 하나하나를 꼬투리 잡는 야당(심지어는 여당)과도 소통하고, 없는 허물을 들춰내 물고 뜯는 수구 언론에 대응하는 일도 포함되어 있지 않은가? 그 소통이라는 미명하에 닳고 닳은 정치인들과의 수 싸움을, 그리고 헐뜯으려 혈안이 된 수구 언론과 기 싸움

을 벌여야만 하고……

　문 전 대표의 성정을 잘 알고 있는 필자는 금방 무엇이 문제인지를 알아차렸다. 참여정부 초기에는 그 이전부터 오랫동안 지속되어온 대통령비서실 편제를 유지하고 있었고, 정무수석비서관직이 있어 유인태 전 국회의원이 맡아 수행하였다. 그 후 2005년에는 시민사회수석, 혁신수석 등의 수석비서관제가 신설되면서 정무수석비서관직제를 없애고 비서실장이 그 직을 겸임하도록 하여 당시 이병완 비서실장이 정무수석을 역할을 수행하였던 것이다. 대화는 이어졌다.

> 나: 그래서 비서실장직을 맡기 어렵다고 말씀드렸나?
> 문: 응… "비서실장이 겸하고 있는 정무수석의 역할을 제가 할 수 없습니다"라고 말씀드렸지.
> 나: 그래? 대통령께서 뭐라고 답하시든?
> 문: "정무수석 역할은 나한테 다 맡기고, 니는 정무적 역할 외의 비서실장 본연의 역할만 하믄 된다"라고 말씀하시더라.
> 나: 그러면 왜 망설이노?
> 문: 그래도 어떻게 대통령께 그 일을 하시게 하겠노…

이후 대략 2주 후에 문 전 대표가 비서실장에 임명되었다는 보도가 발표됐다. 그러나 유시민 전 보건복지부장관에 의하면, 문 전 대표가 비서실장직을 수행하는 중 통상적 국정현안의 95퍼센트가 비서실장 선에서 처리되었고, 정부 부처의 의견 조율이 안 되어 노무현 대통령에게까지 올라간 국정 현안은 5퍼센트 정도도 안 되었다고 한다. 당시 문 전 대표는 그냥 흔히 볼 수 있는 대통령 비서실장이 아니었고 모든 국무위원들이 대통령에게 보고하여 대통령의 판단이나 결정, 지원을 요청하기 이전에 먼저 상의하고 결정을 내리는, 즉 국정 운영의 한 축을 담당하는 비서실장의 역할을 했다고 한다. 그러나 그 정도로 비서실장으로서 국정 현안을 처리하는 와중에서도 정무적 업무만은 한사코 사양했다고 한다.

위 일화는 문 전 대표가 2012년 봄 총선 출마로 정치가로 변신하기 전까지 문 전 대표의 일관된 정치에 대한 결벽을 잘 보여준다. 1988년 13대 총선을 앞두고 당시 김영삼 통일민주당 총재가 노무현 변호사와 함께 당 공천을 제안하며 출마를 권유하였으나 거절하였고 이 이후 정치권과 일관되게 거리를 두고 인권변호사의 외길을 걸어왔다. 문 전 대표는 정치가 본인에게 맞지도 않고, 정치를 할 능력도 없다고 생각했던 것이다.

정치인으로서의 타고난 성품에는 적어도 다음 두 가지 특징이 있어야 한다고 생각한다. 첫째, 우선 주위 사람들의 주목을 한 몸에 받으며 사람들 앞에 나서는 것을 즐기는 스타성 기질이 있어야 한다. 선거 시기에는 선거대책위를 아우르며 수많은 유세와 사람을 만나는 자리에 주연으로서 당당히 설 수 있어야 한다. 모든 준비와 행사가 후보를 부각하기 위해 이루어지며 후보의 일거수일투족이 선거대책위 사람들, 그리고 지지자들의 초미의 관심 대상이다. 간간이 이런 대중의 주목과 열광을 잊지 못하여 선거철만 되면 당선 유무와 상관없이 몸이 근질거리는 걸 견딜 수 없어 후보 등록을 하고 출마하는 사람들이 있는데, 이번 분들은 바로 (다소 부정적 관점에서) 전형적인 정치인의 한 모습을 보여주는 사람들이다. 둘째, 정치인이란 권력의 향유에 만족감을 느끼는 사람들이 많다. 주변 사람들이 자신이 가진 권력에 의존하고 고개를 수그리는 것을 즐기는 것이다. 위 두 가지를 천성적으로 즐기는 성향 없이 (자신이 가진 가치의 실현을 위해서만) 정치에 뛰어든 사람이 한결같은 정치인의 길을 걷는 것은 결코 쉬운 일이 아닐 것이다. 돌아가신 노무현 대통령은 주변 지인들의 정치권 진입을 가능하면 설득하여 막았다고 한다.

하지만 필자가 아는 문재인 대표는 위 두 가지에 모두 부적합해 보인다. 우선 대중의 주목을 한 몸에 받으며 열광하는 지지자들 속에 파묻히는 것 자체에 관심이 없다. 오히려 여태까지 소수의 편에서 살아왔기에 불편함을 느끼지 않았나 싶다. 그리고 권력의 향유에는 더더욱 무관심하다. 비서실장 재임 시에도 그 엄청난 권력을 가지고서도 주위 사람들에게 그리고 아랫사람에 대해서도 겸손과 겸양을 잃은 적이 없다.

문 전 대표가 가진 정치 결벽이 또 하나 있다. 정치를 하려면 주위에 손을 벌리고 정치자금을 모아야 한다. 과거에는 필요하다면 불법 정치자금이라도 끌어모아야 선거운동원을 모집하여 득표 활동을 할 수 있었다. 문 전 대표는 주위 지인들에게 손을 벌려 신세지는 데 대한 불편함, 그리고 발생할지도 모를 불법행위에 대한 거부감 등으로 스스로 정치자금을 마련할 능력이 없다고 생각하고 있다.

다시 말하면 문 전 대표에게 정치란 본인에게 맞지도 않고, 할 의사도 없고 관심도 없는 대상인 것이다. 그리고 과거에 정치를 하다 보면 필요악으로 발생하는, 정치자금의 온갖 뒷거래, 정치적 승리를 위한 갖가지 야합, 정치를 위해 필요한 대중적 포장 등에 자신이 맞지도 않다고 생각하였다. 그런데 오랫동안 그토록 정치에 대해 결벽을 보여왔던 문 전 대표가 도대체 어떤 연유로 지난 2012년도에 19대 총선, 그리고 연이어 18대 대통령 선거에 뛰어들었단 말인가? 그리고 한동안 맞지 않는 옷을 입은 것처럼 정치인으로서의 어색한 행로를 보여왔던가?

그것은 바로 자신과 평생을 함께했던 친구, 노무현 대통령의 서거 때문이었다. 주지하다시피 노무현 대통령의 죽음은 우리 사회의 기득권자들의 추악한 치부를 그대로 드러낸 사건이라고 할 수 있다. 노 대통령의 퇴임 후 온갖 부패와 비리로 얼룩진 바로 그 수구 기득권 집단들이, 노무현의 티끌만 한 약점을 붙잡고 비열한 방식으로 본인뿐만 아니라 가족, 주변 친지, 주위 모든 사람들에 대한 전방위 수사를 벌이며 압박하였다. 노무현은 그 티끌에 상처받은 자존심과 분노, 그리고 압박당하는 주변 친지들을 구하기 위하여 천 길 낭떠러지에 몸을 던져 목숨을 버렸다. 그렇게 평생을 우리 사회에서 소외받고 버림받는 약자 편에 서서 '사람 사는 세상'을 실현하기 위하여 기득권 세력과 온몸으로 싸워왔던 존경하는 친구의 죽음을 문 전 대표는 지켜보았던 것이다. 수구 기득권 세력의 비열한 몰이에 의한 노 대통령의 처절한 서거는 문 전 대표를 그토록 원하지 않던 정치의 길을 운명으로 받아들이고 다시는 되돌아올 수 없는 길을 선택하게 했다.

 문 전 대표가 정치권에 진입하기 직전인 2011년 가을에 그의 변호사 사무실을 방문했을 때 나눈 대화가 떠오른다.

> 나: 언론 보도가 저렇게 자네의 정치권 진입에 대해 보도하고 있는데 어쩔 셈인가?
> 문: 이미 호랑이 등에 올라탔네. 이제 내려올 수도 없다네.

그 후 《운명》이라는 책이 발간되었다. 그리고 1년여 남짓 짧은 기간 동안 변화를 바라는 국민들에게 그 진정성 어린 호소와 몸짓으로 국민들에게 감동을 주며 (10여 년을 준비한 여권 후보를 상대해) 지금까지 야권에서 보지 못하였던 기록적 득표를 하였다. 정치의 길로 접어든 지 불과 1년 반의 짧은 기간 동안 벌어진 일이다.

 국정의 일정 부분을 담당하는 책임 있는 위치에 있었던 사람들에게 재임 중 가장 힘든 경험이 무엇이냐 물으면 이구동성으로 지적하는 것이 아래 실무진으로부터의 대면 보고라고 한다. 실무진이 대면 보고를 할 때에는 책임자는 그 보고 사안에 대한 결정을 내리고 지시를 해야 하는 경우가 대부분이다. 그러나 담당 책임자가 보고 사안에 대해 무지할 경우, 사안에 대한 결정과 지시는 물론 보고 내용이 무엇인지 파악도 되지 않을 것이다. 즉시 아래 실무진으로부터 무지한 상급자로 낙인찍히고 부서 내의 직원들에게 다 알려지게 된다. 이것이 바로 책임 있는 위치에 있는 사람들에게 가장 힘든 경험이라고 한다. 그런 관계로 무능력한 책임자는 대면 보고를 기피하는 경향이 있게 마련이며, 박근혜 전 대통령이 장관들의 대면 보고를 기피하며 전혀 받지 않았던 주된 이유일 것이다.

앞서 언급했듯이 문 전 대표는 비서실장 재직 시에 통상적인 국정 현안의 95퍼센트 이상을 본인 책임으로 처리한 명실상부한 참모형 비서실장 역을 수행하였다. 대면 보고는 물론 국무위원들과 대면 회의 후 (대통령의 재가가 꼭 필요한 경우가 아니라면) 본인이 전결해왔다는 것이다. 물론 대통령으로부터 그만한 신뢰를 얻고 있었기 때문이겠지만 그것이 단지 인간적 신뢰만으로 가능했겠는가? 문 전 대표의 업무 처리에 대한 깊은 신뢰가 없었다면 국정 현안 처리를 그렇게 쉽게 맡길 수는 없었을 것이다. 그리고 문 전 대표는 2012년 대선에 출마하면서 국정을 전체적으로 다시 조감하며 대선 공약을 준비했다. 2015년 겨울 당대표 당선 이후에는 소득주도 성장정책 등 당의 주요 정책 수립의 틀을 만들었고, 현재는 국정 현안에 대한 치열한 학습을 통해 구체적 현장에 대한 파악까지 마친 것으로 보인다.

2015년 봄이었던 것 같다. 문 전 대표가 필자가 몸담고 있는 부경대학교 내 창업보육센터에 야당 당대표 자격으로 방문하여 창업센터에 입주한 청년 창업주들을 격려하는 자리에 참석하였다. 문 전 대표는 격려사를 마친 후 청년 창업주들과의 질의응답 시간을 가졌다. 대략 30여 명가량의 창업 대표주들이 민원에 가까운 질문부터 갖가지 구체적 현안에 대한 질문까지 다양한 궁금증을 봇물 터지듯 쏟아냈다. 아마 정부의 적절한 지원이 없이는 성공이 쉽지 않은 창업 여건 때문으로 짐작이 되었다. 필자가 그 자리에서 놀랐던 점은, 이런 다양한 질문에 한군데 막힘도 없이 실물경제의 수치와 통계까지 들어 응대하고 설득하는 문 전 대표의 해박함이었다. 지도자가 무지하고 무능하면 국정 운영이 변화와 개혁을 상실하고 대다수 국민들의 열망과 동떨어져 순전히 관료 조직에 의해 국정이 타성적으로 운영되고, 이미 권력과 금력을 점하고 있는 기득권층의 이익을 위해 움직이게 된다. 박근혜 전 대통령과 같이 극단적인 경우, 아무런 공적 권한이나 전문적 지식이 없는 사인에 의해 국정이 농단되고, 그 사인의 사적 이익을 위해 국정이 운영되는 경우까지 우리는 보았다. 문 전 대표와의 질의응답 시간 끝에 참석한 모든 청년 창업주들이 만족감을 가지고 회의장을 떠나는 것을 보고, 문 전 대표와 정책 현안에 대한 대화를 나누지 못했던 지난 1년여 동안 그가 국정 현안에 대한 치열한 학습과 현장에 대한 지식을 바탕으로 구체적인 국정 방향에 대한 정립을 이루고 있었음을 느낄 수 있었다.

누군가가 문재인이라는 인물의 대통령으로서의 자격에 대해 필자에게 묻는다면 친구가 아니라 객관적 시각을 바탕으로 어느 누구에게나 자신을 가지고 말할 수 있다. 박근혜 전 대통령을 비롯하여 온갖 무능력한 사람들이 허울뿐인 공약으로 출마하고 국민을 기만해왔던 국내 정치적 환경에서 이 정도로 준비된 대통령 후보를 쉽게 만날 수 있겠는가?

　문 전 대표는 정치권 진입 이후 현재까지 총선 당선, 대선 낙선, 당대표 당선, 당대표 사퇴, 당내 경선 출마로 이어지는 굴곡진 이력들을 거치고, 그 집요한 '조중동'과 종편의 물고 뜯는 검증을 이겨내며 정치적 경륜을 쌓은 것이다. 그는 극도의 난맥상을 보이고 있는 국정을 바로잡을 수 있는, 정권 교체를 열망하는 우리 민주개혁 시민의 희망이자 우리가 결코 잃어서는 안 될 국민의 소중한 자산이라고 필자는 생각한다.

　이제는 어떤 식으로라도 정치인으로서의 문재인이 성공하지 않으면 안 될 것이다. 그에 대한 믿음을 가지고 희망을 찾는 수많은 사람들에게 다시 실망을 안겨줄 수는 없다, 또다시 이명박, 박근혜 같은 사람들에게 대한민국을 맡길 수는 없으며, 고통 속에 신음하는 대한민국 국민들을 내버려둘 수는 없다. 굳이 정치인 문재인이 아니라 필자가 오랫동안 알았던 친구인 문재인도 더는 가만히 있을 수 없을 것이다. 그런 절박함이 문 전 대표를 정치인으로 만들어냈다고 본다. 운명같은 정치인의 길을 가고 있는 문 전 대표에게 오랫동안 함께 살아왔던 친구로서 필자는 마음의 빚을 안고 있다.

황호선
부경대학교 국제지역학부 교수.
1953년 경남 부산 출생. 부산 경제정의실천연합회 공동대표, 대통령자문 동북아경제중심 추진위원회 민간위원, 제18대 대통령선거 민주통합당 부산시당 공동선거대책위원장을 역임했다.

3부

돌아보고 내다보다

공평한 봄의 전령이
도착했습니다

백가흠

사람마다 삶의 가장 중요한 가치를 두는 자리는 다릅니다. 그것은 무엇을 위해 우리는 살아가는가 하는 물음으로 들리지만, 실제는 다릅니다. 사람이 살아야 하는 이유나 목적이 있어야만 하는 것은 아니니까요. 사는 목적이 뭐냐고 묻는 것은 당신은 왜 사느냐고 묻는 질문처럼 바보스러운 짓일지도 모릅니다. 바보스러운 질문에 답변이 마련되어 있는 사람도 바보 같기는 마찬가지이겠지요. 삶의 가장 중요한 가치를 두는 자리란 사람이 사람으로 살아가면서 놓지 말아야 하는 그 무엇일 겁니다. 이룰 수 없는 그 무엇일 겁니다. 인생의 목적이 아닌 것입니다. 그것은 어쩌면 눈에 보이지 않거나 이룰 수 없거나 절대로 가질 수 없는 무엇일 겁니다.

우리 대부분의 삶은 어떤 희생을 필요조건으로 안고 살고 있습니다. 자식들을 위해서, 부모 형제를 위해서, 가족을 위해서, 또 혹자는 국가나 공공의 가치를 위해서 모든 것을 헌신하며 살고 있습니다. 이는 한편으론 아름다운 일이지만 스스로의 인생에 너그럽지 못한 일이기도 합니다. 어떤 맹목적인 감정이 사랑이라는 이름으로 잘못 불릴 수도 있기 때문입니다. 또 이루지 못한 가족의 열망을 떠안은 누군가에게는 불행한 일일 수도 있습니다. 자신이 이루지 못한 어떤 성공에 대한 열망이 사랑이라는 이름으로 왜곡되어 표현되고는 하지요. 이것은 누군가에게는 사랑이라는 이름으로 행해지는 가혹한 형벌일지도 모를 일이겠습니다. 희생과 헌신으로 마련된 사랑은 이미 부채감이 한계에 다다른 사랑의 다른 이름이기 때문입니다. 그러하면 가족을 위해, 사랑하는 사람을 위해, 국가를 위해 희생하지 말라는 말인가, 아닙니다. 수많은 가장에게, 국가의 리더가 될 사람에게 사랑하는 사람들의 생계와 책무를 포기하란 말이 아닙니다. 이미 개념이 잘못 서버린 인생의 목적이나, 출세나 부의 성공으로 점철된 일부 왜곡된 패밀리즘에 대한 얘기입니다.

누구에게나 가족은 중요합니다. 누구에게나 핏줄은 세상에서 가장 소중한 존재이지요. 압니다, 당신의 자식들이 얼마나 남들보다 뛰어나고, 출중하고, 천재인지 알고 있습니다. 하지만 실제로 당신의 아이는 그저 평범할 수도 있지요. 별로 대단하지도 않고, 당신이 원하는 성공을 가져다줄 수 없을 지도 모릅니다. 대부분은 명문 대학에도 갈 수 없을 테고, 좋은 학교를 나온다고 하더라도 보통의 그저 그런 월급쟁이로 일생을 마감할지도 모릅니다. 그러니 자식들의 출세나 부의 성공은 포기하고, 욕심내지 말고 좋은 사람으로 키워보는 것은 어떻겠습니까. 남을 위해 사는 사람으로 키워보는 것은 어떻겠습니까. 가족 말고 다른 누군가를 위해 헌신하고 희생하며 사는 사람이 되길 바라는 열망을 가져보면 어떻겠습니까. 그런 구성원들로 이루어진 사회를 만들어보면 어떻겠습니까. 사람이 먼저인 사회, 절대적으로 소중한 세상 모든 사람이 존중받는 사회 말입니다.

삶의 가장 중요한 가치는 오로지 절대적인 것에서 나옵니다. 불행은 오로지 상대적인 것에서 비롯됩니다. 우리의 불행은 누군가와의 비교에서부터 시작된다는 말입니다. 그리하여 지금 우리가 겪고 있는 사회적 성공의 개념도 바로 이 상대성에서 시작된 것입니다. 이 상대성이 어느 곳에나 시장을 만듭니다. 무엇이든 팔아치워야 하는 누군가에게는 비교에서 뒤처지고 모자란 대부분의 사람들이 무한의 잠정적 소비자들이 되는 셈이지요. 그러다 보니 오로지 돈을 버는 게 목적인 그들은 언제나 성공적이었습니다. 경제적 불안과 두려움을 마케팅으로, 가난에 대한 공포로 시장을 만들었습니다. 즉, 오랫동안 그들은 사람들에게 성공의 개념을 팔았습니다.

이제 진정한 삶과 인생의 성공에 다가가는 길은 그 시장에서 스스로 빠져나오는 것뿐입니다. 불안과 두려움으로 만들어지는 성공에 대한 개념을 다시 바로 세워보면 어떻겠습니까. 우리가 바라는 왜곡된 성공의 개념이 미래의 우리들에게 불행을 안겨주는 건 아닌지 곰

곰 생각해볼 때입니다. 절대적인 선이 인생의 목적이 될 때 삶의 가장 중요한 가치가 앉은 자리는 비로소 완벽해질 것입니다. 비교하지 않는 삶은 완벽하진 않을지라도 적어도 불행하지는 않을 테니 말입니다.

우리에게 필요한 것은 우리를 그 불행으로부터 끌어낼 길라잡이입니다. 국가에 헌신하기로 결심하고 그렇게 살아온 사람이 있습니다. 선거를 통해 그런 자질이 있는 사람을 만나, 신뢰와 신의로 완전한 리더를 만들어갈 수 있겠지요. 하지만 우리는 번번이 실패하고 말았습니다. 기득권이 만들어낸 부나 성공의 개념은 상대성에 근거한 불공정한 것에서 시작되었으니까요. 그러다 보니 언제나 반복되는 문제는 리더가 불공정하게 만들어진 시장을 바로잡을 수 있는가 하는 것입니다. 지난날 우리들의 선택과 실패들이 그 교훈입니다. 특히 지난 기득권, 수구 세력들과 손잡은 이명박, 박근혜 대통령 등이 그 시장의 설계자로 나섰을 때 우리가 받은 상처와 손해를 생각해보면 답은 뻔합니다. 또 김대중, 노무현 대통령 정권 시절, 개혁 원칙을 버리고 기득권, 재벌, 수구적 세력과 타협했을 때 생겨난 폐해들을 반면교사로 삼을 수 있으니 오히려 희망적이기까지 합니다. 원칙이 필요한 시대에 마침 그가 왔습니다. 그가 시대의 희망인 이유입니다.

지난한 겨울 지나 봄의 언저리에 겨우 도달했지만 여전히 우리는 겨울의 한복판에 서 있습니다. 모두가 힘들다고 하지요. 국민 모두가 힘겨운 겨울을 건너왔습니다. 참 사는 게 쉽지 않은 거라고 얘기하지만, 그런 거 느끼고 불평할 새도 없이 시절은 지나가버렸지만, 문득 봄 앞에 서서 지난 그 계절을 돌아봅니다. 매번 같은 다짐으로 각오를 다지지만 희망이나 소망보다도 두고 온 아쉬움이 매번 먼저 떠오릅니다. 그 겨울은 우리 모두에게 특별하고 마음 아픈 계절로 남게 될 게 분명합니다. 우리의 선택이 우리 스스로를 망쳐버렸으니까요. 탄핵이 인용되던 그 순간 인용을 확신하고 주장했던 대다수의 국민도, 끝까지 탄핵 기각을 주장하며 박근혜 대통령을 지키고자 했던 지지자들도 서로 다른 이유로 모두 슬픔에 잠겨 눈물을 글썽이던 모습은 현재 우리의 실존적인 형상입니다. 그 자체로 서글픈 일이지요.

사람들의 건강과 사회의 평안을 빌어봅니다. 소망이 현실이 되는 날은 언제일까요. 간절한 마음을 담아 한 해 이루고 싶은 소망리스트를 만들어보기도 합니다. 언제쯤 소망이 아니라 현실적인 계획이 될까요. 꼭 이루어내야 할 결심을 체크합니다. 하지만 언제나 그래왔듯 다시 원점으로 돌아갈까, 그러다 또 무섭게 일상에 함몰되지 않을까 조바심이 입니다. 다시 지난해 겨울을 돌아봅니다. 매일 엄청난 일이 있었지만 돌이켜보면 아무 일도 없었던, 기억도 나지 않는 평온했던 개인의 일상들을 어렵사리 떠올려봅니다. 그것을 우린 인생이라 부르는지도 모르겠습니다. 새로운 시대의 전환을 바라지만 아무 일도 일어나지 않는 일상이 다시 우리를 점령하게 될까 무섭습니다. 우리가 두려운 것은 바로 그것이겠지요.

겨울은 생각하기를 멈추게 하는 계절 같습니다. 하지만 겨울은 새 계절과 새로운 시대를 열기 위한 길고 지난한 고통이라는 것을 우리는 알고 있습니다. 겨울은 지난 과거의 아쉬운 것들을 곰곰 생각하게 만들고, 지난 일에 대한 기억을 거꾸로 돌리는 계절처럼 느껴집니다.

문득 돌아보니 봄의 길목, 퇴근길의 풍경이 떠오릅니다. 사람들은 퇴근하기 무섭게 발길을 집으로 돌립니다. 한쪽 거리에서는 마무리되지 못한 갈등으로 거리에 나선 사람들이 발걸음을 재촉하는 사람들의 팔을 붙듭니다. 나를 붙잡던 손이 생각납니다. 재촉하던 발걸음을 잠시 멈추게 하고 시선을 붙잡던 한쪽 거리에 서 있는 사람들의 눈도 떠오릅니다. 작년 여름 두고 온 고즈넉하고 아름다웠던 바다와 겹쳐집니다. 그냥 뿌리치고 지나친 그 간절한 손이 지난해에 두고 온 아쉬움입니다. 기억나지 않는 하루하루의 일상을 인생이라고 부르는지도 모르겠습니다. 하지만 그 거리의 풍경은 쉽사리 뇌리에서 지어지지 않습니다. 우리의 지난겨울은 달랐습니다. 우리는 분명히 여전히 겨울의 한복판에 서 있습니다.

변했다지만 겨울은 여전히 우리에게 견디기 힘든 계절입니다. 무사히 겨울을 건너는 것이 누구에게나 어려웠던 공평했던 시절이 있었습니다. 이제 공평한 겨울은 없습니다. 누구에게나 가혹하고 누구에게나 힘들던 겨울은 오래전에 지나갔으니까요. 겨울은 사람에 따라, 사는 곳에 따라, 직업에 따라 춥기도 하고, 견딜 만하기도 하며, 여름 같기도 한 계절이 되었습니다. 하지만 누군가에게는 너무나 가혹한 계절입니다.

가질 수 있는 것을 욕심내는 것은 아름다운 일입니다. 그들이 빼앗긴 것을 되찾을 수 있도록 내 걸음을 멈추어주는 것 또한 아름다운 일입니다. 우리는 너무 많은 것을 가지고 살고 있습니다. 그럼에도 필요한 것은 늘어나기만 합니다. 계절마다 옷도 바꿔 입어야 하고 끼니마다 다른 음식도 먹어야 합니다. 그것도 누군가에겐 아름다운 일이겠지요. 하지만 자신에게 적절한 세속적인 것이 누군가에겐 이룰 수 없는 욕망이 되기도 합니다. 어려운 시절인 것은 분명합니다.

가장 마음 아픈 때는 세속적인 것은 엄두도 내지 못할 만큼 생존이 걸린 절박함이 다른 누군가에게는 아무 일이 아닐 때입니다. 겨울은 이제 공평하지 않습니다. 어느 계절도 누구에게나 공정하지 않습니다. 그저 우리가 가만히 들어주는 것이 누군가에게는 간절함이 이루어지는 순간일 수도 있을 겁니다.

상대적인 것을 넘어설 때 우리는 앞으로 다가올 겨울에도 공생할 수 있을 겁니다. 퇴근길에 붙잡던 손이 자꾸 생각납니다. 그저 손이라도 잡아줄걸 하는 후회가 지난해에 두고 온 아름다웠던 바다를 밀어냅니다. 겨울은 추웠지만 이젠 서로 손만 잡아도 뭔가를 꽃피울 수 있을 것만 같은 계절입니다. 봄이니까요. 우리는 그것을 희망이라 부르는지도 모르겠습니다. 바야흐로 누구에게나 공평한 봄입니다.

공평한 봄의 전령 문재인이 도착했습니다. 자신의 존재를 증명하는 일은 이제껏 살아온 인생을 돌아보는 것밖에는 없습니다. 무엇이 그릇됐고 어떤 것이 옳았는지 성찰하는 태도를 갖췄는가가 봄을 누구에게나 공평하게 전달하는 리더의 자격이 될 것입니다. 한 국가의 지도자의 일관된 삶의 이력이 그런 봄을 우리에게 가져다줄 것입니다. 그리고 다시 여름 지나, 가을 지나 겨울이 오겠지요. 누군가는 다시 불행한 겨울을 맞겠지요. 누군가는 혹독한 추위를 어떻게 견뎌야 하나 하는 절박함에 두려움과 마주하겠지요. 각자 다른 모습의 겨울이 다시 오겠지만 그때의 겨울이 공평하기를 우리는 소망합니다.

현시대의 길목에서 불공정함이란 누구에게나 똑같은 잣대로 제공되는 국가의 서비스를 뜻하기도 합니다. 생존의 절박함에 시달리는 사람들에게는 상대적인 국가의 보호가 필요합니다. 수구 세력들은 그런 장치들을 포퓰리즘이나 기회의 불공평함을 들어 왜곡해왔습니다. 때론 상대적인 기회의 균등을 들어 모든 기회를 잠식해왔습니다. 공정한 봄의 전령은 불평등하고 불공정한 상대적 개념을 바로잡아야만 합니다. 원칙을 세우고 약속을 실천하고 개혁을 실현해야 합니다. 하지만 어떻게 믿을 수 있을까요. 지금까지 무수한 사람들의 말과 말의 약속을 들어왔습니다. 너무 많은 시간 동안 우리는 속았고 당해왔습니다. 그들이 약속한 공정함이란 자신들의 이권과 기득권을 획득하고 유지하는 데 필요한 도구로 사용하는 것이었습니다. 하지만 돌이켜보면 충분히 우리는 그런 위선자들을 걸러낼 눈이 있었고 기회가 있었습니다. 그런데 왜 우리는 그런 선택을 한 것이었을까요. 그것은 그들이 만들어놓은 불공정하고 혹독하기만 한 겨울 시장에 우리가 놓여 있었기 때문이었을 겁니다. 그들의 필요에 의해 만들어진 시장에서 혹독한 겨울에 대한 두려움이 많은 우리는 겁을 먹을 수밖에 없었던 것이겠지요.

곧 망할 것 같고, 북한이 쳐들어올 것 같고, 경제가 산산이 조각나 부서질 것처럼 말해왔으니까요. 더 춥고 두려운 겨울이 우리에게 닥칠 것처럼 현실을 호도했기 때문일 겁니다.

다시 어떻게 우리는 그를 믿을 수 있을까요. 말했듯이 살아온 삶의 이력이 그를 증명합니다. 일관된 그의 하루하루가 쌓여 인생을 만들었습니다. 이젠 그가 살아온 인생의 이력이 미래를 증명할 겁니다. "판단하기 어려운 일이 생기면 원칙대로" 한다는 그의 말이 거짓말이 아니라는 것은 그가 살아온 삶이 증명하고 있습니다. 그것을 믿는 수밖에 없지요. 그의 삶이 거짓이 아니라는 증거를 신뢰하는 수밖에 없습니다. 삶을 거짓으로 살아온 사람들에게 국가권력이 넘어갔을 때 우리가 맞았던 혹독한 겨울을 기억해야만 합니다. 지난겨울을 말입니다. 우리가 그와 함께 세상을 만든다는 것은 새로운 시장의 개념을 만드는 것입니다. 상대적 성공을 팔아온 시장, 경제적 불안과 두려움을 마케팅으로 가난에 대한 공포와 실업에 대한 걱정으로 만든 시장을 이젠 바꾸어야만 합니다. 성공이 상대적 부를 뜻하지 않고 사람이 먼저인 절대적 선이 성공하는 시대가 우리 모두가 꿈꾸는 새로운 시대이니까요. 봄의 전령은 겨울의 끝을 고하고 변화의 시기를 알려주는 이이며, 세상을 바꾸고 만들어가는 것은 우리입니다. 우리의 봄을 우리 스스로 만들어갈 때입니다.

이제 누구에게나 공평하지 않은 겨울을 끝내고 봄을 맞이할 때입니다. 누구에게나 공정한 봄이 겨울에까지, 누구에게나 따뜻한 봄 같은 겨울이 봄에게로 반복되는 순환을 여는 새 역사의 첫 페이지를 장식할 주인공, 봄의 전령을 환영합니다.

백가흠

소설가.

1974년 전북 익산 출생. 소설집 《사십사》 《귀뚜라미가 온다》 《조대리의 트렁크》 《힌트는 도련님》, 장편소설 《나프탈렌》 《향》 《마담뺑덕》이 있다.

서울의 정치가 아닌
지역의 정치를 위해

김동현

도령마루에서 중국어 입간판까지

제주공항에서 신제주로 올라오는 도로 옆에 도령마루가 있다. 공항에
서 내린 관광객들은 도령마루를 지나 신제주로, 애월로 차를 타고 지
나간다. 4차선 도로로 둘러싸인 이곳을 눈여겨보는 사람은 없다. 소나
무 몇 그루가 심어져 있는 이곳에서 1948년 11월 3일 주민 일곱 명이
토벌대에게 총살당했다. 당시 미군정 보고서는 이렇게 기록하고 있다.

> 11월 3일, 7명의 민간인 시체가 제주읍에서 발견됐다. 그 피해자들
> 은 제주읍의 공산주의자들인 것으로 보고됐다.

보고서 내용이 의미하는 것은 무엇인가. 그것은 민간인들의 시체를 발
견한 미군이 토벌대에게 그들이 누구인지를 물었고 토벌대가 '공산주

의자'라고 대답했다는 의미이다. 가해자들이 말한 공산주의자라는 낙인을 미군은 의심하지 않았다. 도령마루에서 희생당한 사람들은 공산주의자가 아니었다. 그들은 평범한 주민들이었다. 현기영은 이 도령마루의 학살을 〈도령마루의 까마귀〉라는 단편에서 자세히 그리고 있다. 도령마루는 1948년 11월을 전후해 시작된 대규모 민간인 학살을 상징하는 곳이다. 하지만 이곳이 제주 4·3의 비극을 증언하는 장소라는 사실을 제주를 찾는 관광객들은 잘 모른다. 자동차를 타고 빠른 속도로 그곳을 지나갈 뿐이다.

1948년 제주에서 '초토화 작전'으로 인명 피해를 입은 지역은 셀수 없이 많다. 피해 인원만으로 따진다면 도령마루는 다른 지역과 비교되지 않는다. 하지만 도령마루는 제주 4·3의 대학살을 상징하는 곳이다. 공항에서 내린 관광객들이 도령마루에 눈길 한 번 주지 않고 지나가듯 한국에서 제주 4·3은 오랫동안 존재하되 존재하지 않는 유령의 비극이었다. 제주 4·3특별법이 제정되고 노무현 전 대통령이 국가 원수의 자격으로 당시 국가 폭력에 피해를 입은 희생자들에게 공식 사과했지만 아직도 제주 4·3의 진실은 미완의 섬으로 남아 있다.

도령마루를 지나서 신제주 초입에는 지금 제주중국성개발이라는 중국계 회사가 세운 중국어 간판이 사람들의 시선을 잡아끈다. '金海岸別墅 开盘了', 굳이 번역하자면 '돈 되는 해안 별장 개장 예정'쯤 된다. 제주 4·3의 비극을 상징하는 도령마루에서 중국어 입간판까지, 차로 채 1분도 되지 않는 거리는 제주가 지나온 역사를 압축적으로 보여준다. '절멸' 수준의 대학살이 끝나고 제주는 빠르게 근대화의 길로 접어든다. 반공을 국시로 한 쿠데타 세력들은 정권의 정당성을 강조하기 위해 '변방' 제주의 개발에 많은 관심을 기울였다.

이런 영향 때문인지 지역에서는 아직도 박정희에 대한 신화가 곳곳에 남아 있다. 대표적인 것이 제주와 서귀포를 잇는 횡단도로인 5·16도로이다. 제주 4·3이 반공과 친일을 내세운 정치 세력에 의한 무자비한 학살이었다는 점을 염두에 둔다면 그들의 이념을 적극적으로 계승한 박정희의 이름을 딴 도로가 버젓이 남아 있는 것은 이해하기 힘들다. 제주에서 열렸던 '태극기집회'(언론의 이러한 명명법은 분명 문제가 있다. 정확히 하자면 친박집회라고 하는 것이 맞다)에 참석한 신구범 전 제주도지사는 삼다수 병을 들고 이렇게 외쳤다. "삼다수는 내가 만든 것이 아니다. 박정희 대통령이 어승생댐을 만들지 않았다면 삼다수는 만들 수 없었다." 지난 지방선거에서 더불어민주당의 전신인 새정치민주연합 도지사 후보로 출마했던 전직 지사의 발언을 단순히 개인의 정치적 소신이라고만 할 수 있을까.

1960년대 제주에는 '관광 낙원'이라는 구호가 울려 퍼졌다. 제주개발특별법에서 제주국제자유도시특별법에 이르기까지 제주는 대한민국의 변방에서 누구나 한 번쯤 오고 싶어 하는 섬이 되었다. 하지만 근대에 대한 지역의 자생적인 열망은 중앙정부가 의도한 기획의 범위 안에서만 승인되고 용납되었다. 지역공동체를 오랫동안 유지해왔던 정신들은 전근대적인 것으로 치부되었다. 지역을 버려야 지역이 살 수 있다는 역설은, 한마디로 중앙의 일원이 되어야만 지역에서 목소리를 내고 출세할 수 있다는 한계를 그대로 드러낸다.

이러한 지역의 한계는 단순히 지역 정치의 후진성을 보여주는 것이 아니다. 그것은 어쩌면 과도한 중앙 중심주의가 남긴 한국 사회의 폐해를 상징하는 것이 아닐까. 지역에서 지역의 가치를 지니고 산다는 일은 때로 서울로 대표되는 중앙의 권력과 대립해야 하는 일종의 숙명이다. 지역에서 나고 자라 지역에서 진보적 가치를 실현하면서 살아내야 하는 이들에게 중앙은 이해할 수 없는 권력, 그 이상도 이하도 아니었다.

오로지 당선 가능성만을 염두에 둔 중앙 정치 세력의 낙점이 있어야만 거대 정당의 후보로 나설 수 있는 현실에서 지역의 가치를 오롯이 지키는 일은 쉽지 않다. 2010년에도 민주당은 성추행 전력이 있었던 우근민 전 제주도지사의 복당을 거론한 적이 있다. 당시 제주 지역 사회는 발칵 뒤집혔다. 당선 가능성이 높다는 이유만으로 명백한 허물이 있는 사람을 민주당에 영입하겠다는 발상 자체가 제주도민을 모욕하는 일이라는 비난이 쏟아졌다. 3년 뒤 우여곡절 끝에 우근민 전 지사는 새누리당에 입당했다.

제주를 찾는 관광객이 도령마루에 눈길 한 번 주지 않는 것처럼 중앙 정치는 선거철만 되면 지역의 유력 후보에게 러브콜을 보냈다. 그들의 과거 행적은 크게 문제되지 않았다. 중앙당이 낙점만 하면 당의 지지 기반을 업고 무난히 당선할 수 있다는 정치적 셈법만이 우선시되었다. 하지만 이제는 달라져야 한다. 도령마루에서 중국어 입간판까지 오는 짧은 도로를 지나며 제주의 가치가 무엇인지, 지역의 문제가 무엇인지 함께 고민할 사람이 필요하다.

사상 초유의 현직 대통령 탄핵을 이끌어낸 광장의 목소리들은 단순히 대통령 하나 바꾸자는 함성이 아니었다. 박정희-박근혜로 이어지는 유신체제를 바꾸자는 촛불이었고 지역에 뿌리 깊게 자리 잡은 왜곡된 정치 구조를 무너뜨리자는 거대한 파도였다. 이제 우리는 광장의 함성 앞에서 다시 물어야 한다. 촛불로 타올랐던 수많은 민주주의 불꽃들은 과연 무엇을 위한 외침이었던가.

스무 차례 열렸던 제주 촛불집회의 한편에는 5·16도로의 이름을 바꾸자는 시민들도 함께했다. 5·16 쿠데타는 민주주의를 부정하는 반역사적 범법 행위였다. 제주의 촛불은 대통령 박근혜만을 탄핵하자는 외침이 아니었다. 지역에 뿌리 깊게 박힌 박정희의 그늘을 지워야 한다는 선언이고 행동이었다. 촛불의 의미는 대통령 한 사람만을 바꾸는 것에 있지 않다. 그것은 권력을 위해서라면 정강 정책은 묻지도 않고 중앙 정치에 줄을 대는, 우리 안의 박정희-박근혜를 응징하자는 함성이었다. 권력을 잡기 위해서라면 과거 전력은 문제 삼지 않는 중앙 정치의 몰염치를 더 이상 인정하지 않겠다는 외침이었다.

촛불의 광장에서 우리는 투창과 비수를 한 손에 들었다. 대통령 탄핵을 조준한 날카로운 투창은 번뜩였고 비수는 우리 안의 적폐, 지역의 모순을 정면으로 바라보자는 반성의 피로 물들었다.

지역의 정치, 새로운 민주주의의 시작을 위해

오랫동안 한국의 정치는 중앙의 정치였다. 서울은 표준이었고 중심이었다. 사람과 자본을 빨아들이는 서울의 탐욕은 대한민국 정부 수립이후 지금까지 변하지 않았다. 한때 지방분권이 화두가 된 적도 있었다. 수도를 옮기고 권력을 나누자는 제안은 그러나 실패로 돌아갔다. 그 실패의 한 축에 서울 기득권이 자리 잡고 있다.

전북대학교 강준만 교수는 "지방은 식민지다"라고 말했다. 지방을 식민지라고 말하면 대뜸 이런 반론이 이어진다. "지역은 대한민국이 아니냐. 대한민국의 경쟁력을 높여야 지역이 산다." 이것은 소위 중앙의 상징 자본을 가진 자들의 반론이다. 다른 하나는 지역 주민들의 반론이다. "지역이 식민지라고? 우리가 왜 식민지냐. 그렇게 말하는 것은 지역의 피해의식이고 열등감의 표현이다."

식민 지배를 받았던 이 땅에서 이런 명명은 불편하기 짝이 없다. 중앙은 중앙의 방식대로 지방은 지방의 방식대로 이러한 명명을 못 견뎌한다. 하지만 "지방은 식민지다"라는 강준만 교수의 발언은 우리 시대의 모순을 풀기 위한 불편하지만 반드시 필요한 성찰의 목소리다.

지방에서 대학을 다녔던 사람들에게 '전설'처럼 내려오는 이야기가 있다. 1980년 6월항쟁이 한창이었던 때 지역 대학에는 이화여대 학생들이 보낸 소포 하나가 배달되었다는 웃지 못할 이야기가 전해진다. 그 소포에는 가위가 하나 들어 있었다. 가위의 의미는 '서울의 여자 대학생들도 민주화를 위해 투쟁하는데 지방의 남학생들은 도대체 뭐하냐, 남자 될 자격이 없다'라는 것이었다. 제주에서 대학을 다닌 나도 선배들로부터 이런 이야기를 들은 적이 있다. 이 이야기를 부산에서 대학을 다녔던 모 교수에게 하니 자신들도 이런 이야기를 들었다고 고백했다. 지금에야 웃으며 지나갈 수 있는 일이다. 하지만 여기에는 '서울-엘리트'로 대변되는 중앙과 지역의 차별이 교묘하게 숨겨져 있다. 지금도 '지방충'이니 '지잡대'니 하는 말이 통용되는 것을 보자면 지역에 대한 차별의 뿌리는 꽤 깊은 셈이다.

지역에서 산다는 것은 이러한 일상적 차별과 냉소를 견뎌야 하는 일이다. 차별받지 않기 위해서, 혹은 차별이 없다고 생각하기 위해서 부지런히 중앙과 '연결'되지 않으면 안 된다는 심리적 강박의 원인도 바로 여기에 있다. 제주 강정에 해군기지가 건설되기 시작했을 때 인터넷에서 가장 많이 볼 수 있었던 댓글은 "국가가 있어야 제주가 있지, 제주는 대한민국이 아니냐"라는 비아냥이었다. 이런 비아냥에는 국가가 결정하면(국가의 결정이 항상 옳은 것도 아니지만) 대(중앙)를 위해 소(지역)가 희생해야 한다는 희생의 강요가 깔려 있다.

강정에 해군기지가 건설되고 성주에 사드가 배치되어도 대한민국의 국방과 외교의 문제를 감안하지 않을 수 없다는 중앙 정치권의 해명이 설득력을 갖지 못하는 이유가 여기에 있다. "모든 권력은 국민으로부터 나온다"라는 헌법 제1조의 규정에도 불구하고 해군기지를, 사드 배치를 반대하는 지역 주민들은 국민으로 인정받지 못한다. 국가는 공권력의 힘으로 주민들을 억압하고 협박해왔다. 강정 해군기지를 반대했다고 주민들에게 34억5천만 원의 구상권을 청구한 해군의 태도는 준엄한 법질서의 확립이 아니라 희생을 강요하는 폭력의 다른 이름일 뿐이다.

오랫동안 제주 4·3 문제에 매달려왔던 김석범은 그의 소설《화산도》에서 제주 4·3의 폭력적 진압의 원인을 "서울 정권의 차별" 때문이라고 말한다. 우리나라의 역사는 1948년 8월 15일을 대한민국 정부가 수립된 날이라고 기록한다. 하지만 당시 제주에서 살았던 사람들에게 대한민국은 서울의 정권이었고 서울의 권력이었다. 지역의 동의를 받지 못한 권력의 정당성을 문제 삼는 지역 주민들의 선택이 무참한 학살로 이어진 것은 어쩌면 '서울 정권'이 지닌 태생적 한계 때문일 것이다.

민주주의는 선거제도의 민주주의만을 의미하지 않는다. 진정한 민주주의의 척도는 민중이 자신들의 삶을 스스로 선택하는 자기결정권을 행사할 수 있는가에 달려 있다. 그 선택이야말로 헌법 제1조가 규정하고 있는, 권력이 국민에게 있다는 규정을 현실로 만드는 일이다. 중앙 정치를 바꾸고 중앙의 권력을 바꾸는 일은 민주주의의 일부분에 불과하다. 지역의 삶의 조건을 스스로 선택하는, 지역의 자기결정권을 행사하는 것이야말로 진정한 민주주의의 시작이라고 할 수 있다. 이러한 자기결정권은 권력이 시혜를 베풀듯 인정하는 대상이 아니다. 오히려 그것은 의무이다. 그리고 이 의무는 중앙 권력에게만 해당되는 것이 아니다. 지역의 자기결정권은 엄밀히 말하자면 자기결정의 의무에 가깝다.

그동안 중앙과 지역의 관계는 왜곡되어왔다. 중앙은 지역을 억압했고 지역은 중앙의 억압을 내면화하면서 중앙을 닮아가려고 애썼다.

지역은 서울이 되지 못해 조급했고 서울은 지역을 기만했다. 조급증과 자기기만을 중앙은 교묘하게 이용했다. 양손에 떡을 든 놀부처럼 자신의 이익을 위해 지역을 저울질했다. 그 저울질의 역사가 지역을, 지역의 주체적 선택을 농락했다. 그 농락이 빚어낸 비극을 극명하게 보여주는 곳이 제주다.

제주 4·3의 비극을 처음 세상에 알린 김민주는 지역 MBC 특집 프로그램에서 왜 당시에 싸웠는가라는 질문에 "인민의 나라를 만들기 위해서"라고 대답했다(인민이라는 단어에 대해 불쾌감을 느끼는 사람들도 있을 것이다. 인민은 'people'의 번역어다. 해방기 인민이라는 단어는 사람들의 입에 가장 많이 오르내린 단어다. 지금으로 치면 '국민의 나라'쯤 될 것이다). 김민주가 말하는 '인민의 나라'와 '모든 권력은 국민으로부터 나온다'라는 헌법 가치가 무엇이 다른가.

자신의 삶을, 자신의 국가를 스스로 결정하고자 했던 제주도민들의 주체적 선택은 결론적으로 실패로 끝났다. 하지만 그 실패는 역설적으로 국민의 자기결정 의무가 왜 중요한지를 보여준다. 그리고 국민의 자기결정 의무란 중앙이, 중앙의 권력이 인정하는 범위 안에서만 안전하게 관리되지 않는다는 사실을 보여준다. 이것은 우리가 생각하는 민주주의를 뛰어넘어 새로운 민주주의를 상상할 수 있는 힘이 어디에 있는지를, 더 나은 세상을 향한 외침이 무엇을 겨냥해야 하는지를 보여준다.

촛불의 힘은 의회 민주주의의 무기력을 넘어서는 새로운 정치의 가능성을 발견하게 했다. 그것은 중앙이 지역을 억압하고, 지역이 중앙을 닮아가려는 인정 욕망이 교차하는, 정치의 왜곡을 넘어설 때 가능할 것이다. 중앙이 바뀌어야 세상이 바뀌는 게 아니라 지역이 바뀌어야 세상을 바꿀 수 있다는, 새로운 정치의 희망이 촛불의 광장에서 불타올랐다. 대통령 파면은 시작에 불과하다.

그동안 한국 정치에서 지역은 동원의 대상이었다. 보수와 진보라는 이념은 시쳇말로 공중전이었을 뿐이다. 지역에서는 이념보다는 누가 충실한 동원의 대상이 되느냐를 경쟁이라도 하듯이 많은 유력 인사들이 중앙에 편입되어갔다. 그렇게 중앙에서 한자리 차지한 이들은 지역의 문제를 외면하고 지역을 버렸다. 지역의 선택은 종종 정치적 후진성으로 폄훼되었다. 예를 들면 제주에서 선거 때마다 등장하는 '괸당정치'라는 용어가 그렇다. 제주에서 '이 당 저 당보다 괸당'이라는 말은 정당의 이념보다는 인물에 따른 정치적 선택을 지칭하는 말로 사용된다. 하지만 17대 국회의원 선거부터 시작해서 20대 국회의원 선거까지 제주도민들의 선택은 민주당이었다. 민주당의 정강 정책이 뛰어나서, 후보들의 경쟁력이 높아서 나온 결과가 아니었다. 더 좋은 후보가 아니라 덜 나쁜 후보를 선택해야만 했던 고육지책이었다. 현역 의원들을 비난하려는 의도가 아니다. 제주의 선택을 '괸당정치'라는 말로 규정할 때 종종 등장하는 정치적 후진성이라는 지적의 폐해를 말하기 위함이다.

사실 '괸당'이란 제주의 자연적 환경 속에서 스스로의 공동체를 유지하기 위한 상호부조적 성격이 강했다. 서로가 서로를 돕지 않으면 생존이 불가능한 제주의 환경이 만들어낸 자생적 삶의 방식이었다. 서울의 시각에서 보자면 보수와 진보라는 이념적 성향이 아닌 '괸당'에 의해 좌우되는 지역의 투표 행태는 이해할 수 없는 일인지도 모른다. 하지만 제주의 '괸당'은 제주가 만들어낸 공동체의 정신이었고 평등한 관계성에 기반한 민주주의적 삶의 태도였다. 지역의 민주주의는 그렇게 오랫동안 제주 사람들을 지켜왔고 제주의 삶을 만들어갔다. 평등하고 공정한 선거만이 민주주의라고 말하는 사람들에게 제주의 민주주의는 볼품없을 것이다. 하지만 그 볼품없음이 지역을, 지역의 사람들을 만들어낸 토양이라는 사실은 분명하다. '못난 것들끼리 못난 방식으로' 공존해왔던 민주적 삶의 토양이 있었기에 총선에서 민주당에게 표를 준 것이다. 제주가 그랬고 다른 지역도 그럴 것이다. 스스로의 삶의 조건을 선택해야 하는 순간마다 지역은 자기결정의 의무를 행사할 것이다. 그리고 그 결정은 중앙의 승인의 대상이 아니라 마땅히 받아들여야 하는 의무이다. 혹여 그 과정에서 어떤 정치 세력이 패배하더라도 그 패배는 지역의 패배가 아니라 중앙 정치의 패배에 불과하다.

이제 정치는 내려와야 한다. 중앙이 만들어낸 '의회 민주주의'라는 권좌에 취하지 않고 지역으로, 구체적 삶의 현장으로 내려오고 스며들어야 한다. 촛불광장에서 불태웠던 수많은 민주주의의 함성을 정치가 겸허히 들어야 하는 이유도 여기에 있다.

지역이라는 희망의 땅에서

이제 다시 대선이다. 이명박-박근혜로 이어지는 보수 정권 10년 동안 대한민국은 서울이 되어갔다. 서울 권력은 비대해졌고 지역은 뿌리 없이 말라갔다. 이제는 말라버린 지역에서 새로운 정치의 싹을 틔워야 한다. 지역이 힘이고 지역이 희망이다. 이제 무엇을 할 것인가. 표를 얻기 위해 지역의 유력 인사를 모으고 세를 결집하는 구태의연한 정치는 촛불의 명령에 불응하는 짓이다. 지역에서 지역의 가능성을 발견하고 구체적 삶의 공동체를 만들기 위해 노력했던 실천의 아이콘들이야말로 새로운 정치의 가능성이다.

대통령이 탄핵되자마자 개헌을 이야기하는 정치 세력의 의도는 음험하다. 권력의 끝자락이라도 잡겠다는 허망한 몸부림이다. 개헌이 아니라 정치를 바꿔야 한다. 서울의 눈이 아니라 지역의 시각에서, 저 도도하게 흐르는 지역이라는 민심의 바다에 그물을 던져야 한다. 생각해보면 그동안 한국 정치는 표면적으로는 이념의 대결장이었다. 보수와 진보라는 두 갈래의 선택지에서 서로가 서로를 공격했다. 하지만 한국 정치에서 이념은 중요하지 않았다. 오히려 지역을 어떻게 효율적으로 동원할 것인가라는 정치 공학이 이념 대결에 앞서왔다.

김수영이 "혁명은 안 되고 나는 방만 바꾸어버렸다"라고 토로했듯이 우리는 서울로 대표되는 중앙의 권력만 바꾸었다. 중앙 권력과 지역의 문제는 변하지 않았는데도 말이다. 많은 사람들이 정치인들을 보면서 '싸우지 말라'고 이야기한다. 하지만 나는 생각이 다르다. 정치는 더 많이 싸워야 한다. 중앙과 지역이라는 보이지 않는 차별의 벽을 무너뜨리기 위해 더 많이, 더 치열하게 싸워야 한다. 어찌 보면 우리 정치사는 '혁명은 안 되고 방만 바꾼' 셈이다. 지역이 지역의 문제를 스스로 결정할 수 있는 자기결정의 의무가 제대로 실현되기 위해서라도, 정치인들이 입만 열면 말하는 국민이라는 단어가 얼마나 많은 차이들로 가득 차 있는지를 드러내기 위해서라도 정치는 더 싸워야 한다.

그 싸움의 진지는 붉은 카펫이 깔린 의회의 전당이 되어서는 안 된다. 거친 자갈이 가득하고, 흙먼지 가득한 지역의 저잣거리가 우리 싸움의 진지이다. 그리고 이때 싸움의 문법은 달라져야 한다. 중앙의 권좌를 차지하기 위한 기성의 문법이 아니라 지역의 문법, 저잣거리의 문법이어야 한다. "기성 육법전서를 기준으로 하고/ 혁명을 바라는 자는 바보다"라고 김수영이 말하듯 모든 견고한 기성의 가치를 뒤집는 전복의 상상력으로 새로운 문법을 만들어야 한다. 대통령 하나 바뀌는 게 시작이 아니다.

이제 다시 시작이다. 촛불의 함성은 끝나지 않았다. 광장은 여전히 텅 빈 채 새로운 희망으로 들끓고 있다. 그 광장에서 새로운 함성이, 새로운 촛불이 켜지고 있다. 그 촛불의 가능성을, 촛불의 염원을 오롯이 안아야 하는 것은 정치의 의무이다. 그 의무를 다할 수 있는 사람, 촛불의 함성이 준 권한에 한없이 겸손할 수 있는 사람만이 지도자가 될 자격이 있다. 우리에게 필요한 것은 권력을 손에 든 승리자가 아니다. 권력이 자신을 겨누는 수많은 사람들의 날선 칼날이라는 사실 앞에 머리 숙일 수 있는 사람만이 촛불의 광장에 들어올 자격이 있다. 누가 그 자격을 가질 것인가. 누가 그 칼 앞에 진심으로 무릎 꿇을 수 있을 것인

가. 서울의 정치가 아닌 지역의 정치를, 지역의 목소리로 진동하는 칼의 함성을 들을 수 있는 사람은 과연 누구인가.

김동현
문학평론가.
1973년 제주 출생. 한국 사회에서의 '제주'라는 섬의 의미를 연구하고 있다. 이는 곧 제주를 관찰함으로서 한국 사회의 이면을 바라본다는 의미이기도 하다. 지은 책으로는 《제주, 우리 안의 식민지》가 있다.

돌아보고 내다보다
—2017년 봄, 이제 막 스무 살이 된 친구에게

장석남

이제 막 스무 살이 된 친구여. 나는 그대에게 무슨 말을 하려고 이렇게
펜을 든 것일까요. 이제 막 성장기의 터널을 빠져나와 어른들의 세계
를 두리번거릴 친구에게 그러나 나는 세상에 숨어 있는 신비와 아름다
움과 사랑의 환희에 대하여 말하여줄 자신이 없으니 그보다 두 배 반
을 더 산 자로서의 위치는 실로 딱하기만 합니다. 그 '신비'와 '아름다
움'과 '환희'가 없어서가 아니라 지금, 그에 관한 나의 말들이 쓸모없는
허언이라는 사실을 그대는 이미 자명하게 알고 있을 것으로 짐작되기
때문입니다.
　이미 영악한 아이로 교육받고 그렇게 살아가기를 결심했거나 아
니면 순정을 버리지 않고 이 세계의 신비와 아름다움을 동경하며 부끄
러움과 연민을 가지고서는 잘 살아갈 수 있는 나라가 아니라는 사실을

일찍이 눈치챘을 가능성이 농후하기 때문입니다.

지난겨울은 길고 길었지요. 시간이 길어질 리는 없으니 우리들의 마음에서 빨리 지나갔으면 하는 시간이 길었다는 뜻입니다. 어른들, 나라를 움직이는 자들의 들춰진 악취가 어느 정도인지, 또 그들이 치부를 숨기려고 어떤 표정을 짓고 어떤 거짓을 말하는지 매일매일 괴로운 장면들을 힘겹게 확인하는 날들이었지요. 국민 대다수는 그렇게 맥을 놓고 부끄러워하며, 끓는 분노를 삭이며, 무엇인가 속히 해결되는 모습을 열망하면서 괴로운 시간을 보냈던 것입니다. 속 시원히 잘못을 시인하고 용서를 구하고 죗값을 받겠다고 나서는 단 한 사람이 없었으니 그간 우리 교육은 무엇을 가르친 것이고 어떤 사람들을 기른 나라란 말인가 생각하게 됩니다. 나라의 아무 직책도 없던 시골 선비가 글 읽고 의義를 아는 것이 선비라는 뼈저린 자각하에 나라가 망하자 책임을 통탄하는 절명시를 써놓고 자진自盡했던 나라였음을 상기합니다.

나는 시를 공부한 사람이니 거창한 논변을 쏟아낼 능력도 생각도 없습니다. 시를 한 편 소개하며 떠오르는 몇 상념을 덧붙여보려 합니다. 벌써 오래전 나라 없는 백성으로, 또 해방 이후에도 애달프게 전개된 역사의 질곡에서 힘겹게 견디다 간 백석 시인의 「모닥불」이 그것입니다.

새끼오리도 헌신짝도 소똥도 갓신창도 개니빠디도 너울쪽도 짚검
불도 가락닢도 머리카락도 헌겊조각도 막대꼬치도 기와장도 닭의
짖도 개터럭도 타는 모닥불

재당도 초시도 문장(門長)늙은이도 더부살이 아이도 새사위도 갓사둔
도 나그네도 주인도 할아버지도 손자도 붓장사도 땜쟁이도 큰개도
강아지도 모두 모닥불을 쪼인다

모닥불은 어려서 우리 할아버지가 어미 아비 없는 서러운 아이로
불상하니도 몽둥발이가 된 슬픈 력사가 있다

「모닥불」,《사슴》

도입부를 볼까요? 어떤가요? 위생적으로 좀 문제가 있어 보이는가요?
지금 눈으로는 그럴지도 모르지요. 이런 모닥불은 우리 당대에는 구경
하기 힘들지요. 사라진, 우리 사회사 저편의 풍경입니다.

어느 장날, 그것이 어느 특정한 고장일 필요는 없습니다. 장터 뒷
마당 정도가 무대일 겁니다. 누구랄 것도 없이 시작되는, 추위를 임시
로 피하기 위한 모닥불의 풍경이니 온갖 탈 것 안 탈 것들, 여기저기서
그러모은 쓰레기들이라고 해도 과언이 아닐 땔감들로 구성된 불입니
다. 이 시가 발표된 연도(1936년)를 대입해보면 당시 서민들의 극심한
가난의 반영일 것입니다. 이러한 풍경은 우리 세대에도 드물지 않은
풍경이었습니다. 가난을 반영한 어떤 상징적 사물들이라고는 해도 심
각한 것은 아닙니다. 웃음기가 절로 나지요. 이 열네 가지 땔감들의 품
목은 이 장거리에 서는 간이 장의 다양함을 은유적으로 제시한다고도
할 수 있습니다. 짐작할지 모르겠지만 가난한 출신은 값나가는 장작이
타는 모닥불(있지도 않았겠지만)을 보면 제 물건이 아니었다고 하더

라도 마음이 불편했을 것입니다. 그것이 사람의 타고난 기본적인 성정입니다. 불쌍한 사람은 불쌍한 사람의 심정을 간절히 가늠합니다. 그러한 이치까지도 이 시에 있다고 하면 과장일까요?

두 번째 연은 그 불을 가운데 두고 불을 쬐는 인간 군상들을 나열하고 있습니다. 가만히 이 사람들의 면면들을 상상으로 배치하다 보면 재미있는 결론에 이르게 됩니다. 남녀노소 고하를 막론하고 차별 없이, 선후 없이 공평한 자세로 둘러서 있다는 겁니다. 심지어 "큰개도 강아지"까지도 한 자리씩 차지하고 모두가 둥그렇게 둘러서서 비록 가난한 불일망정(그 불길이 오죽했겠습니까!) 조금씩의 온기를 나누고 있는 모습이 얼마나 푸근하고 아름다운지, 얼마나 기가 막히게 감동스러운지요.

우리 조선의 역사는 어떠했나요. 양반(문반, 무반)에 사농공상에 적자 서자에, 군신이니 장유니, 남녀 구별에 그야말로 계급 계층의 층층시하를 살 수밖에 없는, 그야말로 '차별 없는 것이 없는' 시대였지요. 일제강점기는 말해서 무엇하겠습니까. 나라를 팔아먹고 작위를 받아 떵떵거리며 사는 인간이 있는가 하면 나라를 찾겠다고 풍찬노숙의 먼 북국으로 남국으로 떠돌던 의혈 청년 지사들이 있었으니 동족의 극심한 분열과 불행 속에서 이 소박한 민초들의 풍경은 차라리 가난하나 평화롭기까지 합니다. 이 모닥불의 풍경에 미운 누군가를 향한 눈 흘김과 증오와 무질서가 있습니까. 조화로운 화평이 따스함을 가운데 두고는 둘러서서 있습니다.

마지막 연에는 이 화평한 풍경 속에서 자신의 가족사를 반추하는 것으로 되어 있습니다. "모닥불은 어려서 우리 할아버지가 어미 아비 없는 서러운 아이로 불상하니도 몽둥발이가 된 슬픈 력사가 있다"라고 고백하고 있습니다. 할아버지는 '몽둥발이'입니다. 어린 시절 동상에 걸려서 발가락이 없다는 말입니다. 왜 그랬을까요? 그 '역사'의 '모닥불'에서 소외되었다는 말입니다. '어미 아비'가 없다고 내몰리고 굶주린 모진 삶을, 단지 이 땅에 태어난 죄로 살아야만 했다는 눈물겨운 고백이 아닐 수 없습니다. 슬픈 '력사'(지금 이 땅의 조악한 수준의 목청들에게 하는 말이지만 북한식 표현이라고 시비를 걸 사람들 없지 않을 것입니다. 모두가 아는 '역사'의 당시 표기입니다)라는 '큰 말'을 쓴 뜻이 여기에 있습니다.

내가 백석 시인이 이 시를 통해서 무엇을 말하고 싶었는지 감히 다 안다고 말할 수는 없습니다. 나라를 지키지 못했던 나라의 운영자들에게는 반성과 사죄의 마음을 촉구했을 것이고 당시 '이상적 공통체', 즉 '대동 세계'라는 것이 구성원들 각자가 어떤 자각을 통해 이룩될 수 있는가, 라는 질문을 이 풍경의 여백을 통해서 제시하고 있음을 눈치채는 정도입니다.

이러한, 소박하게만 보이는 이 시가 제시하는 정신은, 당시 우리 지식 청년들 앞에 제출된, 서양으로부터의 계몽에 의한 것만은 아닙니다. 당대 백석이 근대적 교육을 받은 지식인임에 틀림없지만 이미 그러한 정신은 저 고대의 동양 정신의 바닥에 유유하게 흐르고 있던 것이기도 했으니 마침 나의 고향 인천의 뜻있는 분으로부터 배달된 조그만 편액을 소개하는 것으로 마무리해보겠습니다.

대도大道가 행해진 때에는 천하가 모두의 것이다. 현명한 사람과 유능한 사람을 선발했고 신의를 강구하여 친목을 다졌다. 이 때문에 자신의 부모만 부모로 여기지 않았고 자신의 자식만 자식으로 여기지 않았다. 노인에게는 편안하게 삶을 마칠 수 있게 해주었고, 젊은 이에게는 임용되어 능력을 발휘할 수 있게 해주었으며 홀아비나 과부, 고아, 자식이 없는 사람도 모두 부양받을 수 있었다. 남자에게는 직분을 주었고, 여자에게는 귀의할 곳이 있게 했다. 재물이 땅에 떨어지는 것을 싫어했지만 그 재물을 꼭 자신에게만 사사로이 감춰두려 하지 않았다. 능력을 꼭 자신을 위해서만 사사로이 쓰려 하지 않았다. 이러한 까닭에 모략은 중지되었고 도적盜賊도 생기지 않았다. 이 때문에 바깥문을 걸어 잠그지 않았으니 이를 일러 대동大同이라 했다.

_《예기禮記》, 「예운禮運」편 2절

참으로 아름다운 문건입니다. 이 속에 우리가 어떻게 살아야 하는지 어떤 지도자를 원하는지가 들어 있습니다. 마치 저 소박하기 그지없는 「모닥불」이 이 큰 해설을 받기 위한 시인 것만 같아 신이 납니다.

지금은 민주주의의 시대입니다. 봉건시대, 제국주의 시대, 군부독재 시대를 거쳤습니다. 역사가 발전하는 것이라면 이제는 저 '뭉둥발이'가 생기는 역사가 있어서는 안 된다는 것은 상식 중의 상식입니다. 저 불 가에 더 가진 놈이 따뜻한 자리를 차지하여 앉아 헛기침을 해대는 시대가 되어서는 안 됩니다. 인간은 욕망의 존재이므로 그러고 싶은 측면이 있을 겁니다. 그런 사람은 가르쳐야 합니다. 수행이 무엇인지도 알려야 합니다. 민주주의란 민의가 천심인 시대라는 말입니다. 인내천人乃天이 그 말이요, 평등이 그 말이요, 기회균등이 바로 그 말입니다.

나는 우리 시대의 지도자는 위의 시를 읽고 가슴이 뭉클해질 수 있는 사람이라면 좋겠습니다. 저 모닥불 가에 언 푸른 손을 녹이던 사람이라면 좋겠습니다. 그런 사람이라면 분명 이 시를 읽고 가슴이 얼얼했을 겁니다. 그러한 사람은 그 사람이 살아온 내력을 보면 알 수 있습니다.

이제 막 스무 살이 되는 친구여. 신비와 아름다움과 사랑의 환희를 꿈꾸십시오. 그러한 꿈의 탐구를 통해 새로운 기술과 상상력과 나라의 화평과 세계 문명에 이바지할 수 있습니다. 아니 그러한 거창한 말이 필요하지는 않습니다. 스스로 꿈을 가질 수만 있으면 그것이 진정한 부자입니다.

분명히 저 '대동 세계'는 이상적 세계일지도 모릅니다. 그러나 그를 향해 간절히 꿈꾸고 실천하려는 의지가 우리를 살아 있게 하고 스스로를 아름답게 하고 저 먼 앞날을 내다보게 합니다. 우리는 매번 자신이 살아온 내력을 돌아보고 앞을 내다봐야 합니다. 역사를 돌아보고 앞날의 지혜를 구해야 합니다. 그리고 그에 공감하는 사람을 믿고 따라가야 합니다.

스무 살이 아픈 나라여서 슬픕니다. 스무 살의 표정들이 밝지 않아서 미안합니다. 아프니까 청춘이다 같은 섣부른 위안의 표제가 싫습니다. 미안합니다.

　이제 어른의 초입입니다. 냉수를 한 컵 벌컥벌컥 마시고 뚜벅뚜벅 걸어 나아갑시다. 곁에서 나도, 우리도 뚜벅뚜벅 따라갈 겁니다. 응원합니다.

장석남
시인.
1965년 인천 덕적도 출생. 시집 《새떼들에게로의 망명》《지금은 간신히 아무도 그립지 않을 무렵》《젖은 눈》《왼쪽 가슴 아래께에 온 통증》《미소는, 어디로 가시려는가》《뺨에 서쪽을 빛내다》《고요는 도망가지 말아라》를, 산문집 《물 긷는 소리》 등을 출간했다. 김수영문학상, 현대문학상, 미당문학상, 김달진문학상 등을 수상했다. 한양여대 문예창작과 교수로 재직 중이다.

재조산하,
그날을 기다리며

조기영

회사 9시 뉴스가 아닌 〈뉴스룸〉을 보며 '어쩌다 우리가⋯⋯' 이런 자괴감에 빠져 있던 고민정 씨는 문재인 캠프로 가 바쁘다. 정치 영역으로 건너간 그녀가 잘하고 있는지 궁금할 때마다 인터넷 검색을 해보곤 한다. 그런데 언제부턴가 한 포털 사이트에는 '고민정 고향'이 그녀의 연관 검색어 맨 앞쪽으로 올라와 있었다. 처음엔 막연히 그녀의 고향이 그렇게들 궁금한가 했다. 그런데 언젠가부터 '고민정 고향'은 내게, '내가 왜 여기 앉아 있는지 알고는 있는 거지?' 하는 표정으로 묻는 듯했다. 그래서 들어가보았다. '고민정 고향'. 내 고향은 전북 정읍. 그녀가 태어난 곳은 서울. 장인어른의 고향은 충북. 실제는 이러한데 '고민정 고향'에서는 가끔씩 '고민정 고향'을 전라도로 단정한 말들이 엉뚱한 각도에서 번득이고 있었다. 누군가 '전라도 빨갱이 부부'라는 그림

에 쓸 빨간 물감을 '고민정 고향'으로 들어와 찾고 있었던 것이다. 전라
도라는 빨간 물감 말이다.

어렸을 적 나는 "전라도 놈들은 안 돼"라는 말을 많이 듣고 자랐
다. 형제쯤 되는 말로는 "전라도 놈들은 배신을 잘해"가 있다. 경상도
나 충청도, 강원도 사람들은 자기 지역 사람들을 비하하는 말들을 들
으며 살아본 적 있는지는 모르겠다. 어린 마음에 나는 전라도 어른들
은 도대체 어떻게 살았기에……라며 어른들 몰래 뾰로통한 표정을 지
어보이곤 했었다. 그러고는 그런 어른은 되지 말아야지, 라는 희미한
호남의 신음 소리 같기도 한 다짐을 하고는 했었다. 어른들은 가끔 "조
선 놈들은 안 돼"라는 말을 내뱉기도 했는데, '전라도 놈들은 안 돼'가
'조선 놈들은 안 돼'라는 말에서 비롯되었다는 걸 알게 되기까지는 시
간이 필요했다. 일제시대 '일등국 일본'에겐 '이등국 조선'이 필요했고,
'조선 놈들이 안 돼'야 '일본이 되는' 전략적 선동이 필요했을 터. '전라
도 놈들은 안 돼'도 그런 방식으로 권력에 의해 퍼뜨려졌으리라. 고등
학교 때까지도 딴생각 하지 말고 공부나 하라던 교실은 '조선 놈들은
안 돼'와 '전라도 놈들은 안 돼'의 유전자가 같다는 비밀 같은 것은 가
르쳐주지 않았다. 물론 '조선 놈들은 안 돼' 시대와 '전라도 놈들은 안
돼' 시대 사이에서 '빨갱이 놈들은 안 돼'라는 괴물 같은 말이 태어났다
는 것도 일러주지 않았다. 어린 시절 우리는 학교에서 가르친 대로 반
공의 횃불 아래 등교했고, 유월이면 멸공의 피를 토해내는 웅변들을
들으며 지냈다. 유월의 녹음기처럼 재생되던 웅변은 같은 내용들이 같

은 무대에서 해마다 반복되었다. 똑같은 내용이 재탕, 삼탕되어도 아무 문제가 되지 않는다는 사실이 나는 이상하기도 했고, 민망하기도 했었다. 이승복 이야기나 인민군이 다가오자 가족이 발각될까 두려워 갓난 아기의 입을 틀어막아 숨지게 되었다는 슬픈 전설 같은 이야기는 웅변 모음집에서 튀어나와 친구나 선후배들 핏대를 빌려 구술되었다. 모두 웅변 모음집에서 베껴 쓰니 아무도 트집 잡지 않아 편리했지만 모두가 듣지는 않는 것 같았던 웅변대회. 생각이 좀 있다면 이런 걸 왜 하나 하는 질문이 따라 나오는 게 자연스러운 일이었지만 아무도 묻지도 따지지도 않았던 시대. '조선 놈들은 안 돼' 시대에서 '빨갱이 놈들은 안 돼' 시대를 넘어 '전라도 놈들은 안 돼' 시대에 이르기까지 권력은 '의문이 금지된 시대는 곧 질문이 금지된 시대요, 생각이 금지된 시대'라는 절망을 우리 몸에 우리도 모르게 새기고 있었던 것인지도 모른다. 대학은 그런 금단의 구역에서 빠져나온 무리들이 금지된 생각들을 너나없이 허겁지겁 집어먹으며 주린 배를 채우는 곳이 아니었을까. 생각이 금지된 영토에서 탈출하고 싶었던 우리는 다른 생각들을 보다 빨리 그리고 보다 강력하게 흡입하려 들었다. 그 세월 속에서도 반공의 영토에서는 박근혜와 최순실들, 김기춘과 김기춘들, 우병우와 우병우들이 자랐을 것이고, 다른 새로운 것들을 갈망하던 무리들 속에서는 김대중과 노무현과 문재인이, 수많은 김대중들과 노무현들과 문재인들이 나고 자랐을 것이다.

　　돌아보면 우리 근현대사가 '조선 놈들은 안 돼'를 지나 '빨갱이 놈

들은 안 돼'가 '전라도 놈들은 안 돼'와 함께 흘러온 배제와 핍박의 역
사. 적어도 전라도 사람인 내가 보기엔 그렇다. 독립운동을 하다 귀국
한 김구는 갈라진 남북을 통합하려다 암살당했고, 평화통일을 주장했
던 대통령 후보 조봉암은 간첩으로 몰려 죽임을 당했다. 역시 평화통
일과 햇볕정책을 주장한 김대중은 평생 '전라도 빨갱이'로 시달리며
살았다. 그것은 대통령이 되어서도 마찬가지였다. 그리고 김대중의 노
선을 이어받은 노무현이 대통령이 되었다. 그는 경상도 사람. 그에게
'전라도 빨갱이'라는 말은 어울리지 않았다. 친일파의 후예, 주류 기득
권은 '전라도 빨갱이'라는 주홍글씨를 대체할 새로운 전략무기가 필요
했다. 그래서 만들어낸 것이 바로 친노패권. 이것은 패권이라는 오염된
언어의 틀로 오염되지 않은 사람을 가두려는 수법. 친노패권이란 그
러니까 빠져나오려 할수록 더 깊이 빠져드는 '빨갱이'라는 주홍글씨를
개량해놓은 공격용 전략무기였다. 그런데 친노패권으로 공격하면 무
너져 흔적도 없이 사라져버릴 줄 알았던 친노는 노무현을 잃어버리자
저 남쪽 초야에 묻혀 지내던 한 사람을 긴급 호출해냈다.

갑자기 역사의 무대 한가운데로 호출된 그는 기득권 사고와는 거
리가 먼 선비에 가까운 사람이었다. 인간 노무현이 친구라고 부르기를
주저하지 않았던 사람. 평생 힘없는 사람들 주변에서 그들과 함께 울
고 웃다 노무현의 협박(?)과 읍소에 못 이겨 청와대 생활을 시작한 사
나이. 2003년 1월, 노무현의 부름으로 부산에서 상경한 그의 손에는 속
옷과 양말이 든 검은 비닐 봉투 하나가 들려 있었다 한다. 청와대에서

근무하는 동안 그는 친구들을 만나지 않았고, 동창회에도 나가지 않았으며, 고등학교 동기인 고위 공직자가 그의 방까지 왔다가 얼굴도 못 보고 가는 희한한 일들이 발생했고, 심지어 청와대 출입 기자들과도 식사나 환담 자리를 갖지 않았다 한다. 청탁 같은 은밀한 거래의 가능성 자체를 원천 봉쇄해버린 것. 문재인, 그는 정계의 천연기념물이요 돌연변이였다.

한국 사회 특성에 비춰 무모해 보이기도 했지만 그의 행동은 단순한 것이었다. 그러나 그의 단순하기 그지없는 행동에 기득권의 주특기 뒷거래는 갑자기 작동 불능 상태로 빠져들었을 터. 청와대에 파견된 기자들의 보고를 받은 기득권은 난생 처음 보는 유전자 앞에서 최소한 뒷골 신경이 수축되는 긴장 정도는 했을 것이다. 한국 사회의 학연, 지연, 혈연관계가 모두 은밀한 거래의 무기요 수단이라는 사실에 비춰 보면 불온한 거래를 원천 봉쇄해버린 문재인이 기득권에게 어떤 존재로 다가왔을지 상상해보는 것은 그리 어려운 일이 아니다. 팥쥐 어미가 콩쥐를 곤경에 빠트리는 음모, 놀부네가 흥부 뺨을 주걱으로 후려치는 느낌의 혐오, 뺑덕어멈 심봉사 등쳐먹는 소리 같은 협잡을 변주한 교향곡들이 문재인을 끌어내리기 위한 뉴스로 기이하게 흘러나오는 게 지금의 현실. 그렇다보니 기득권이 제일 무서워하는 혁명이란 단어가 그들 입에서 불쑥불쑥 튀어나오기도 한다. 문재인 대처 매뉴얼이 없다 보니 혁명이란 단어라도 활용해 불안을 조장해보자는 의도였을 것이다. 공평무사한 사정 원칙, 사리 분별이 분명한 행동, 단순하고 기본적인 삶의 원칙만으로도 어느 순간 문재인은 기득권에게 공산주의 혁명보다 더 무서운 존재가 되어 있었던 것이다.

문재인이 청와대에서 사람들을 만나지 않았다는 것은 연고주의 적폐 해소라는 대의에 비춰 충분히 이해되고도 남는 측면이 있다. 그런데 기자들까지 그럴 필요가 있었을까 하는 의문이 드는 것도 사실. 언론과 이래도 될까 싶은 불안, 정치인은 언론과 잘 지내려 노력하는 게 일반적이라는데 하는 노파심, 국민의 알 권리를 너무 가볍게 여기는 것 아닌가 하는 기우에 걱정이 증폭되기도 한다. 하지만 언론에 잇따르는 문재인 오보 행렬과 교차 검증을 거치지 않는 고의성 다분한 기사, 이런 기사들을 소재로 방송에서 불쏘시개질을 해대는 독한 혀들을 보면 문재인보다 언론 상태가 더 걱정되는 게 현실. 공정 사회를 위해서는 공직자와 언론 모두 건강해야 한다는 대의에 이의를 달 수는 없을 것이다. 해서 문재인 검증은 대선 주자들 검증과 함께 과하다 싶을 정도로 진행 중이니 나는 문재인을 검증하는 언론을 살펴보는 것도 괜찮지 않을까 하는 생각을 했다. 누군가를 존중하기 전에 존중받을 만한 존재인지를 살피는 것이 사리에 어긋나는 일은 아닐 테니까. 네가 감히 언론을, 하는 시선으로 보는 사람도 있겠지만 입법·사법·행정에 이어 제4부 권력이라 불리는 언론을 향해 문재인에 대한 검증처럼 현미경은 아닐지라도 돋보기 정도는 대볼 수 있는 일 아닌가. 아주 개인적인 각도로 말이다.

몇 해 전 논술 학습지 회사에 다니는 지인에게 들었던 얘기다. 지인이 광고를 실을 일이 있어 신문사에 전화를 걸었다 한다. 아마도 당신이 상상하는 그 신문사 맞을 것이다. 이러이러한 내용으로 광고를 내려면 얼마나 들까요,라는 질문에 전화기 너머 신문사 직원은 대뜸 이랬다 한다.

　　"네. 기사 포함 ○○○원 입니다."

　　지인의 탄식이 흘러나온 이 말을 번역기에 돌려 보면 이런 문장이 된다.

　　'이왕 전화주신 거 저희가 기사로 홍보도 해드리도록 하겠습니다. 그렇게 하면 광고까지 해서 ○○○원 입니다, 고객님.'

　　신문이 집 대문에 붙어 있는 광고 전단지와 본질에서 다를 게 없는 기사를 쓰고 있다는 것, 독자들이 상상하고 싶지 않은 일일 것이다. 기업 후원으로 해외에 다녀온 뒤 해당 기업 홍보 기사를 대문짝만 하게 실어놓는 게 투철한 저널리즘의 결과물이 아니라는 것쯤은 이제 우리도 안다. 신문 지면에 부동산 기사나 분양 광고가 흘러넘친다는 것, 분양 광고가 한 면을 통째로 차지하고 돈의 위력을 과시한다는 것 등등에 비하면 광고 홍수로 기사를 보기도 힘든 온라인 기사들은 애교에 가깝다. 소비자의 알 권리는 언론이 돈 벌 권리로 대체된 지 오래다. 기사가 돈의 힘으로 휜다는 것, 기자가 돈에 길들여지고 있다는 것, 언론이 정의보다 돈에 민감하다는 것, 모두 건강 사회의 징후는 아니다.

　　하루는 그녀가 씩씩거리며 퇴근했다. 아이들과 빵집에 들렀다 남녀 대화를 듣고 온 뒤였다. 아이들과 앉아 있으니 평범한 주부라고 생각했는지 옆에 앉아 있던 남녀의 대화는 거침이 없었다 한다. 그들의 대화 한 자락.

"아니, 누가 요즘 최순실을 알고 싶어 하냐고요. 뭐 이런 걸 취재하래! 참, 어이가 없어서!"

"그러게나 말이다. 뭐냐, 이게!"

10월 24일 이전 대화였다. 손석희의 〈뉴스룸〉이 최순실 태블릿피시 입수 기사를 내보낸 날이 2016년 10월 24일. 그녀의 뇌리를 최순실이라는 이름이 예리하게 찌르고 지나갔을 터. 최순실이라는 이름의 어두운 그림자가 이미 사람들 입에 오르내리고 있을 때였다. 누가 저런 멍청한 소리를 하나 듣고 있는데 남자가 자기소개를 하며 걸려온 전화를 받더란다. 회사 후배 기자였다. 그들은 최순실 취재 전담 태스크포스팀으로 차출되었는데 사람들이 관심이나 있겠냐며 쓰나미처럼 밀려올 최순실 사태를 예감하지 못한 채 함께 분을 삭이고 있었던 것. 보통 사람들과 한참 동떨어진 현실 인식은 그들이 최순실처럼 기득권의 무리를 이루고 있는 사람들이라는 생각을 하게 했다. 집에 들어온 그녀의 긴 탄식이 저녁 밥상을 지배했다.

기자들은 대개 브리핑룸에서 발표된 내용들을 기자실에서 신문사나 방송국으로 보낸다. 기자실은 아무나 들어올 수 없는 곳으로 기자들에 의해 '성역화'되어 있는 곳이 많다. 「동일 취재, 동일 침묵 기레기의 씨앗 기자단」이라는 제목의 기사(한겨레 2014. 5. 31)를 보면 '성역이 되어 있는' 기자실 실상을 조금은 엿볼 수 있다. 피곤에 지친 수습 기자가 기자실 소파에서 깜빡 잠들었는데 감히 수습이 어디서 잠을 자 냐며 나가라고 육두문자를 날리고, 기자실에 전화한 수습이 먼저 신분 을 밝히지 않았다고 상상할 수 없는 욕설을 전화줄로 배달하는 장면을 읽다 보면 기자단에 조폭이 잠입해 암약하고 있지 않은가 하는 착각을 불러일으키게 된다.

이 기사에는 기자의 '성역화 병증'도 정확하게 묘사되어 있다. 어 느 해 가을, 어린이가 유괴된 사건이 발생했다. 보도 유예, 엠바고가 발 동되었다. 수사 중 아이는 주검으로 발견됐고 경찰은 공개수사로 전환 했다. 그때 경찰의 중간 브리핑이 있었는데 브리핑실에 전에 못 보던 사람들이 나타났다. 방송사 아침 프로그램 아줌마 기자단이었다. 그들 을 본 기자단 대표가 "저것들은 뭐냐!"라고 소리쳤다. 이어 '성역화의 병증'으로 기록될 만한 한마디.

"여기가 어디라고…… (경찰 간부들을 향해) 관리를 이렇게밖에 못해?"

사건과 기사 사이, 기사와 기자 사이에 있었던 일들을 우리는 알 지 못한다. 문제의식을 가진 기자에 의해 이렇게 의심의 일단을 살짝 들여다볼 수 있을 뿐. 기자실이 기자들 돈으로 운영되는지, 해당 기관 에서 제공한 것인지 나는 알지 못한다. 다만 서로 필요에 의해 만들어 진 것이 분명한 기자실이 소수 기자들의 배타적 권위를 행사하기 위해 만들어진 곳은 아닐 터. 성역화는 우상화의 밑돌 아닌가. 어쩌면 우상 화까지는 어려울 것 같으니 수습들을 괴롭힘으로써 선배들 격을 높이려는 눈물겨운 자율 방범 활동인지는 모르겠다. 어쨌든 기자실 모습은 일반인의 상상을 뛰어넘는, 군대에서나 보았던 폭력적 풍경들을 양산하는 곳에 지나지 않는 듯하니 걱정이 앞설 수밖에.

　이런 종류의 불편한 진실들을 이미 수없이 봐온 결과인지, 어떤 결심을 한 것인지 문재인은 언론과 불화했다. 불화의 한 절정은 아마도 2007년 청와대 '취재 지원 시스템 선진화 방안' 발표였을 것이다. 지방 중소 언론과 인터넷 언론 모두 메이저 언론사와 똑같이 대하겠다는 것이 이 방안의 핵심. 국민이 보기에 아무런 문제가 없는 이 원칙적 조처에 언론은 벌떼처럼 일어섰다. 그때 청와대 비서실장이 문재인. 언론은 일제히 청와대를 향해 포문을 열었다. 내용이 정반대인데도 언론은 '취재 지원 시스템 선진화 방안'을 언론 대학살로 일컬어지는 전두환의 '언론 통폐합'과 같은 내용으로 몰아갔다. 공갈이 뒤섞인 전형적인 왜곡 기사였다. 기자들은 정부 청사 로비에 박스를 깔고 기사를 쓰는 퍼포먼스를 선보였다. 조선 현종과 숙종 때 북벌을 주장했던 윤휴는 모자란 국가재정을 충당하기 위해 양반도 세금을 내야 한다는, 당시로서는 혁명적 주장을 펼쳤다가 사문난적으로 몰려 죽임을 당했다. 특권을 누려온 조선의 양반은 '상놈들처럼' 징세 대상이 된다는 것 자체를 받아들이지 못했다. 결국 윤휴의 주장은 송시열을 비롯한 노론의 정적 제거 구실로 이용되고 말았다. '취재 지원 시스템 선진화 방안'에 벌떼처럼 일어선 언론은 지방 중소 언론과 인터넷 언론을 '조선의 상놈들'로 여겼는지도 모른다. 언론은 송시열을 비롯한 노론의 모습과 크게 다르지 않았다.

　사실 대언론 브리핑에는 쓸 만한 기삿거리가 없다. 브리핑 내용은 대개 지면이나 화면을 채우기 위한 단순 정보 보도의 재료에 불과하다. 진짜 기사는 브리핑 내용에 있는 것이 아니라 브리핑 내용 뒤에 숨어 있는 경우가 대부분. 하지만 브리핑을 듣고 있는 기자들은 브리핑 뒤쪽으로 관심을 돌리지 않는다. 언론이라면 브리핑에서 볼 수 없는 브리핑 속 이해관계와 그 이해관계에 얽힌 인물과 그 인물이 속한 집단의 불온한 이익들을 들춰내며 사회에 미치는 영향을 분석하는 게 기본. 사회의 소금 역할을 하는 기사는 브리핑룸이나 기자실에서 써지는 게 아니라 추적과 탐사, 위협과 위험까지도 감수한 발에서 나온다고 나는 믿는다. 하지만 기자들은 기자실에서 발을 꼬고 앉아 '폼나게' 기사 쓰기를 포기하지 않는다. 진짜 기사를 써도 나가지 않을 것을 알기 때문에 진짜 기사를 포기하고 '폼나게' 기사 쓰는 것에나 집중하려 하는 것인지도 모른다. 이미 이해관계 당사자이거나 이해 당사자와 물밑으로 거래를 주고받은 언론이 진실을 들춰내는 것에 관심이 없는 것은 당연한 일. 어쩌면 관심을 꺼주었으면 하는 게 본심에 더 가까울 것이다. 어떤 사안을 들춰 추적하다 보면 기득권과 거래로 얽힌 언론과의 관계가 드러나고, 자신들을 향해 법의 칼날이 날아들 것임을 그들은 그 누구보다 더 잘 알고 있을 것이다. 언론이 외려 진실을 기피하는 사회, 우리는 지금 목불인견의 언론 지옥에 살고 있는 것인지도 모른다.

그럼에도 불구하고 최순실의 태블릿피시를 물고 늘어지며 잇따라 권부의 문란하고 부조리한 행태를 기사로 쏟아내고 있는 〈뉴스룸〉을 보면 아직 우리에겐 희망이 있다는 생각을 하게 된다. 반기문 전 유엔 사무총장이 귀국하던 날의 〈뉴스룸〉을 기억한다. 반기문의 귀국 소식은 기존 방송 문법으로 보면 머리기삿감. 그러나 〈뉴스룸〉은 반기문 귀국 기사를 뉴스 시작 40분이 다 된 8시 39분이 되어서야 단발성 기사로 내보냈다. 사실상 반기문은 대통령에 도전할 자격이 없다는 태도였다. 그것은 퇴임 후 일정 기간 정치 활동을 금지해온 유엔 사무총장의 공직 제한 결의안 무시 행보에 대한 공개적인 이의 제기였고, 자신이 총괄했던 유엔이라는 조직의 불문율을 깨트린 것에 대한 사실상의 책임 추궁이었다. 유엔의 불문율이라는 것은 문자로 서 있지 않아 지키지 않아도 되는 것이 아니라 문자로 새겨두지 않아도 될 정도로 당연한 것이라는 〈뉴스룸〉의 지적은 타당한 것이었다. 그날 〈뉴스룸〉의 반기문 보도는 한강을 가로질러 대권의 바다로 나아가려는 반기문호 갑판에 구멍을 낸 포탄 같았다.

관행처럼 이어지던 뉴스 문법을 모두 뒤집고 있는 〈뉴스룸〉은 세월호 보도에서 보듯 문제가 되는 지점을 집요하게 파고들어 제도와 구조의 모순을, 당사자들의 이해관계와 실책과 거짓을 드러내기를 주저하지 않는다. 그 중심에 손석희가 있다. 하루 이틀 시간이 지나면 아무것도 해결되지 않았음에도 기사 배치 순서를 점차 뒤로 내려 세간의 관심을 돌리는 게 기존 언론의 문법. 내용도 없는 정치인의 동정 보도를 뉴스 전면에 배치해 기득권의 이익을 등에 업은 정치인의 존재감을 교묘하게 키워주는 것도 기존 언론의 관행. 그러나 손석희의 〈뉴스룸〉은 제기된 주요 의제들을 기사 배치 수법으로 희석하지 않았고, 정치인의 단순 동정 같은 것에는 관심조차 두지 않았다. 〈뉴스룸〉은 사회의 걱정들을 제거하는 칼, 정의에 굶주린 영혼의 메스 같았다.

그런 손석희와 〈뉴스룸〉에는 잘은 몰라도 기득권의 펄펄 끓는 분노가 배달되고 있을 것이다. JTBC를 향해 날아드는 가짜 소송과 진짜 소송이 그 예. 문재인에게 줄곧 화풀이를 해온 것처럼 기득권은 손석희의 〈뉴스룸〉에도 화력을 집중시킬 것이다. 문재인이 청와대에서 기본적인 삶의 자세로 기득권의 문법을 뒤집으며 위험인물로 떠올랐듯 손석희도 언론인의 기본자세로 언론의 관습과 관행을 뒤집으며 기득권을 흔드는 요시찰 대상 인물로 떠올랐기 때문이다. 아직 문재인도 손석희도 기득권에 투항할 기색은 없는 듯하다. 기득권의 공격은 한층 더 거세질 것이다. 하지만 그들이 기조를 바꾸지 않는다면 기득권에게는 적어도 감당하기 어려운 시험이 될 것이고, 사회에는 체질 개선 보약이 될 것이다. 그들에게 기득권이 화력을 쏟아붓고 있는 이유다.

언론을 둘러싼 환경은 급변하고 있다. 종이 신문은 미래 어느 순간 사라지리라는 게 대체적인 관측이다. 그 와중에도 슬픈 미래를 외면하며 이익에 방해가 되는 특정 정치인을 주저앉히려 혈안이 되어 있는 언론을 보면 안쓰럽기까지 하다. 1987년 6월항쟁 때의 환경이었다면 기득권 언론의 공격은 성공을 거뒀을지도 모른다. 그때는 특정 후보를 죽이기 위해 왜곡 기사를 내보내도 속수무책이었다. 30년이 흐른 지금은 어떤가. 오보나 왜곡 기사가 뜨면 네티즌들의 집단적·입체적 조사를 통해 즉각적인 반박이 인터넷과 SNS에 이어진다. 왜곡 기사로 진실을 호도할 여지가 현저히 줄어든 것이다. 2017년 현재 지지율 선두 문재인이 온갖 왜곡 보도에도 불구하고 대선 후보로 건재한 이유다.

과거 정치 지도자들은 사적인 만남과 좌담, 간담회 등 기자들과의 스킨십을 통해 언론을 관리했었다. 언론 이외에는 자신을 알릴 도구가 거의 없었기 때문이다. 언론을 통해 자기주장을 펴고, 언론을 통해 이미지를 만들고, 언론을 통해 지지자를 모으고 국민과 만날 수 있었다. 정치인이 언론에 약할 수밖에 없는 구조였다. 요즘은 과거와 달리 정치인이 원하기만 하면 언제 어디서든 바로 대중과 소통할 수 있는 환경이 조성되어 있다. 정치인이 언론 이외에도 자신이 확보한 스피커, SNS를 통해 자기주장을 대중들에게 여과 없이 전할 수 있는 시대가 열린 것이다. 문재인의 트위터 팔로워 수를 보라. 128만, 허수를 뺀다 해도 백만 대군이다. 매일 문재인을 읽고 있는 사람이 백만이라는 얘기다. 웬만한 언론사 독자 수를 훌쩍 뛰어 넘는다.

정치인 문재인이 백만 팔로워 시대를 선보인 트위터나 페이스북, 인스타그램 등의 SNS에서는 쌍방향을 넘어 복합 소통이 이루어진다. 이에 비해 언론 보도는 그것을 접하기 위해서는 일방의 내용을 받아들이는 수동적 자세를 취해야 한다. 언론사에서 내보내는 것을 읽거나 보기만 할 수 있는 것. 한마디로 일방통행이라는 얘기. 댓글이라는 보완 장치가 있긴 하지만 직접 소통 흐름과는 거리가 있다. 한때 시대를 선도하는 존재였지만 그 태생적 한계로 인해 이제는 SNS라는 형식으로 출현한 새로운 존재 양식들에게 밀리고 있는 것. 언론은 과거고, SNS는 현재다. SNS를 눈여겨보며 시대의 흐름을 간파한 백만 팔로워 족장 문재인, 검증이라는 미명하에 무릎을 꿇을 것을 강요하는 언론, '문재인 오보'가 자동 완성어로 뜰 정도의 기사 폭력, 왜곡 기사로 문재인을 흔들면 바로 사실이 아님을 보여주며 소요를 진압하는 SNS, 이들을 두루 접하다 보면 그도 언론보다 SNS를 더 가깝게 느낄 수밖에 없지 않을까. 어쩌면 마음은 언론 치하에서 SNS로 여러 번 망명을 시도했을 것이다. 그래도 언론을 떠나서도 안 되고, 떠날 수도 없다고 생각할 그에게 언론에 목매지 않도록 시대가 SNS라는 특별한 선물을 안긴 거라고 생각하면 마음이 조금 따뜻해질 때가 있다. 그의 SNS 활동을 언론을 피한다거나 무시한다고 트집 잡을 수도 있겠다. 언론이 그에게 벌여온 일들을 생각하면 더욱 그렇다. 그러나 언론보다 한 걸음 앞서 가려는 노력이며, SNS 시대에 보조를 맞춰 가는 동행이라 생각한다면 이해 못 할 바는 아니다. 청렴도에 열등한 족속, 언론 입장에서는 오만하게 보일 수도 있겠다. 그래서 대통령 다 된 것처럼 군다고 떠들어대는 것일 게다. 이것 역시 도덕적으로 열등한 팥쥐들의 질투일 수 있으니 그 심정 헤아려보면 못 할 말까지는 아니라 생각하여 문재인은 크게 신경 쓰지 않는 듯하다. 오히려 나가보니 대세 맞는 것 같다며 너스레다. 시대에 앞서 나가니 변화에 적극적인 젊은 층도 문재인에 호의적이다. 그 증거가 젊은 층의 절대적인 지지. 상대적으로 많은 나이에도 불구하고 세상의 변화를 적극적으로 받아들이고 능동적으로 대처해 나가니 젊은 세대는 그의 생각이나 감각이 자신들과 차이가 없다고 느끼고 있는 것일 게다. 트위터나 페이스북 등을 주위 관계자에게 맡기지 않고 직접 관리하는 문재인에게 언론과 SNS, 자신의 관계를 써보라 하면 이런 문장을 남기지 않을까.

'언론이라는 사회적 공기가 내게 유독 과도하게 친절하려 드니 몸 둘 바를 모르겠다. 이제 나는 내 원칙에 맞게 원칙에 맞지 않는 과도한 친절을 사양하고 내가 공들여 마련한 스피커를 활용해보겠다. 언론은 나를 계속 검증하시라. 나는 국민들과 직접 소통해보겠다. 다만 언론도 시대에 뒤쳐지면 도태된다는 것만은 명심하시라.'

지금은 2017년, 1987년이 아니다. 1987년 언론 앞 정치인과 2017년 언론 앞 문재인은 다르다는 것, 분명한 차이인데 지금 언론만 그것을 모른다.

참여정부 시절 지율 스님의 단식투쟁을 기억한다. 천성산과 북한산 터널 공사를 두고 자연 그대로의 이상을 꿈꾸었던 지율 스님과 자연 그대로의 이상을 꿈꿀 수만은 없었던 청와대 수석 문재인은 서로 다른 입장에 서 있었다. 한편에서는 비용을 낭비한다고, 한편에서는 자연을 훼손한다고 아우성이었다. 주장은 첨예하게 대립했다. 한쪽 주장을 하는 사람이 국민이라면 다른 한쪽 주장을 펼치는 사람도 국민. 어느 한쪽을 그르다고 몰아갈 수만은 없었다. 문재인은 거의 매일 단식 장소를 찾아 지율 스님을 살피며 단식을 푸시라 설득했다. 스님과 반대편에 서 있었지만 그는 스님을 고발하지도 않았고 방치하지도 않았다. 약하다고 무시하지 않았고, 의견이 다르다고 적으로 돌리지도 않았으며, 공권력을 동원하는 쉬운 길을 선택하지도 않았다.

그리고 또 하나의 단식, 세월호 참사 진상 규명을 위해 목숨을 걸었던 유민 아빠 김영오 씨의 단식을 기억한다. 난데없는 프라이드치킨 부대는 등장했지만 권력은 단식 장소에 얼씬거리지 않았다. 정부는 정권의 명운을 건 듯 진상 규명을 막았다. 공교롭게도 김영오 씨의 고향도 나와 같은 전북 정읍. 어김없이 '전라도 빨갱이'라는 말이 등장했다. 김영오 씨 목숨은 희미해지는데 진실 규명에 아무런 진전이 없자 문재인은 조용히 김영오 씨 곁으로 가 함께 단식을 시작했다. 우리는 세월호 참사를 다루는 권력을 보면서 국민을 대하는 정부의 격을 두 눈으로 아프게 확인할 수 있었다.

인간의 품격은 약자를 대하는 자세에서 나오고 강자의 공격을 견디는 태도에서도 드러난다. 그것은 하루아침에 길러지는 것이 아니다. 세월의 풍파에 깎이면서도 꺾이지 않고, 휘면서도 스스로를 세워온 사람의 삶에서 길러져 생의 중요한 국면에서 자연스럽게 배어나오는 것이다. 그것은 겨울을 견디고 온 봄날의 라일락 향기 같은 것일 수도 있고, 여름 뙤약볕 아래 나무 그늘 같은 것일 수도 있고, 겨울 처마에서 눈의 눈물을 먹고 있는 고드름 같은 것일 수도 있다. 품격은 형식도 없고 형체도 없지만 우리는 그것을 느낀다. 우리 앞에 서 있는 문재인이 그렇다.

재조산하再造山河, 문재인의 거짓 없는 눈으로 이룰 세상을 생각한다.

조기영
주부, 시인, 한 여자의 남편, 어느덧 두 아이의 아빠.
1968년 전북 정읍 출생. 시집 《사람은 가고 사랑은 남는다》와 소설 《달의 뒤편》을 출간했다.

호락호락하게
잊지 않을 사람

박주민

2014년 4월 16일, 대한민국 국민은 그날을 절대 잊지 못할 것이다. 안산 단원고등학교 학생 325명을 포함, 승객 476명을 태운 세월호는 제주도로 향하던 중 전남 진도군 앞바다에서 침몰했다. 다른 국민들과 같이 나는 이 참사에 거대한 분노와 슬픔을 느꼈고, 작은 도움이라도 되고자 했다. 이후 2년 가까운 시간 동안 안산 단원고 가족분들 옆에서 법률 자문을 드리는 활동을 했다. 국회 처마 밑에서, 청운동에서, 광화문에서 농성을 하는 가족분들 옆에서 큰 도움은 안 되었을지라도 곁을 지키고자 하였다.

시간이 흐르면서 검찰이 수사를 통해 사고 원인을 발표했지만, 국민들이 이해하고 납득하기엔 역부족이었다. 논리적으로, 심정적으로도 이해할 수 없는 상황은 그 이후에도 계속 이어졌다. 참사 발생 역시 오리무중일 뿐 아니라 사고 수습 과정도 의문투성이다.

왜 침몰했고 구조에는 왜 실패했는지조차 제대로 규명되지 않은 채, 어느덧 2017년이 되었다. 그동안 '4·16 세월호 참사 진상 규명 및 안전 사회 건설 등을 위한 특별법'이 제정되고, 4·16 세월호 참사 특별 조사 위원회가 발족했지만, 정부는 2016년 9월 30일 특조위의 활동을 강제로 종료시켰다. 여전히 진상 규명은 되지 않고 있으며, 그간 정부가 사건을 은폐하고 언론마저 장악하려 했던 정황마저 속속들이 밝혀졌다.

박근혜 전 대통령은 세월호 참사 당일 일곱 시간 동안 자리를 비웠으나, 국민이 납득할 만한 설명을 아직까지 내놓지 못하고 있다. 심지어 대통령이 세월호에 대해 제대로 파악조차 하지 못하고 있음도 여실히 드러났다. 다들 기억할 것이다. 오직 박근혜 전 대통령만이 세월호 참사의 날짜를 제대로 기억하지 못했다. 그사이 세월호 유족들이 받은 상처는 차마 말로 표현할 수 없을 정도에 이르렀다.

나는 묻고 싶다. 정부는 세월호 침몰 직후부터 2017년 지금까지 도대체 무엇을 하고 있었는가? 세월호 유족들이 아이들의 영정을 가슴에 품고 청운동 주민센터 앞에서 대통령과의 대면을 요구할 때, 정부는 차벽을 세우고 공권력을 투입해 유족들의 길을 막았다. 인양은 미뤄져 세월호는 1072일 동안이나 차가운 바다 아래 잠겨 있었다. 해수부 등 관련 기관들은 유족들이 받는 보상금의 액수를 부풀려 언론에 흘려 상처를 입혔다.

박근혜 전 대통령은 2014년 4월 16일에도 그러했고, 오랫동안 아무런 의지가 없었다. 골든타임을 허망하게 흘려보낸 그날처럼, 박근혜 정부는 막을 내릴 때까지 세월호 참사를 해결할 의지는커녕 유가족들을 보듬어야 할 사람들로도 보지 않았다. 도리어 정권 유지의 장애물로, 자신들의 권력을 위협하는 방해물로 여겼다.

김기춘 실장의 지시를 살펴보면 이러한 의혹은 진실에 가깝다. 김영한 민정수석의 비망록에 적힌 김기춘 실장의 지시 내용은 대충 이러하다. '세월호 특별법은 국난을 초래하고, 유가족들은 좌익세력이며, 김영호 씨 단식에 국민적 비난이 가해지도록 언론을 지도하라,' 또한 '세월호 시신 인양 금지'라는 메모도 공개되었다. 이 메모만 보더라도 박근혜 정부는 애초부터 진상 규명에는 전혀 관심이 없었다. 오히려 세월호 참사의 진상 규명을 요구하는 유가족뿐만 아니라 연대하는 시민들을 눈엣가시로, 좌익 단체로, 경계와 탄압의 대상으로 규정했다. 나아가 언론을 이용해 유가족뿐만 아니라 국민들을 억누르고 분열시키는 데 더 공을 들였다. 하물며 정부의 공적 자원, 이른바 정보기관 사람들에게 관련자들의 대화를 감청케 하는 짓까지 서슴지 않았다.

실제로 유민 아빠 김영오 씨의 고향에서 개인 정보를 수집하고 유가족 무리에 잠입해 대화를 엿듣기도 했다. 한마디로 박근혜 정부는 참사 직후부터 끝까지 자신들의 정권 강화, 정당 유지 외에는 관심이 없었던 것이다. 대한민국의 정부가 부도덕한 걸 넘어서 이토록 비인간적인 정부였다니, 나뿐 아니라 대한민국 국민 모두가 배신감에 치를 떨었다. 심지어 이게 나라냐는 절망감을 느끼기까지 했다.

광화문에 촛불을 밝히고 선 시민들을 보라. 그들은 단순히 세월호의 진상 규명만을 위해 모인 것이 아니다. 최순실과 그 측근들에 대한 심판과 처벌만을 바라서도 아니다. 최순실의 태블릿피시 보도 이후 국민들의 분노는 횃불처럼 타올랐다. 분노는 새로운 세상에 대한 격렬하고 절박한 갈망으로 이어졌다. 당연한 결과라고 나는 생각한다.

대한민국의 국민들은 무지하지 않다. 대한민국의 국민들은 둔감하지 않다. 하지만 나는 광화문에 모인 촛불시민들이 한목소리로 외치는 새로운 세상에 대한 요구는 2014년 4월 16일부터 시작되었다고 믿고 있다. 세월호 아이들에 대한 미안함과 일곱 시간에 대한 의아함은 누구에게나 있었다. 불은 바로 거기에 옮겨 붙은 것이다. 이 불은 누구도 진압할 수 없다. 국민 스스로가 손안에 쥔 촛불을 거둬들이기 전까지는.

진상 규명이, 재발 방지 대책 마련이 제대로 진행되지 않고 있는 지금, 침몰은 아직 끝나지 않고 여전히 진행 중이다. 대통령이 자리를 비운 일곱 시간 동안 무얼 했었는지 밝히는 것만으로는 충분한 해명이 되지 못한다. 세월호 참사와 같은 일이 재발되지 않기 위해서는 세월호 참사의 원인, 구조 실패의 책임, 이후 참사에 대해 왜곡하려 했던 시도들의 배후 등을 모두 밝혀야 한다. 그리고 참사의 재발을 막기 위해서는 안전을 위한 제반시스템을 마련하는 것을 넘어서서 진실을 제대로 규명하지 못했던 검찰 등 수사기관, 진실을 보도하기보다는 정권을 위한 보도에 매진했던 언론기관 등에 대한 개혁도 필요하다. 이런 점에서 보면 최근 촛불집회에서 국민들이 목청 높여 요구하는 개혁만이 해결책인 것이다. 그렇기에 적폐 청산을 단순히 정치 보복을 위한 수단으로 폄훼하는 건 옳지 않다.

이제 곧 치러질 대선에서 어떤 사람이 지도자가 되어야 위에서 언급한 의미의 '세월호 문제 해결'에 다가가게 될 것인가? 세월호 참사를 제대로 해결하여 유사한 참사가 재발되지 않게 하기 위해선 무엇보다 사람에 대한 애정을 가지고 있는 지도자가 필요하다고 생각한다. 세월호 참사의 원인이 사람보다는 돈을 앞세웠던 기업, 그러한 기업을 감시해야 하는 정부의 기업과의 유착 등이었고, 사람보다는 정권의 안위를 앞세웠던 정부가 참사의 해결과 치유가 아니라 은폐와 탄압을 선택하였기 때문이다. 세월호 유가족들은 두 번 세 번 죽이는 것이나 진배없었던 박근혜 정권을 대신할 정권에게 국민이 요구하는 가치는 바로 그러한 것 아니겠는가?

돈이나 정권 유지 및 강화를 제1의 가치로 두지 않고 국민을 진정으로 사랑하고 아끼는 지도자가 지금은 절대적으로 필요하다. 다행히 탄핵 이후 등장한 더불어민주당의 잠룡들은 모두 그러한 면모를 갖추고 있다. 나는 그 부분에서 대한민국의 미래에 희망을 갖는다.

그중 한 사람인 문재인 후보에 대해 이야기해보겠다. 지난 총선 때였다. 은평구에 출마한 나를 위해 문재인 후보가 선거 유세를 도와준 적이 있다. 역촌동의 노인복지 센터를 함께 돌았을 때의 일이다. 마침 식사 시간이었다. 테이블 사이를 돌아다니며 인사를 하다가, 누군가의 옷자락에 걸렸는지 식사 중이시던 어르신의 숟가락이 바닥에 떨어졌다. 문재인 후보가 얼른 깨끗한 숟가락을 가져오라고 수행비서에게 부탁한 뒤, 다른 어르신들에게 인사말을 건네고 식사를 돌보아드렸다. 워낙 바쁜 일과를 소화하던 시절이라 나조차 좀 전에 떨어트린 어르신의 숟가락을 잊었다. 아마 문재인 후보의 수행비서 역시 정신이 없었던 모양이다.

어르신에게 인사를 모두 마치고 내가 그만 가자고 했었다. 곧바로 다른 일정을 수행해야만 했던 터라 내 마음이 급하기도 했다. 그랬더니 문재인 후보가 내게 벌컥 화를 내는 게 아닌가. 아직 숟가락이 오지 않았다는 것이다. 그 순간, 나는 문재인 후보가 사람을 얼마나 소중하게 여기는지를 다시 한 번 엿볼 수 있었다. 김관홍 잠수사가 돌아가셨을 때도 그러했다. 당시 히말라야에 머무르고 있었던 문재인 후보가 화환을 보내왔다. 나는 솔직히 화환을 보내준 것만도 대단하다고 생각했다. 그런데 문재인 후보는 그게 마음에 두고두고 걸렸었나 보다.

귀국하자마자 내게 연락이 왔다. 김관홍 잠수사의 가족들을 찾아 뵙고 싶다는 게 요지였다. 그러면서 김관홍 잠수사의 아이들이 가지고 싶어 하는 선물에 대해 세세히 물어보았다. 나조차도 신경을 제대로 못 쓰고 있었는데 문 후보의 이런 태도가 나 스스로를 매우 부끄럽게 만들었다.

크리스마스가 얼마 남지 않았을 무렵 함께 방문하기로 약속하고 날을 잡은 뒤, 다시 한 번 연락이 왔다. 김관홍 잠수사의 아이들이 뭘 좋아하는지, 뭘 갖고 싶어 하는지 알아봐달라는 내용이었다. 대부분의 사람들이 사람을 존중하고 사랑하지만 그 마음을 매번 예의 있게 드러내는 일은 참으로 어렵다.

내가 겪은 문재인 후보는 사람에 대한 애정과 예의를 가장 중요시하는 사람이다. 그런데 어떤 사람들은 그에게 순하다, 선비 같다는 평가와 함께 과감하지 못할 것 같고, 그래서 지난 정권을 단호하게 처벌하기엔 뭔가 부족하다는 말도 더러 한다. 나는 그러한 평가에 동의하지 않는다. 문재인 후보처럼 사람에게 애정을 갖는 사람들은 자신의 애정을 실현하기 위해서, 자신의 힘을 가장 크게 발휘한다. 철저하게 과감해진다.

사람에 대한 애정이 있는 사람의 결단력을 나는 오래전부터 믿어 왔다. 김영오 씨의 단식이 길어져 사람들의 걱정이 커질 무렵이었다. 단식을 말리려고 광화문을 찾았던 문재인 후보는 그 자리에서 함께 동조 단식에 참여하기로 결심했다. 쉽지 않은 일이었을 것이다. 광화문에서 노숙을 하며 단식을 한다는 것은 단순히 밥을 굶는 일만은 아니다. 화장실을 가는 일도 곤란하고, 씻는 일조차 여의치 않다. 당에서의 반대도 컸던 것으로 들었다.

하지만 문재인 후보는 그 모든 만류를 뿌리치고 단식을 강행했다. 김영오 씨의 단식을 멈추게 하려면 그 방법밖에 없다는 게 이유였다. 그런 그를 두고 너무 순하다거나 선비 같다거나 착해 보인다는 평가는 미진하다. 나는 그때, 문재인 후보가 호락호락하지 않은 사람임을 알아보았다. 사람을 살리기 위해서라면 자신의 결단을 끝까지 밀어붙이는 사람이었다. 쉽사리 타인의 말에 휘둘리는 사람이 아니었다.

나는 그의 결단력이 세월호 관련 문제를 해결하고, 적폐를 청산하는 데 큰 역할을 할 거라 믿는다. 나 역시 소리 높여 구호를 외치는 사람이 아니지만, 문재인 후보 역시 그러하다. 그러나 목소리가 높지 않더라도 인간애를 기반으로 활동하시는 분들은 오래도록 변하지 않는 것을 많이 봐왔다.

실제로 얼마 전에 문재인 후보에게 직접 물어본 적이 있다. 만약 대통령이 되면 세월호 진상 규명을 어떻게 하실 거냐고. 어떤 대답을 하실지 미리 알고 물어보긴 했으나, 나는 꼭 그의 대답을 직접 듣고 싶었다. 문재인 후보는 단숨에 말했다. 철저히 할 거라고 말이다. 내겐 그가 꽤 잘해낼 것을 다시 한 번 확인할 수 있었던 계기였다.

박주민
서울 은평갑 국회의원, 세월호 변호사.
1973년 서울 출생. 민주사회를 위한 변호사모임과 참여연대 등에서 시민운동가 및 인권변호사로 활동했다.

이백만 이주민 시대,
인권변호사에서 인권대통령으로

송영호

다문화, 이제는 낯익은 풍경

한국 사회에서 '다문화'는 모든 사람에게 익숙한 용어다. 길거리에서 결혼 이주자, 이주 노동자, 외국인 유학생들을 마주치는 것이 더 이상 낯선 풍경이 아니다. 유명 오디션 티브이 프로에서 외국인이 아이돌 노래를 기가 막히게 부르고, 예능 프로그램에 정기 출연하는 외국인들은 국내 팬클럽까지 거느리며 연예인 못지않은 인기를 누리고 있다. 한국인 학생과 중국인 학생의 비중이 엇비슷하여 한국어와 중국어로 이중 언어교육을 하는 초등학교도 있다. 학교를 졸업하고 군대에 입대한 다문화 가정 자녀들이 1천 명을 훌쩍 넘어섰다. 다문화가 자신 일상과 아무런 관계가 없다고 생각할지라도 이미 다양한 '다문화'가 우리 삶의 일부가 된 것이다.

다문화적 풍경이 일상이 된 것은 불과 30년이 채 안 된다. 1988년 서울 올림픽 전까지는 독일로 이주한 광부와 간호사처럼 '나가는 이민 emigration'이 대부분이었는데 그 이후로는 이주 노동자와 결혼 이주 여성이 '들어오는 이민immigration'이 많은 나라로 바뀌었다. 출입국·외국인정책본부의 「출입국·외국인정책 통계월보」에 의하면 한국에 체류하는 전체 외국인 수는 2,013,779명(2017년 1월 기준)으로 우리나라 전체 인구의 4%에 해당한다. 이러한 추세가 이어지면 향후 5년 내 300만 명을 넘어 프랑스, 캐나다, 영국과 같은 이민 국가가 될 것이다. UN은 이미 우리나라를 '후발 이민국가'로 분류하고 있다.

한국에서 다문화 사회로의 변화는 피할 수 없는 선택지가 되었다. 이제는 어떤 이주민을 얼마나 받아드릴 것인가, 우리 사회가 어떤 '다문화 사회'를 지향해야 하는가의 문제로 논의의 초점이 옮겨가고 있다. 다문화주의에 대한 원론적 수준의 논의를 벗고 실천적 해법을 모색할 때가 된 것이다. 하지만 다문화 사회로의 이행과 전환은 녹록치 않다. 다문화 사회는 이주민 인구가 늘어났다고 '꽃길'이 자연스럽게 열리는 것이 아니다. 오히려 앞으로 맞게 될 다문화 사회는 다양한 인종/민족 집단 간의 갈등과 긴장, 차별과 배제, 경쟁과 위협 등이 얽히고설킨 '흙길'이 될 가능성이 크다. 다문화 사회로의 변화는 선주민과 이주민 간의 치열한 재분배, 권리를 위한 인정 투쟁의 맹렬한 각축장을 의미한다.

차기 정부에서는 '다문화 갈등'이 우리 사회의 해묵은 갈등인 계층 갈등, 노사 갈등, 이념 갈등, 세대별 갈등, 지역 갈등에 더하여 주요

한 갈등으로 부상할 것이다. 이러한 맥락에서 볼 때 다음 정부의 주된 국정 과제는 다문화 갈등에 따른 사회 불안을 해소하고 한국인과 이주민 간의 상충된 이해를 조정하고 통합하는 일이 될 것이다. 이백만 이주민의 시대를 맞이한 새로운 정부의 다문화 정책을 위해 몇 가지 제안을 하고자 한다.

다문화 열전, '다문화 열풍'에서 '다문화 혐오감'까지

한국 사회는 다민족·다인종 집단이 공존하는 다문화 사회로 진입하였지만 이주민에 대한 태도는 갈수록 배타적인 방향으로 무게 중심이 급속히 기울고 있다. 2000년 초반 한국 사회에 불어 닥친 '다문화 열풍'이 '다문화 피로감'을 넘어 '다문화 혐오증'으로 부메랑이 되어 돌아온 것이다. 인터넷 공간에서도 SNS, 카페, 블로그, 신문기사의 댓글을 통해 反다문화 정서와 혐오 발언이 가감 없이 배출되는 현상을 자주 목격하게 된다. 어찌 보면 다문화 사회로의 이행 과정에서 종족적 동질성이 높은 주민의 이주민에 대한 반감과 두려움, 편견과 차별, 배제와 적대감의 표출은 자연스러워 보인다.

한국 사회에 이주민이 유입되기 시작한 초기에는 한국인들은 적어도 표면상 이주민에게 온정적이고 시혜적인 태도였다. 이주민에 대한 한국 사회의 편견과 차별에 대한 자성의 목소리가 높아지면서 이주민을 인지상정과 역지사지의 마음으로 포용하자는 사회적 분위기가 형성되었기 때문이다. 하지만 이주민의 수가 증가하면서 선주민과 이주민 간의 예기치 않은 갈등과 긴장, 대립과 반목이 심심찮게 발생하게 되었다. 고용 없는 성장과 경기 침체가 지속되자 이주민이 내 일자리와 임금, 생명과 안전을 위협하는 경쟁자로 인식되면서 언제나 환대할 수만은 없다는 냉담한 입장으로 선회한 것이다. 게다가 9·11 사태 이후 잇따른 테러 발생, 유럽 주요 국가의 다문화 실패 선언, 영국의 브렉시트 찬성, 트럼프 행정부의 반이민 행정입법 등 해외에서 발생한 반이민 정서 관련 사건 사고들이 우리의 다문화 사회 수용성에도 부정적 영향을 미치고 있다. 더욱이 이러한 사회적 분위기를 반영하듯 이주 노동자, 결혼 이민자, 다문화 가정 자녀, 중국 동포(조선족), 북한 이탈 주민에 대한 사회적 거리감도 싸늘해졌다. 특히 이주민 중 다수를 차지하는 중국 동포(조선족)에 관련된 강력 범죄가 자극적으로 부각되면서 조선족을 범죄 집단으로 낙인찍기에 이르게 되었다.

한국인의 다문화 사회에 대한 수용도와 이주민에 대한 관용도의 변화 추세는 2000년대 초반부터 시작된 다문화 관련 전국 조사에서 확인할 수 있다. 먼저 2010년과 2015년 동아시아연구원의 「한국인의 정체성 조사」 결과로 한국인의 다문화 수용성 변화를 살펴보았다. 우리나라가 앞으로 단일민족·단일문화 국가로 남아야 한다는 응답자들의 의견은 큰 변화가 없었다(2010년 37.1%, 2015년 38.7%). 하지만 한국이 다민족·다문화 국가로 변해야 한다는 의견은 10%가량 감소하였다(2010년 60.6%, 2015년 49.6%). 즉 사람들은 여전히 다문화 국가로의 변화가 단일민족·단일문화 국가보다 낫다고 생각하고 있지만, 다문화 국가로의 변화는 쉽사리 찬성하지 못하고 보류하는 사람도 늘어난 것이 현실이다. 다문화 사회로의 전환이 본격적으로 시작되기 전에 '다문화'가 국가에 도움이 될 것이라고 막연하게 동조하던 사람들이 생활 세계에서 이주민과의 갈등을 경험하고 실질적인 손해를 체감하면서 다문화 사회에 대한 찬성에서 유보적인 입장으로 돌아선 것이다.

이주민(다문화적 소수자)에 대한 관용도는 더욱 냉담하게 변하였다. 2012년과 2015년 여성가족부에서 실시한 「국민 다문화 수용성 조사」 결과를 비교하면 이민자에 대한 관용적 태도가 더욱 부정적으로 변한 것을 알 수 있다. 이주민이 일자리 경쟁 과열, 세금 부담 가중, 사회 갈등 유발, 경제적 피해 발생의 주체라는 의견이 확연히 증가하였다. 무엇보다 외국인 범죄 피해 두려움과 경제적 이익 상충에 대한 염려, 종교와 문화적 차이로 인한 배타적 정서가 더욱 증가하였다. 동일 조사에서 한국인의 이주자들에 대한 다문화 수용성 지수의 평균은 53.9점(100점 척도)으로 중간 정도의 다문화 수용성을 보였다. 하지만 직업별로 살펴볼 때 이주자들과 직접적으로 일자리를 다투는 단순 노무(51.2점), 농림 어업(51.8점), 기능·조립(52.9점) 직종에 종사하고 있는 사람들이 전체 평균보다 상대적으로 낮은 다문화 수용성을 보였다.

이주 노동자, 결혼 이주자, 다문화 가정 자녀, 중국 동포(조선족), 북한 이탈 주민에 대한 사회적 거리감은 이들 이주민을 한국 국민으로 느끼거나 한국 국민에 가깝다고 생각하는 정도로 측정하였다. 이는 누구를 국민으로 인식하는가의 문제로 국민 정체성과 밀접한 연관을 가진다. 2010년과 2015년 동아시아연구원의 「한국인의 정체성 조사」 결과 한국인의 이주민에 대한 사회적 거리감은 모든 이주민에 대하여

2010년에 비하여 2015년이 더욱 부정적 방향으로 감소하였다. 이주민 중 국민으로 느끼거나 국민에 가깝다고 인식하는 비율이 가장 높은 집단은 다문화 가정 자녀(2010년 80.9%, 2015년 75.9%)이고, 가장 낮은 집단은 이주 노동자(2010년 38.2%, 2015년 36.6%)였다. 특히 중국 동포에 대한 사회적 거리감은 2010년 60.0%에서 2015년 44.6%로 사회적 거리감의 부정적 감소 폭이 가장 큰 것으로 나타났다.

한국의 '다문화 정책', 이주민 모두에게 적용되는 사용 설명서인가?

앞서 살펴본 바와 같이 한국 사회는 이제 막 다문화 사회로 진입했을 뿐인데 한국인의 이주민에 대한 다문화 수용성은 차갑게 식어버렸다. 여기에 정부의 '다문화' 정책에 대한 한국인들의 불만과 비난이 여기저기에서 봇물처럼 터져 나오고 있다. 정부의 다문화 정책이 각종 사회 문제의 원인으로 주목받은 것이다. 이는 정부의 다문화 정책이 한국인과 이주민을 모두 고려한 정책보다 결혼 이주민을 위한 정책들이 주로 쏟아져 나왔기 때문이다. 즉 한국 사회가 어떠한 다문화 사회를 지향할 것인지에 대한 컨센서스가 불명확한 상황에서 국가 주도의 다문화 정책이 압축적으로 시행된 탓에 관련 정책과 사업에 대한 공감보다는 피로감과 혐오감을 초래한 것이다. 그 결과 저소득층 일반 국민에게 역차별을, 이주 노동자에게는 상대적 박탈감을 가져온 것이 주지의 사실이다. 다문화 정책에 대한 역차별 논란은 반反다문화 정서와 결합하여 일부 인터넷 반다문화 카페에서 일반 국민으로 확산되는 양상이다.

SNS를 비롯한 인터넷을 중심으로 정부의 다문화 정책에 대한 날선 비판과 이주민에 대한 비난과 혐오발언이 거침없이 쏟아지기 시작했다.

'다문화주의'는 민족적·문화적 다양성이 사회 내에서 증가하는 현상을 묘사하는 것과 더불어 다양성이 증가하는 사회를 처방하는 것의 의미를 모두 내포하고 있다. 그리고 '다문화 사회'는 한 사회나 국가에서 서로 다른 인종/민족적 배경을 가진 사람들이 문화적 차이와 무관하게 동등한 권리를 가지고 공존하면서 새로운 변화가 발생하는 사회를 의미한다. 이런 관점에서 볼 때 '다문화 정책'은 다양한 인종/민족 집단이 상이한 생활양식을 존중하여 서로 다른 문화가 한 사회 안에서 조화롭게 공존할 수 있도록 조정하고 통합하는 정책으로 정의할 수 있다.

하지만 한국 정부는 다문화에 대한 성찰 없이 허울뿐인 다문화 정책을 제한적 범위에서 추진해왔다. 그저 다문화를 '정치적으로 올바른 것'으로 전제하고, '다문화'라는 접두사를 붙인 각종 사업과 프로그램을 부처들끼리 경쟁하듯 추진해왔다. 이러한 정부의 다문화 정책은 잠재적 한국인인 결혼 이민자로 대상을 한정하고 이주 노동자는 우리 사회의 중요한 구성원임에도 불구하고 다문화 정책의 수혜 대상에서 늘 배제하였다. 정부가 '다문화' 용어를 다소 느슨하고 자의적으로 사용한 탓에 일반 국민들은 '다문화=다문화 가정'으로 오인하고 국제결혼 가정과 그 가정을 지원하는 온정적 시혜 정도로 '다문화 정책'을 인식하게 되었다.

앞으로 수립될 정부의 이주·다문화 정책에는 다문화적 소수자와 선주민 한국인이 공감하는 가치와 지향점이 담겨 있어야 한다. 잠시 머물다 떠날 '손님'이 아닌 '함께' 살아갈 사회 구성원으로서의 이주민을 인지해야 한다. 그리고 선주민과 이주민 누구도 소외되지 않는 통합된 정책과 지원이 필요한 것이다. 결혼 이주민만 콕 찍어 지원하는 다문화 정책은 사람들의 불만과 박탈감, 정부 정책에 대한 불신을 초래할 뿐이다. 그동안 잘못 달고 다닌 허울뿐인 '다문화'라는 이름표를 과감히 떼어버리고 선주민과 이주민이 공존할 수 있는 '다문화 정책'을 제대로 추진할 때다. 이주 노동자도 곧 떠날 이방인이 아닌 우리와 함께 살고 있는 소중한 이웃이다. 다문화 정책에서 이들을 배제시킬 이유가 없는 것이다.

그리고 다문화 정책의 대상을 이주민으로 한정하지 말고 선주민과 이주민 모두로 확대할 필요가 있다. 다문화 사회로의 변화와 이주민의 수용성을 높이기 위해서는 다수 국민의 인식과 태도 변화가 우선시 되어야 한다. 그리고 정부가 이미 추진하고 있는 성 인지 정책과 장애인 주류화 정책처럼 다문화 정책도 선주민이든 이주민이든 동일한 정책안에서 누구든 차별과 불평등을 겪지 않도록 해야 한다. 한국인 선주민, 결혼 이주자, 이주 노동자 등 모든 사회 구성원이 소득, 고용, 젠더, 교육 수준 등의 사회경제적 수준에 따라 필요한 지원과 혜택을 평등하게 받는 합리적 지원 체계가 필요하다.

착한 이주민 VS 불량한 이주민, 차별은 도대체 누가 왜?

한국 사회에서 인종/민족적 차별 문제는 어제 오늘의 문제가 아니다. 이주민들이 일상에서 마주치는 크고 작은 편견과 차별, 낙인과 배제는 한국 사회로 진입한 다문화 소수자들에게는 큰 걸림이고 애로 사항이다. 특히 결혼 이주 자녀들은 한국에서 나고 자랐지만 피부색이나 부모의 인종적 배경, 서툰 한국말 등의 이유로 차별을 받거나 따돌림의 대상이 된다. 게다가 일반 한국인 학생보다 학교 진학률이 낮고 학업 중단 비율은 높다. 결혼 이주 자녀의 취약한 인적 자본과 사회적 자본은 주류 사회의 자원과 기회 구조에서 배제되고 사회적으로 고립되는 '이등 시민'으로 전락할 위험이 있다. 2014년 한국을 방문한 UN의 인종차별 특별보고관도 한국 사회에 관계 당국이 관심을 두어야 할 심각한 인종차별이 존재한다고 진단한 바 있다.

차별은 이주민의 정신 건강을 해칠 뿐만 아니라 실업, 빈곤, 질병, 일탈, 사회적 고립과 같은 사회문제가 집중되는 결과를 가져온다. 그만큼 우리 사회가 치러야 할 사회 통합 비용도 상승하게 된다. 우리 사회 곳곳에서 이주민들을 국민 여부, 동포 여부, 합법적 신분 여부, 선진국 출신 여부에 따라 '모범집단'과 '문제집단', '착한 이주민'과 '불량 이주민'으로 구별 짓고 줄 세우고 있다. 대체로 선진국 출신, 결혼 이주자, 외국인 사업가, 유학생, 전문 기술직 이주민을 선호하고 동남아시아 지역 저숙련 이주 노동자를 '불량한 이주민'으로 대해 왔다. 한길수 교수는 그의 저서 《한국인의 국수주의 그리고 인종주의Nouveau-riche Nationalism and Multiculturalism in Korea》에서 한국 사회의 이주민에 대한 차별적 태도를

'졸부적 국수주의·인종주의'의 개념을 사용하여 비판하였다. 즉 '나의 나라'가 경제 발전을 통한 위치 상승을 하면서 '나의 나라'보다 경제적으로 뒤떨어진 후진국의 사람들을 차별하게 된다고 설명하였다. 이주민에 대한 한국인의 차별은 천박한 졸부적 국수주의 나라의 민낯을 여실히 보여주는 부끄러운 자화상인 것이다.

2016년 국가인권위원회 「혐오표현 실태조사 및 규제방안 연구」 결과에서도 이주민의 절반 가까이가 온라인 혐오 표현을 경험한 것으로 조사된다. 한국 사회에서 이주민 노동자들은 '더럽고', '시끄럽고', '냄새가 나서' 기피하고 싶은, '미개하고', '무식하고', '게으르'면서도 '돈을 밝히는' 집단으로 매도되고 있다. 또 '남의 나라에 와서 일자리를 빼앗는 집단', '잠재적인 테러리스트', '아이를 낳으러 팔려온 불쌍한 사람'이란 차별적 발언을 듣고 있다. 이러한 혐오 표현을 접한 소수자들은 절반이 두려움과 슬픔, 무기력감, 스트레스, 우울증에 시달리는 것으로 알려져 있다.

다수의 차별과 편견, 혐오 발언은 이주민의 건강뿐 아니라 우리사회의 건강을 해치는 일이다. 우리가 맞이할 완전히 새로운 대한민국은 이주민에 대한 부당한 편견과 차별, 혐오가 더 이상 용인되지 않고 사회 구성원 모두가 존중받을 수 있어야 한다. 사회적 약자에 대한 편견과 혐오가 넘쳐나는 상황에서 모든 사회적 소수자들의 존엄한 삶을 위한 최소한의 장치는 법적으로 차별을 규제하는 것이다. 이런 견지에서 볼 때 사회적 소수자인 이주민의 인정 투쟁을 위한 최소한의 안전장치인 '포괄적 차별금지법'을 제정하는 것은 대통령이 가장 먼저 챙겨야 할 국정 과제이다. 문재인에게 바라는 최우선의 바람이다. 포괄적 차별금지법의 도입은 우리 사회의 다양한 소수자뿐만 아니라 한국인들의 다문화 수용성 제고를 위해서 반드시 필요한 것이다. 차별 금지의 법적 강제는 사람들로 하여금 차별을 민감하게 인식하도록 하는 계기가 되기 때문이다.

차별금지법은 참여정부 때부터 입법 추진되고 있지만 여러 이유로 지금까지 부침을 거듭하고 있다. 하지만 사회적 약자에 대한 차별과 혐오가 날로 심각해지는 현실을 고려하면 당장에라도 입법되어야 한다. 이주민과 사회적 소수자 모두에게 필요한 포괄적 차별금지법 제정은 사회적 합의의 대상이 아니다. 사회적 여건이 마련되지 않았고 사회적 합의가 덜 되었다는 핑계로 '나중으로' 미룰 일이 아니다. 또한 특정 종교의 반대로 눈치를 보면서 미적댈 것도 아니다. 차별금지법이 그때는 되고 지금은 안 된다는 것은 인권 의식의 후퇴라고 판단된다. 지금의 다문화적 형편과 상황이 그때보다 확연이 개선된 것이 아니기 때문이다. 물론 인권위원회법에 차별 행위에 대한 구제 조치 방안이 있다. 하지만 차별 행위에 대한 처벌 조항이 명시적으로 담겨 있지 않다. 차별 금지의 조항은 권고 수준일 뿐 차별적 행위에 대한 강제할 수 있는 근거가 없다. 우리 사회에서 광범위하게 발생하고 있는 차별의 문제를 포괄적으로 다루는 법률 마련이 필요하다. 이것이 새로운 대한민국으로 도약하는 인권대통령이 될지도 모를 문재인을 향한 절실한 바람이다.

완전히 새로운 대한민국, 모두가 함께 공존하는 세상을 위하여

차기 정부는 지금껏 추진해온 다문화 정책이 다문화 사회 구성원 모두를 포괄할 수 있는 적합하고 유용한 틀인지 고민해야 한다. 그리고 지금껏 추진한 다문화 정책이 과연 누구를 위한 정책이고 그 혜택은 누구에게 돌아가고 있는지 곱씹어 볼 필요가 있다. 지난 보수 정권 9년 동안 시민들의 민주적 참여 기회는 축소되었고, 안보와 질서를 강조하는 정치 담론은 다문화 수용성을 크게 위축시켰다. 우리나라는 참여정부 때 인권 보호와 평등 관점의 다문화 정책을 처음으로 시행하였다. 하지만 이명박, 박근혜 정부로 넘어오면서 국경 통제와 선별적 외국인 정책이라는 다소 경직된 다문화 정책은 다문화 사회가 제대로 뿌리 내릴 수 있는 법적, 제도적 토대를 마련하지 못한 아쉬움이 있다. 하여 다음 정부에서 할 일은 지난 두 번의 보수 정부에서 퇴행한 다문화 정책을 제자리로 되돌려 놓고, 국민들의 다문화 사회로의 변화에 대한 우려와 불안을 잠재우고, 선주민과 이주민 간의 한층 첨예해진 갈등과 대립을 해결하고 모든 사회 구성원이 공존할 수 있는 길을 열어가야 한다.

다음 정부가 맞이하는 다문화 사회는 한층 어려운 고차방정식으로 변해 있을 것이다. 이를 해결하는 지름길은 사회 구성원 모두가 함께 해결해 나가는 것이다. 우선 한국 사회가 지향하는 다문화 사회의 가치와 지향점에 대한 사회 구성원 모두의 공감대를 모으는 것에서 출발해야 한다. 그러기 위해선 한국인 선주민, 결혼 이주자, 이주 노동자가 함께 갈등과 대립을 해결할 수 있는 사회 통합의 공론장이 필요하다. 무엇보다 다문화적 소수자들이 우리 사회에 만연한 차별에 저항하고 당당한 사회의 구성원으로 자립할 수 있는 '포괄적 차별금지법' 제정이 필수다. 한 사회의 모든 구성원들이 평등한 존재로서 그 어떤 부당한 편견과 차별을 받지 않도록 보호하는 법적인 장치가 필요하다. 그리고 서로에 대한 불신과 막연한 경계심을 거두고 신뢰와 연대를 공고히 하는 것이 우리 모두가 공존할 수 있는 길이고 국가 경쟁력이라는 것을 설득할 수 있어야 한다. 다음 정부에서는 경직된 다문화 감수성과 인권 의식을 회복하여 한층 품격 높은 다문화 사회를 열어가야 한다. 이것이 차기 정부에 바라는 것이고, 인권대통령이 해결해야 할 과제이다.

이주민 이백만 시대, 그 어느 때보다 다문화적 상상력이 필요하다. 우리 사회의 '다름'과 '차이'가 뺄셈과 나눗셈이 아닌 덧셈과 곱셈이 되는 문재인표 다문화 정책이 완전히 새로운 대한민국을 열어가는 힘이 되길 바란다. 오랜 기간 사회적 약자를 대변해온 인권변호사 문재인이기에 인권대통령으로 도약할 수 있으리라 믿어 의심치 않는다.

송영호
고려대학교 아세아문제연구소 한민족공동체연구센터 연구원.
1976년 전북 전주 출생. 사회학을 공부했고 다문화 사회와 국제 이주, 초국가주의, 이주 노동자, 다문화 2세를 중심으로 연구하고 있다. 지은 책으로는 《한국인의 이주노동자와 다문화 사회에 대한 인식》(공저) 《한국인의 갈등의식의 지형과 변화》(공저)가 있다.

이백 년 뒤
역사책에

한창훈

프로야구 시합이 있다. 같은 공간, 시간대에 두 팀과 많은 관중 그리고 심판이 등장한다. 멋진 시합을 기대하는 전체의 지향점 아래 조금씩 다른 각 개인의 목적과 이유가 뒤섞인다. 단체와 구성원이란 그런 것이니까. 응원하는 팀이 이기기도 하고 지기도 하지만 가장 좋은 시합은 심판이 있는지 없는지 느끼지도 못하고 끝나는 것이다. 세세한 규칙이 완비되어 있기에 당연히 그래야 한다. 그러나 그렇지 못한 경우를 우리는 종종 본다.

심판이 도드라졌다는 것은 과도한 의도와 집착이, 규칙을 자기 좋을 대로 해석한 꼼수가 있었고 심판이 정확하게 읽어내지 못했다는 소리다. 또한 편파 판정이 있었단 뜻이기도 하다. 이건 실패한 시합이다. 시합이 자연스럽게 진행될 수 있게 조용히 돕는 존재. 그들이 심판이다. 그들을 사회로 옮겨보면 공무원이 되고 그 정점에 대통령이 있다.

　박정희와 그의 딸 박근혜, 그리고 이승만, 전두환, 노태우, 이명박을 보자. 그들은 아예 감독 겸 4번 타자나 선발투수로 출전해서 무소불위의 권력을 남발했다. 관중인 국민은 고스란히 지켜봐야 했다. 재미있지도 않고 행복감은 더더욱 찾아보기 어려웠다. 차라리 월급이나 받아먹으며 가만히 있으면 좋겠다는 소리들이 그래서 나왔다. 대표가 사회를 망쳤을 때는 무엇을 안 해서라기보다는 억지로 무언가를 했기 때문인 경우가 의외로 많다.

　옛날에도 그런 왕의 시대가 있었다. 삼국시대부터 조선 말까지 광포한 임금 때문에 정치가 문란하여 백성들 삶이 피폐해졌다는 기록이 심심찮게 나온다. 전쟁이 일어나면 누구처럼 자신부터 살자고 도망치는 극심한 무능과 무책임을 보여준 왕도 있었다. 때문에 우리는 그때 안 태어나기 참 다행이다, 라고 한탄에 가까운 안도의 한숨을 내쉰다. 그런데 이백 년쯤 뒤 역사책에 지금 시대가 어떻게 기록될까를 생각해보면 뜨끔하다. 훗날의 학생들도 '어떻게 그럴 수가 있었지? 그때 안 태어나서 참 다행이야' 생각하며 책을 덮을 것만 같다.

　그럴 만하다. 우리 세대는 태어나서 정신을 차려보니 박정희가 대통령이었다. 그가 쏟아낸 우경화, 군사교육이 이제 막 자라나는 몸과 마음에 그대로 주입이 되었다. 그것을 자양분으로 컸다고 해도 무방할 정도였다. 야만과 폭력을 잘못된 거라고 생각하지 않았으니까. 그 말들을 그대로 믿었으니 세뇌의 무서움이 얼마나 컸는지 지금 생각해보면 막막하기만 하다.

　이를테면 중학교 때 검정 운동화에 흰 양말을 의무적으로 신어야 했다. 러닝셔츠도 색깔 있는 걸 입으면 이름 적히고 얻어맞았다. 이거 일제강점기 시절 일본군 같지 않은가. 별 이유 없이 교사가 때리는 것도 당연하게 받아들이고 심지어는 백 대를 맞으며 버틴 게 자랑거리이기도 했다. 남학생들은 하굣길에 우르르 몰려다니며 예사로 여학생을 성희롱했고 그런 모습을 보는 어른들도 낄낄거리며 웃었다.

　그것들의 총화가 1980년 5·18이었다. 군인이 대통령이 되기 위해 국민들을 총으로 쏴 죽였으니까. 나는 그때 광주에서 고등학교를 다녔기에 내막을 잘 알고 있는 편이다. 우리는 항거했지만 시민들을 죽였던 사령관은 대통령이 되었다.

　그렇게 오래도록 이어지던 군인들의 공포 통치는 1987년 6월항쟁을 기점으로 민주화가 진행되면서 슬슬 자취를 감추었다. 그러다 9년 전부터 다시 되돌아가기 시작한 것이다. 두 대통령이 국민에게 던져준 것은 민주주의 퇴행과 부패였다. 되풀이되는 역사의 질곡을 바라보며 사람들은 말하곤 했다. '도대체 얼마나 더 당해봐야 정신을 차릴까.'

　우리 사회 구성원들은 '리더'라는 말에 쓸데없이 과한 점수를 준다. 강력한 누군가가 지도하고 이끌어주어야 한다고 무작정 믿고 의지했던 봉건 잔재 영향으로 보인다. 그래서 강력한 리더십이란 말은 종종 독재 정권의 폭력과 같은 뜻으로 쓰여왔다. 거기엔 고향 사람들의 막무가내 지지도 뒤섞여 있다. 아직도 대한민국이 민주 시민사회를 완성시키지 못했다는 증거이다.

　이른바 강력한 리더였다고 박정희를 추종하는 부류들은 그 덕분에 경제가 발전하고 배부르게 살게 되었다고 말한다. 하지만 아는 사람은 알고 있듯이 60, 70년대 경제 부흥은 우리나라를 아시아의 거점으로 키우려는 미국의 프로젝트 덕분이었다. 저임금 저곡가 정책에 시달린 수많은 노동자 농민들의 신음을 기초로 해서 말이다. 그런 건 모른다고, 밥만 맘껏 먹으면 만족이라고 한다면 그거야말로 개돼지 아닌가.

　민주주의 시대에 꼭 필요한 것은 건강하고 강력한 국민들이다. 각각이 주권자이고 납세자이고 선거권자이기 때문이다. 이때 국민에게 필요한 것은 파트너십이다. 예산과 정책이 바르게 작동되는지, 공약을 이행하는지 점검하고 의견을 내는 게 파트너의 역할이다. 리더와 파트너가 의견을 주고받는 것이 대화와 소통이다.

　호세 알베르토 무히카 코르다노Jose Alberto Mujica Cordano라는 사람이 있다. 2010년부터 2015년까지 우루과이 대통령을 한 사람이다. 보통 호세 무히카라고 한다. 나는 지지난해 그의 이야기를 칼럼에다 썼는데 조금만 되풀이해보면 이렇다.

　그는 "공화국은 어느 누구도 다른 사람보다 우월하지 않다는 원리로 움직이는 체계이다, 대통령은 왕이 아니고 신神도 아니고 주술사도 아니다, 나는 대통령도 국민들 다수가 살아가는 방식 그대로 사는 게 이상적이라고 생각한다" "나는 소비 자체가 아니라 쓰레기에 반대한다" "요즘 사람들은 도시에서 살기 위해서 교통 체증의 질식 상태로 앉아서 인생의 절반을 버리고 있다. 자유란 삶을 누리는 시간을 갖는 것이다" "내 목표는 미래를 생각하는 정치적 사고방식을 남겨두고 떠나려는 것이다" 같은 말을 했다.

2013년 9월 24일 제68차 유엔총회 연설에서는 "어떤 나라도 혼자서 기후변화를 해결할 수 없다. 하지만 세계의 힘 있는 지도자들은 어떻게 하면 다음 선거에서 이길까만을 걱정하고 있다"라고도 했다. 빤한 말인데도 감동 받는 이유는 그가 한 나라의 대통령이기 때문이고 자신의 말을 실제로 실천하고 생활하기 때문이다.

그는 대통령이 되었는데도 28년 된 낡은 자동차를 끌며 월급 90퍼센트를 기부하고 노숙자에게 대통령 궁을 내주고 자신은 작은 농장에서 생활했다. 고등학교 졸업장도 없지만 철학자이자 행동가로, 프란치스코 교황에게는 현자로 추앙되었다.

온화하면서도 양질의 원칙을 끝까지 지키고 동시에 고통받는 타인에게 눈길이 가 있는 사람. 성찰의 인성이 풍부한 사람. 그가 좋은 리더이고 아름다운 대통령이다. 부럽다. 우리도 가능할까? 가능하다고 본다. 이젠 그런 사람이 꼭 필요할 때가 되었으니까.

문재인.

난 그가 착한 게 좋다. 맑은 눈빛과 타인의 말을 잘 들어주는 태도가 좋다. 예전에 비해 요즘은 착한 사람, 말 그대로 법 없이도 살 사람들 만나기가 점점 어려워진다. 법이 있어야 살 사람들만 많아져버린 기분이다. 공동체가 무너지고 삶이 점점 나빠지는 이유 중 하나가 이

것이라고 생각한다. 다들 입만 열면 법을 떠들어대는데 이때의 법은 공정성보다는 자신의 이익과 목표를 관철하는 수단으로 사용되기 때문이다.

한국 정치판의 가장 큰 특징으로 나는 '잔인함'을 꼽는다. 말을 덧붙이기도 민망할 정도로 정치판은 잔인한 곳이다. 그곳을 설명하는 "영원한 동료도, 영원한 적도 없는 곳이다"라는 소리는 수십 년 전부터 공공연하게 있어왔다. 한 사람이 살다 보면 친구랑 싸우기도 하고 미운 놈과 한잔 마시다가 얼결에 화해하기도 하지만 정치판은 이런 소박한 일상과는 전혀 다르다. 서슴지 않게 동료에게 등을 돌리고 궁지로 몰아넣는다. 칭찬했던 사람을 곧바로 비난하고 어제까지 욕을 하던 대상과 오늘 손잡고 나타나기도 한다. 수시로 이합하고 집산하는 부류들……. 국민에게 내뱉은 약속도 전혀 지키지 않으면서 자신의 이득과 영달을 위해서는 대놓고 혼신의 노력을 하는 곳. 그러면서 얼굴색 하나도 안 변한 채 이 모든 게 국가와 국민을 위한다고 말하는 곳. 멀리 갈 것 없다. 당장의 정치판도 그러고 있다. 아무리 잘 봐주어도 비정상이다.

이런 추측이 가능하다. 대한민국에서 정치·사회적으로 성공하고 유명해지기 위해서 가장 필요로 하는 것은? 죄의식 없는 성격. 인간의 끝이 어디인가 고민하게 만드는 뻔뻔함. 무엇을 잘못했는지를 전혀 느끼지 못하는 단순함. 그러면서 이빨을 드러내는 공격성. 우리는 이런 사람들 때문에 예전에도, 지금도 고통받고 있다.

나는 문재인 씨가 대통령이 되면 좋겠다.

무엇보다 그에게는 잔인함이 없다. 인간적이고 양심적인 대통령이 필요한 시기와 맞아떨어진다. 그가 학창 시절 데모하다가 구속된 적이 있다지만 좌익으로는 전혀 보이지 않는다. 이십 대 때의 정의감과 행동은 진보, 좌익만의 특징이 아니니까. 세상의 비리와 몰상식에 대해 덤벼드는 것은 젊은이들의 특징이기도 하거니와 나아가 진정한 보수의 특징이기도 해야 하니까. 그러니 그저 양심적인 사람으로만 보인다.

잔인함을 이야기했지만 우리나라 정치사의 가장 큰 비극은 진짜 보수가 없다는 것이다. 저급한 동네 졸부들의 이전투구처럼 복잡한 이익집단만 있었다. 진짜 보수는 좋은 전통을 지키기 위해 고민하고 공부하고 실천하는 사람들이다. 무리하지 않고 안녕을 꾀하는 것. 이게 나쁜 것이겠는가. 하지만 나는 김구 선생 이후 보수 정치인을 제대로 본 적이 없다. 친일파가 청산되고 김구 선생이 암살당하지 않았다면 우리나라에도 건강한 보수 집단이 형성되었을 것이다. 그렇다면 문재인 씨는 거기 후보로 더 맞춤 아닐까 싶다.

이왕 하는 거 부탁이 있다. 대통령이 된다면 경제를 살린다는 구호만큼은 그만해주기를 바란다. 참으로 허무한 구호니까. 이명박은 돈 벌게 해주겠다는 말로 대통령이 되었다. 더 많은 돈, 더 좋은 자가용, 더 넓은 아파트를 원하는 사람들이 그에게 표를 주었다. 지구 경제는 한정된 재화를 바탕으로 돌아간다. 국민 모두 더 벌게 해주려면 돈을 더 찍어내는 것밖에 무슨 방법이 있겠는가. 결국 돈을 번 사람은 그 혼자였다. 뒤이어 등장한 박근혜 대통령. 그도 경제를 살리겠다고 말했다. 그러나 재벌 돈을 받아다가 최순실과 정유라의 경제만 살려주고 말았다. 두 사람 모두 쉬지 않고 국가와 국민을 위한다고 외쳤지만 정작 촉수는 자신을 향해 휘어져있었던 것이다. 국민을 사랑한다는 말은 자신을 사랑한다는 말이었다.

경제를 살릴 수 있는 진짜 방법이 있다. 먼저 이권 챙기기에 몰두했던 대통령들이 뒤로 빼돌린 돈을 되찾아오는 것이다. 그 돈, 세금이다. 사기당하고 횡령당한 국민 것이다. 그 돈만으로도 국민들 기본 소득을 맞춰줄 수 있다고 한다. 그리고 두 번 다시 이따위로 빼앗기지 않게 해주기 바란다. 세금이 홍수처럼 빠져나간다는 말, 호미질 한번 안 하고 열매만 똑똑 따먹는 사람들, 꼭 없애주길 바란다.

각 개인이 열심히 일해서 돈을 벌면 세금을 낸다. 세금과 관련한 대통령의 역할은 수로 관리인과 같다. 물줄기를 잘 관리해서 엉뚱한 곳으로 새나가지 않게 하는 것은 물론이고 높고 낮은 곳, 휘어지고 굴곡진 곳을 세세하게 살펴 이 밭, 저 논에 꼭 필요한 만큼 탈 없이 보내주는 역할 말이다. 생명들의 세상살이는 달이 이울고 해가 뜨는 것처럼 자연스럽게 유지되어야 하니까. 세금을 필요로 하는 곳에 적절히 사용하는 것은 음식을 먹고 피가 만들어지면 머리부터 저 발끝까지 골고루 보내는 것과 마찬가지다. 어느 한군데도 잘 살피지 않으면 병들어 살이 갈라지고 진물이 흐르다 결국 몸이 죽어나간다.

난 태어나자마자 대한민국 국민이 되었다. 뒷산 나무처럼 55년째 국민 노릇을 하고 있고 삼십 년 넘게 고스란히 세금을 내고 있다. 그러니 이런 요구 충분히 할 수 있다. 그동안 의무만 있고 권리는 좀처럼 찾아보기 힘든 국민 노릇을 했으니까 말이다. 이런 짓 이제는 몸서리 나게 싫다. 최소한 후손들은 이렇게 안 살았으면 좋겠다. 이백 년쯤 뒤 역사책에 2017년에는 온갖 악폐를 제거하고 비로소 건강한 국가가 시작되었다고 쓰일 수 있도록 말이다. 정말 간절히 바란다.

한창훈

소설가.
1963년 전남 여수 거문도 출생. 출간한 책으로 소설집 《바다가 아름다운 이유》 《가던 새 본다》 《세상의 끝으로 간 사람》 《청춘가를 불러요》 《나는 여기가 좋다》 《그 남자의 연애사》 《행복이라는 말이 없는 나라》, 장편소설 《홍합》 《섬, 나는 세상 끝을 산다》 《열여섯의 섬》 《꽃의 나라》 《순정》, 산문집 《내 밥상 위의 자산어보》 《내 술상 위의 자산어보》 《한창훈의 나는 왜 쓰는가》 《공부는 이쯤에서 마치는 거로 한다》, 어린이 책 《검은섬의 전설》 《제주 선비 구사일생 표류기》 등이 있다. 한겨레문학상, 요산문학상, 허균문학작가상 등을 수상했다.

그래요 문재인

1판 1쇄 발행 2017년 4월 20일
1판 3쇄 발행 2017년 5월 26일

지은이 · 고민정 김기정 김동현 김병용 도종환 박남준
      박주민 백가흠 송영호 안경환 유정아 이병초
      이정렬 장석남 정해구 조기영 표창원 한창훈
      함성호 황교익 황현산 황현진 황호선

펴낸이 · 주연선
책임편집 · 최민유

(주)은행나무
04035 서울특별시 마포구 양화로11길 54
전화 · 02)3143-0651~3 ㅣ 팩스 · 02)3143-0654
신고번호 · 제1997-000168호(1997. 12. 12)
www.ehbook.co.kr
ehbook@ehbook.co.kr

잘못된 책은 바꿔드립니다.

ISBN 978-89-5660-141-0 03810